Véronique Olmi

In diesem Sommer

Roman

Aus dem Französischen
von Claudia Steinitz

Verlag Antje Kunstmann

Für meine Schwester Valérie

»Und das tröstete mich damals und tröstet mich heute: Alles, wovon ihr glaubt, ihr hättet es euch ausgedacht, ist real. Man muss es nur überleben.«

JOYCE CAROL OATES

DELPHINE UND DENIS waren als Erste losgefahren, um das Haus vorzubereiten. Alex und Jeanne würden am nächsten Tag im Zug nachkommen, beide mit einem Schulkameraden, das war ihre Bedingung dafür gewesen, mit den Eltern und deren Freunden das Wochenende des 14. Juli in Coutainville zu verbringen. Sie würden also zu zehnt im Haus sein, dachte Delphine, das war gut. Sie brauchte Leute, so viele Leute wie möglich zwischen sich und Denis.

IN LETZTER ZEIT FÜHLTE LOLA sich müde, nervös, unkonzentriert. Sie war zufrieden, dass der 14. Juli sie aus Paris wegbrachte und ihre Radiosendung Sommerpause machte. Samuel, mit dem sie seit einem Jahr zusammen war, kannte das Haus von Delphine und Denis in Coutainville nicht. Er war glücklich über die drei Tage am Meer, wie ein Kind, das sich auf ein lang ersehntes und ausgemaltes Ereignis freut. So nahm Lola Samuel meistens wahr: wie ein Kind. Er war zwölf Jahre jünger als sie, gerade sechsundzwanzig, und von der Begeisterung jener erfüllt, die noch wenig wissen.

NICOLAS HATTE MARIE NICHT GESAGT, dass er in der Bar gegenüber der Produktionsfirma auf sie warten würde. Er hatte ihre Koffer ins Auto gepackt und wusste, dass sie froh sein würde, nach Coutainville zu fahren, sobald ihr Vorsprechen beendet war. Am Vorabend hatte er mit ihr die Rolle der Großmutter geübt, die ein Heim für Kinder aidskranker Mütter aufmacht. Er hatte ihr mit hoher Stimme die Repliken gegeben, eine aufsässige Sozialarbeiterin, die sich dem Projekt widersetzt. Dann hatten sie zusammen ausgewählt, was für Marie für das Vorsprechen anziehen würde, und an der Art, wie Marie am Ende mit strahlendem Lächeln sagte: »Eigentlich ist es uns total egal!«, an der Art, wie sie sich lange im Bett herumwälzte, ehe sie einschlafen konnte, hatte er erkannt, wie sehr sie an diesen zehn Drehtagen und an dieser Rolle hing. Man hatte ihr schon lange nicht mehr so viele Tage angeboten, aber es war schon das zweite Mal, dass man ihr vorschlug, eine Großmutter zu spielen. Sie war gerade zweiundfünfzig geworden.

OHNE DIE KINDER kam ihnen die Fahrt länger vor. Das Schweigen zwischen ihnen störte Delphine und Denis nicht, daran waren sie gewöhnt. Aber die Bemerkungen von Alex und Jeanne, wenn sie bei ihnen waren, die Erinnerungen, die ihnen kamen, weil der Weg zwischen Paris und Coutainville förmlich damit gepflastert war, beschworen die Zeiten ihrer frühen Kindheit, als ihre Eltern noch Lust und Freude aneinander hatten, sich etwas zuflüsterten und dann lachten, als Denis einen kurzen Blick in den Rückspiegel warf, um sich zu vergewissern, dass sie schliefen, um dann einen Finger auf Delphines Schenkel zu legen, ihn langsam hinauf zu ihrem Bauch zu bewegen und erst aufzuhören, wenn sie ihn mit einem leisen, glücklichen Lachen darum bat. Oder nicht aufzuhören. Das kam vor. Vor allem auf dem Rückweg, wenn sie nachts fuhren und am Sonntag so spät in Paris ankamen, dass die Kinder ins Bett gingen, ohne sich auszuziehen, am nächsten Morgen zerknittert aufwachten und sich ein bisschen über ihre verantwortungslosen Eltern ärgerten, die vor der Rückfahrt nach Paris unbedingt noch den Sonnenuntergang über dem Meer hatten sehen wollen.

Das Wetter war schön. Das Morgenlicht vibrierte in der warmen Luft, würde aber bald den Himmel überschwemmen. Denis stoppte kurz vor Caen, um zu tanken. Er kündigte es Delphine nicht an. Er sagte nicht: »Ich muss tanken, willst du einen Kaffee?« Früher hatte er das getan. Ein gemeinsamer Kaffee an der Autobahn, kurz bevor sie sie verließen und auf der Landstraße bis Coutainville fuhren, ihre Freude, auf dem Land zu sein, den säuerlichen Duft des Heus, die Feuchtigkeit der Erde zu riechen, die ungeduldige Freude, sich dem Haus zu nähern, das Spiel mit den Kindern, wenn Denis am Fuß eines Hügels Gas gab und sie warnte: »Wenn wir oben sind, stürzen wir in den Abgrund, danach ist nur noch Leere, seid ihr bereit? Los geht's!« Und es machte immer ein bissen Angst. Sogar Delphine, sie wusste nicht, weshalb. Oben auf dem Hügel, wenn die Fortsetzung der Straße unsichtbar war, hatte sie immer diesen kurzen Schmerz im Bauch, diese irrationale Furcht, ins Leere zu stürzen.

Nachdem er getankt hatte, ging Denis in die Cafeteria; Delphine stieg aus, folgte ihm aber nicht. Sie lehnte sich an die Motorhaube des Mercedes, um eine Zigarette zu rauchen, sie spürte die frische Luft auf dem Gesicht, durchzogen von warmen Wellen, die Lust auf das Meer, Lust auf Sand und Ruhe machten. Ein Mann bat sie um Feuer, sie reichte ihm ihr Feuerzeug, ohne ihn anzusehen. Er blieb neben ihr stehen, nachdem er ihr das Feuerzeug zurückgegeben hatte, als stünde sie genau in der Raucherecke, als dürfte er sich nicht entfernen.

»Wir haben Glück mit dem 14. Juli, was? So ein Wetter!«
Sie lächelte ihn kurz an.
»Ja, wir haben Glück«, sagte sie.
»Fahren Sie ans Meer?«
»Ja.«

»Da wird es voll sein.«

»Ja.«

Und dann schwieg der Mann. Er sah sie an. Und fand sie hübsch, denn sie war hübsch, sie war es immer gewesen, und nichts änderte etwas daran, nicht die Mutterschaften, nicht die Zeit und nicht mal diese Traurigkeit, jetzt, wo Denis und sie so schlecht zusammenlebten, so uneins und bitter. Sie war groß, schlank, apart, sie pflegte sich, die Augen immer geschminkt, die Blusen fast immer passend zu ihrer Farbe, einem dunklen, beinah violetten Blau, ihre Lippen waren schmal, ihre Zähne ein wenig vorstehend, was ihr einen merkwürdig jugendlichen Charme verlieh, besonders, wenn sie lachte, denn dann sah es so aus, als würde sie das Leben verschlingen, mit ihren kleinen weißen, etwas vorstehenden Zähnen hineinbeißen. Sie war vierzig und beklagte sich nicht darüber, weil sie wusste, wie sehr sie sich in zehn und in zwanzig Jahren nach diesem Alter zurücksehnen würde, vielleicht war es das, was den Männern gefiel, die Unbekümmertheit, mit der sie ihre vierzig Jahre annahm. Sie spürten ihr Verlangen, glücklich zu sein.

»Werden Sie baden gehen?«

»Entschuldigung?«

»Ich frage, ob Sie baden werden, das Wasser soll sechzehn Grad haben, das stand gestern im Internet, beim Strandwetter, sechzehn sind nicht viel!«

»Nein, das ist nicht viel.«

»Man muss bis zum Nachmittag warten, wenn sich das Meer erwärmt hat, um drei oder vier ist es sicher angenehm.«

»Nein«, sagte sie, »am schönsten ist das Baden abends, wenn die Wellen das Meer gründlich durchgerührt haben; dann ist es lauwarm, dann ist es geradezu sanft, trotz der Wellen.«

Dann ließ sie die Kippe vor ihre Füße fallen und trat sie sorgfältig mit der Schuhspitze aus, ohne den Blick von ihr und von der roten Ballerina abzuwenden, die ein so hübscher Farbtupfer auf dem glänzenden Asphalt war. Als die Autotür zuknallte, hob sie den Kopf: Denis war gerade eingestiegen. Sie folgte ihm. Ungewollt fing sie seinen Blick auf, als er den Kopf drehte, um rückwärts aus der Parklücke zu fahren. Der Blick war ebenso hart wie seine Stimme, als er sehr schnell, sehr leise sagte:

»Du lässt nichts anbrennen!«

Und als das Manöver beendet war, fuhr er etwas zu schnell über den Parkplatz zur Autobahnauffahrt. Delphines Körper zuckte unwillkürlich zurück, als er haarscharf an einer Frau vorbeifuhr, die mit einem Kind an der Hand über die Straße ging. Sie sagte nichts. Die Frau hingegen brüllte vor Wut und vor Schreck und schlug mit der flachen Hand auf den Kofferraumdeckel. Denis sagte nur, als er vorbei war:

»Blöde Kuh!«

»Große Klasse«, sagte Delphine.

»Genau«, antwortete er nur.

Und das war alles.

SIE KAMEN VON UNTEN nach Coutainville, von dort, wo die Kinder auch heute, mit elf und beinah sechzehn Jahren, noch wetteiferten, wer das Meer als Erster sah und »Das Meer!« rufen durfte, wie ein unglaublicher Sieg, und das sogar bei Ebbe, worüber sie lachen mussten, aber trotzdem: Wer als Erster die weiße Schranke sah, hinter der die Mole begann, und ein paar Sekunden später das Meer oder dessen Sandboden, hatte gewonnen. Nichts. Nur die Freude, als Erster im Auto »Das Meer!« gerufen zu haben. Die Freude, dass die Mitfahrer etwas leiser, bewundernd und respektvoll antworteten: »Ja, da ist es! Das Meer …« Und dann bog das Auto ab, fuhr nie bis zur Mole; das Haus lag versteckt, ein kleiner Sandweg mit Splittern von Muschelschalen und Schiefer führte in die Sackgasse, an dessen Ende sie auftauchten, das Haus und sein Garten.

Durch das stets von Salz und Sand getrübte Fenster ihres Schlafzimmers schaute Delphine aufs Meer. Jedesmal, wenn sie es wiedersah, schämte sie sich irgendwie. Das Meer war da. Voll. An seinem Platz. Ohne Skrupel. Delphine fragte sich, ob sie nicht zögerte, anstatt zu leben. Ein schwaches Gefühl von Vergeblichkeit, immerzu. Als wäre die Luft verbraucht. Sie drehte sich um, als Denis hereinkam, um seinen Koffer auf sein Bett zu stellen. Sie teilten dasselbe Zimmer, schliefen aber jeder in einem Einzelbett, in Kinderbetten sozusagen. Sie sah ihn an, seine kahl gewordene Stirn, seinen langen Körper, vor Müdigkeit etwas gebeugt, aber immer noch schön, ja, ein schöner Mann, sportlich und selbstsicher, mit dem Charme derer, die mit fünfundfünfzig anziehender sind als mit zwanzig, weil ihr Körper endlich vom Leben erfüllt ist und weil sie gekämpft haben, um ihren Platz zu finden. Er würde ihr immer noch gefallen. Wenn sie ihm heute begegnete, bei Freunden, im Kino, würde sie wollen, dass er sie ansieht und anspricht.

»Wollen wir beim Italiener essen?«, fragte sie ihn.

»Beim Italiener?«

»Ja. Das haben wir doch früher immer gemacht. Schließlich haben wir Urlaub …«

»Du hast doch immer Urlaub.«

Sie wandte sich ab, um wieder aufs Meer zu schauen. Nein, vielleicht würde ihr dieser Mann doch nicht gefallen, wenn sie ihm bei Freunden, im Kino begegnete, vielleicht würde der Instinkt ihr sofort raten, sich in Acht zu nehmen, denn ohne Zärtlichkeit kann man nicht leben.

Sie hatte ihn überrascht, er rechnete nicht damit, und sowieso war es lächerlich, ein Tête-à-Tête im Restaurant, die Stille mit Banalitäten füllen, ein Martyrium. Er schaute sie an und sah ihre zarten Schultern unter dem Kleid aus bedruckter Seide leicht erschauern, sah ihr langes Haar, ihren Rücken, ihren schmalen Po. »Sie ist hübsch«, dachte er, und dann packte ihn die Wut.

»Ich muss zum Dachdecker, warte nicht mit dem Essen auf mich«, sagte er und ging eilig hinaus.

Delphine starrte immer noch auf das Meer hinter den schmutzigen Scheiben. Man kann sie niemals richtig putzen, dachte sie, sie sind zu hoch, und selbst wenn man sie putzen würde, wäre es albern, ja wirklich, man würde jemanden kommen lassen, und dann? Zwei, drei Tage später könnte man von vorn anfangen, das wäre idiotisch. Und diese Idiotie trieb ihr die Tränen in die Augen. Was für ein Ärger!

Das Meer zog sich langsam zurück, ein schmales Band aus feuchtem Sand tauchte auf. Delphine dachte, dass sicher viele Leute am Strand waren und Geschrei jeden Alters, aller Zeiten ertönte. Sie kamen in den Ferien her, als Kinder, dann als Erwachsene, als Eltern, Großeltern, saßen auf Klappstühlen unter einem Sonnenschirm, einen großen Sonnenhut auf dem Kopf. Man sah die Kinder im Sand spielen und dem Wasser gefährlich nah kommen, man hörte die Mahnungen der Eltern, die bald alt werden und sich ihrerseits unter den Sonnenschirm zurückziehen würden. Delphine ging zu ihnen hinaus. Zu all den Generationen, die herumschreien. Im Angesicht des Meeres.

»SAMUEL!«, SAGT LOLA schon zum dritten Mal, »du sollst mich in der Öffentlichkeit nicht küssen, ich mag das nicht, es ist mir peinlich.«

»So ein Quatsch, dieser Zug ist völlig leer, und neulich Abend im Kino hast du mich die ganze Zeit geküsst. Und bei den die Maillol-Statuen! Was war da?«

»Die Maillol-Statuen, das war ganz am Anfang, am Anfang macht man immer solche Sachen, das gehört zum Spiel.«

»Keine Frau hatte jemals so was mit mir angestellt, das kann ich dir sagen. Mich unter meinem Mantel zu streicheln, mitten im Januar, vor den Statuen in den Tuilerien!«

»Schon deshalb wurde es Zeit, dass du bei reifen Frauen landest, sie haben mehr Fantasie.«

Um kundzutun, dass die Diskussion beendet war, legte Lola die Füße auf den Sitz gegenüber und schaute hinaus auf die vorbeiziehende Landschaft, aber es gab nicht viel zu sehen. Meistens fuhr der Zug an Böschungen entlang oder an Einfamilienhaussiedlungen, in deren menschenleeren Gärten aufblasbare Schwimmbecken und Klettergerüste standen. Das trostlose Bild der Langeweile, der allmählichen Kapitulation.

»Samuel, denkst du, wenn du einen leeren Garten siehst,

an übergewichtige Kinder, die sich vor idiotischen Fernsehserien mit Hamburgern vollstopfen?«

»Nein. Ich denke, dass sie vielmehr geflohen sind, so
schnell sie konnten, und hoch oben auf einem Baum oder
in einer Stadt voller Musik tief durchatmen.«

»Du bist ein Siegertyp, deine Kommunikationsfirma
wird bald Gewinn abwerfen, bravo!«

Samuel war nett. Vor ein paar Monaten war er sogar alles
gewesen, was sie mochte: begeistert, aufmerksam, voller
Energie, und verliebt, ja, so verliebt, wie man es nur sein
kann, wenn man den anderen so wenig kennt und es einfach
ist, dieses noch unscharfe Wesen in unsere Träume eintre-
ten und unseren Fantasien dienen zu lassen. Sie lauschte auf
den harten Tonschnitt, als der Zug in einen Tunnel fuhr.
Wie das knallte, lebendig und brutal. Sie überlegte sich,
dass sie diesen Ton mit dem des Windes koppeln könnte
oder vielleicht mit dem Knallen eines ausgebreiteten Lakens
im Wind. Lola war zehn Jahre lang Kriegsreporterin im
Nahen Osten gewesen. Vor zwei Jahren war sie nach Frankreich zurückgekommen und produzierte gerade eine Radiosendung über die Stille. Sie zog sich gern in dieses fortwäh-
rende Lauschen zurück. Das Geräusch des auftauchenden
Lebens, ohne Worte. Es hatte in Kanada angefangen, in einem Wald in der Nähe von Calgary. Da war dieses wiegen-
de, eindringliche Knarren. Sie hatte gefragt, was da so
rauschte und klagte, wie ein heiserer Aufprall. »Die Bäume«,
hatte man ihr geantwortet. Nicht die Äste, nicht die Blätter,
nicht der Wind. Der Baum selbst.

»Ich freue mich, dass wir drei Tage am Meer sind, du

wirst begeistert sein vom Haus von Denis und Delphine, und so ein Glück mit dem Wetter, was!«

»Ja. Ich hätte die Normandie nicht gern im Regen erkundet. Ich hasse Regen.«

O ja, wirklich, er weiß so wenig, dachte sie, wie kann ein Liebhaber sagen, dass er Regen hasst? Dabei hatte Samuel nichts von diesen armseligen Typen, die zwölf Monate im Jahr der Sonne hinterherjagten und sich zum schönen Wetter beglückwünschten, als wäre es eine persönliche Auszeichnung. Sie streichelte seine Wange. Betrachtete seine grünen, zu hellen Augen, sein lockiges Haar, das die noch rundlichen Wangen einrahmte. Nichts war abgenutzt.

Der Zug wurde langsamer, passierte, ohne anzuhalten, einen verlassenen Bahnhof. Hinter dem Bahnhof sah man eine Bar, ohne die Aufschrift lesen zu können, ein Moped stand davor. Lola dachte, dass sie das Geräusch des in den Tunnel einfahrenden Zuges mit dem eines Eisengitters unterlegen würde, an dem ein warmer Wind rüttelt. War es möglich, die Wärme des Windes zu hören? Samuel schmiegte sich an sie, als wäre sie eine Frau, die beruhigt. Eine Frau von achtunddreißig, bei der man Zuflucht findet.

Nun brachte sie also einmal mehr einen unerfahrenen Jungen zu Delphine und Denis nach Coutainville. Der sie nicht kannte. Sie blieb frei.

EHE SIE IN COUTAINVILLE ANKAMEN, machten Nicolas und Marie immer in Coutance Halt. Sie kauften bei Lemonnier Sandgebäck und Baisers, tranken einen Kaffee im Tourville, und schon waren sie im Urlaub. Seit sechzehn Jahren feierten sie den 14. Juli bei Denis und Delphine. Nicolas und Denis hatten sich im Lycée Chaptal kennengelernt, wo sie zur selben Basketballmannschaft gehörten; sie hatten abends zusammen trainiert, an den Wochenenden Spiele und Turniere, Kurse und Auswahlwettkämpfe absolviert. Mit dem Abitur in der Tasche war jeder seiner Wege gegangen. Nicolas begann Geschichte zu studieren, während sich Denis auf die Aufnahmeprüfung für das ISC Paris vorbereitete, die renommierte Businessschule, die seinem Vater so viel bedeutete. Eines Abends hatten sie sich zufällig in der Rue du Bac wiedergetroffen; Denis führte seinen Hund aus, einen schwarzen Labrador namens Pepsi, und Nicolas war unterwegs zu einem Cognacverkäufer, der seine Flaschen mit individuellen Etiketten versah und deshalb die meisten Schauspieler von Paris als Kunden hatte, die an den Premierenabenden Cognac mit so lustigen Namen wie »Das doppelte Lotterchen« oder »Boeing Boeing« verschenkten. Nicolas wollte seine Bestellung abholen: Die Flasche hieß »Don Juan«, Marie spielte Elvira, sie war fünfundzwanzig und er machte ihr seit acht Monaten den Hof. Neben dem Cognac schenkte er ihr am Premierenabend einen Verlobungsring. Sie nahm ihn auf der Stelle an. Drei Monate später waren sie verheiratet, *Don Juan* ging auf Tournee, Nicolas besuchte die Truppe an den Wochenenden und während der Schulferien und kannte bald Don Juan, die Fahrpläne der SNCF und alle Provinzlokale, die nachts geöffnet hatten, auswendig.

Die Sonne verlieh Coutance den Anstrich eines Badeortes. Das Meer war nur noch ein paar Kilometer entfernt, die Luft war schon anders, trotz der Sonne eher frisch; man hörte die Möwen, ohne sie zu sehen, Autos mit Booten auf dem Anhänger fuhren vorbei.

»Ich glaube, ich nehme an, wenn Denis mir vorschlägt, seine Stute zu reiten.«

»Nicolas! Denis wird dir niemals anbieten, Tina zu reiten! Er wird dir einen der alten Gäule aus dem Club andrehen, und dann kommst du wieder nicht hinterher.«

»Versuch nicht, mich davon abzubringen, weil du Schiss hast. Gaul oder nicht, ich habe Riesenlust, einer von den Männern auf dem Prospekt zu sein, weißt du: das Bild, auf dem sie mit wehenden Haaren und Cashmerepullover um die Schultern über den Strand galoppieren!«

Marie strich über Nicolas' kurzes Haar:

»Fehlt nur noch der Cashmerepullover, mein Schatz.«

Ihr Auto, ein alter, dunkelgrüner Peugeot, hatte keine Klimaanlage. Marie öffnete das Fenster und fing mit der Hand die Luft draußen ein; durch den leichten, der Geschwindigkeit geschuldeten Widerstand schien es ihr nach einer Weile, als würde ihre Hand anschwellen, taub werden wie nach einem Insektenstich und sich von ihrem Körper lösen. Das Vorsprechen am Morgen war seltsam lange her, und die Erniedrigung, als man sie gebeten hatte, eine dritte Aufnahme zu machen, hatte vielleicht eine andere als sie empfunden, eine, die sie dort zurückgelassen hatte. Sie fragte Nicolas, ob er sie lieber in ihrem schwarzen Badeanzug oder in dem gestreiften Bikini sehe. Natürlich erinnerte er sich an keinen von beiden.

»Was ist eigentlich die Frage, Marie?«

»Im Moment sind sowieso Pareos in Mode; ich habe einen Pareo mitgenommen.«

»Was ist eigentlich die Frage?«

»Habe ich dir gesagt, dass Anaïs will, dass wir Ende August zu ihr fahren? Ich habe gesagt: ›Dein Vater wird sicher einverstanden sein.‹ Oder? Du bist doch einverstanden? Tel Aviv ist Ende August besonders schön, wenig Leute, keine religiösen Feste.«

»Egal, was die Frage ist, die Antwort ist Nein: Du hast nicht zugenommen.«

»Danke.«

Nicolas fuhr etwas langsamer und strich mit der Hand über Maries Bluse:

»Wenn du gestattest, überprüfe ich es.«

Sie sah ihn mit einem kleinen Lächeln an, dieser Mann gefiel ihr außerordentlich. Das traf sich gut.

DAS IST EIN SCHÖNER PLANET, dachte Delphine, ein sehr schöner Planet: das Meer, der Himmel, die Bäume, der Regen und die Sonne. Wenn Gott existiert, ist er ein genialer Bühnenbildner. Nur schade, dass er unbewohnbar ist. Schade, dass er nicht gemacht ist, um darauf zusammenzuleben. Sie neigte lächelnd den Kopf. Serge kam auf sie zu, sie stand auf, um ihm die Hand zu geben:

»Wann sind Sie denn angekommen? Ich dachte, die Fensterläden waren zu.«

»Vorhin erst.«

»Ist Denis nicht da?«

»Er ist beim Dachdecker. Und Sie? Wann sind Sie … Sind Sie schon lange da?«

»Gabrielle hat ihr Französisch-Abi gemacht, sie haben sie erst am 7. Juli gehen lassen; das war vielleicht ein Elend, acht Tage länger in Paris zu bleiben, weil Sylvie sie natürlich nicht allein lassen wollte. Das verstehe ich. Schließlich war das Abi in diesem Jahr wirklich nicht ohne, Gabrielle hat die Textinterpretation gewählt, das Thema, dreimal dürfen Sie raten … Delphine? Delphine, hören Sie mir zu?«

Denis war da. Er hatte gebadet. Er kam aus dem Wasser. An seinen tiefen Atemzügen erkannte sie, dass er lange geschwommen war, weit hinaus, voller Glück.

»Und was war das Thema in diesem Jahr?«

»Eine Rede von Obama, aber das habe ich doch gerade gesagt.«

»Nein, aber nicht die ganze Rede? Doch?«

Denis beugte sich vor, um sein Handtuch aufzuheben und sich kräftig den Körper abzureiben, während er aufs Meer hinaussah, das Gesicht ein wenig verzogen, wie immer bei einer Anstrengung. Er hatte schöne Beine. Die ihm nicht gefielen. Den meisten Männern gefallen ihre Beine nicht, sie haben unrecht, dachte Delphine. Ein Ball landete vor Denis' Füßen. Ein Junge kam angerannt und kniff wegen der Sonne die Augen zu. Denis hob den Ball auf, ohne ihn zurückzugeben, und sie unterhielten sich einen Moment.

»Also wirklich, er mag ja den Friedensnobelpreis haben, aber eine Rede ist nicht das, was ich Literatur nenne.«

»Und was ist Literatur?«

Der Mann lachte. Er dachte, Delphine mache einen Scherz, sie sei einverstanden, dass es keine Literatur war, und er erging sich über die Volksbildung und die Privatisierung der Post. Delphine beobachtete immer noch über seine Schulter hinweg Denis und den Jungen. Denis war so groß, etwas herabgebeugt zu dem Kleinen, der jetzt lachte und von einem Fuß auf den anderen hüpfte. So war er auch mit seinen eigenen Kindern gewesen: nett, liebenswürdig, eilig. Sie war vierundzwanzig Stunden am Tag da. Denis musste nur auftauchen, für ein Wochenende, ein paar Stunden, und Jeanne und Alex tranken seine Worte, schufen sich mit ihrem Vater wärmende, genüsslich der Abwesenheit ge-

stohlene Erinnerungen. Sie waren immer voller Dankbarkeit für ihn, weil seine Zeit so kostbar war, es war eine
Gunst, dass er ihnen ein wenig davon schenkte. Delphine
war da, und das war selbstverständlich, vielleicht musste sie
sogar ihren Kindern dankbar sein, weil sie ihr ihren Platz
gaben. Aber sie waren herangewachsen. Und hatten die
Grenzen verwischt. Denis gab dem Jungen den Ball, der
Kleine rannte davon. Der Mann wandte den Kopf, um zu
sehen, was Delphine über seine Schulter hinweg beobachtete.

»Na so was! Denis!«

Er eilte mit offenkundiger Erleichterung auf ihn zu. Denis hatte seine Züge bestens im Griff, nur Delphine nahm
den kurzen Augenblick heftiger, widerwilliger Überraschung darüber wahr, sie am Strand zu sehen, und als der
Mann bei ihm war, zeigte er das einladende, offene Lächeln,
das seine zweite Haut, seine Maske als Generaldirektor war.
Er könnte sogar am Strand einen Vertrag unterzeichnen,
dachte sie. Sie beschloss, sich nicht von der Stelle zu rühren. Nicht die Komödie der Ehefrau zu spielen, die ihrem
Mann entgegengeht und ihn fragt, was beim Dachdecker
rausgekommen ist und ob er mit ihr zusammen das erste
Bad des Jahres nimmt. Wie sie es früher getan hatten. Das
erste Bad des Jahres, rennend, Hand in Hand, mit den un-
vermeidlichen fröhlichen Schreien, weil das Wasser so kalt
ist in der Normandie, und dem gefürchteten und zugleich
lustigen Moment, wenn es den Unterleib erreichte, mit dem
Lachen und den Grimassen; und dann, nachdem man bis
drei gezählt hatte und eingetaucht war, tat es so gut, end-

25

lich drin zu sein und zufrieden zu sagen: »So kalt ist es gar nicht« und sich mit salzigem Mund und rasendem Herzen zu küssen. Denis war etwas verlegen, weil sie sich nicht rührte und ihn so aus der Entfernung anschaute; sie wusste es, sie sah es an seinem gereizten und irgendwie vorwurfsvollen Blinzeln.

»Warst du noch nicht baden? Serge geht gerade, beeil dich, das Meer zieht sich zurück.«

Er kam zu ihr, mit dem Mann, von dem er nicht wusste, wie er ihn loswerden sollte.

»Nein, also … Ich muss zurück. Sylvie wartet auf mich«, sagte er.

»Wollen Sie nicht mit meiner Frau baden gehen? Das ist ein Fehler, sie ist eine gute Schwimmerin.«

»Serge hat dir gerade erklärt, dass er es eilig hat«, sagte Delphine in eisigem Ton, und der Nachbar machte sich davon.

»Gehst du nicht baden?«

Sie wagte ihm nicht zu sagen, dass sie keine Lust hatte, allein zu gehen.

»Was ist, gehst du nun baden oder nicht?«

»Was kümmert dich das?«

Er zögerte einen Moment. Streckte ganz kurz die Hand zu Delphines Haar aus, ohne diese Regung zu verstehen.

»Nichts«, sagte er. »Es ist mir egal.«

Und er ging, sein Handtuch um den Hals, wie ein Boxer. Er verließ den Strand, lief sehr aufrecht, ohne im Sand zu rutschen, denn er sagte sich, dass sie ihn vielleicht anschaue. Aber sie schaute ihn nicht an. Sie ging zum Meer, das sich schon zurückzog; man musste lange über den nassen Sand laufen, ehe man das Wasser erreichte, und dann noch mal lange laufen, ehe es bis zu den Schenkeln ging und man eintauchen konnte. Delphine lief gern so bei Ebbe, trat in warme Pfützen, auf die Sandhäufchen, die die Würmer hinterlassen hatten, die weichen Algen, die zerbrochenen Muscheln, die ein bisschen wehtaten, all diese Spuren des Meeres, wenn es noch nicht verschwunden ist.

Später trafen sie sich zu Hause wieder, und jeder wusste, was er zu tun hatte, ehe die Kinder und die Freunde am nächsten Tag kommen würden. Marie und Nicolas, die treuen, beruhigenden Stammgäste, Lola und ihr neuer Freund, den sie kaum kannten und von dem sie nichts erwarteten; Jeanne und Alex mit ihren Freunden, eingeladen als Spielgefährten, zum Zeitvertreib. Delphine kümmerte sich darum, dass in den Schlafzimmern und Bädern nichts fehlte, versicherte sich, dass die Putzfrau ihre Anweisungen befolgt hatte. Dann ging sie Rosen schneiden. Um auch etwas zu tun. Denis kontrollierte seinen Weinkeller, holte Gartenmöbel und den Grill heraus. Die Sonne stand jetzt hoch, und das Meer war unsichtbar. Schon sah man die Gestalten, die auf die Jagd nach Krabben und Sandaalen gingen. Jedes Jahr war es so, die gleichen Gesten, die gleichen Bilder in derselben Landschaft und die Freude, sich wiederzusehen, mit klar verteilten Rollen und dem gemeinsamen Wunsch, dass alles gelingen sollte. In diesem Jahr aber würde nichts so ablaufen wie erwartet.

»JEANNE IST SCHÖN«, meinte Marie. »Es ist unglaublich, wie weiblich die Mädchen heutzutage mit sechzehn sind, wir sahen doch aus wie Pummelchen, oder? Wir waren noch Babys.«

Delphine sah ihre Tochter an, die mit ihrer Freundin Rose unter der großen Kiefer im Garten saß. Sie lackierten sich mit eifrigem Ernst die Fußnägel, ohne ein Wort zu wechseln.

»Ihre Freundin gefällt mir nicht besonders«, sagte sie.

»Habt ihr gesehen, was sie liest?«, fragte Lola. »*Closer* und *Voici*, dabei kaut sie Kaugummi, das ist genau der Typ Mädchen, wie sie in allen Einkaufszentren rumhängen.«

Und sie saßen da und beobachteten die beiden Mädchen, die gleichgültig waren für alles, was um sie herum geschah, die keine Hilfe angeboten hatten, um den Tisch zu decken oder die Salate vorzubereiten. Die drei Frauen versuchten sich vorzustellen, was sie an ihrer Stelle getan hätten, und die Jugendzeit kam ihnen noch nicht so fern vor, fröhliche Ungeduld, gemischt mit Misstrauen und Instinkt. Manchmal tauchte die Vergangenheit wieder auf. Ganz kurz, wie eine Mahnung. Sie gossen sich Wein ein. Marie fand ihre Beine zu blass und ihre Knöchel geschwollen. Ganz bestimmt hatte sie zugenommen. Ihr Körper wurde gleichsam ohne sie, ganz unkontrolliert dicker und älter. Lola dachte, dass sie schon so viele Männer in dieses Haus gebracht hatte, und was sie in den ersten Jahren amüsiert hatte, kam ihr heute abgeschmackt vor. Eine alte Gewohnheit, die keinen Sinn mehr hat und die man aus Nachlässigkeit nicht aufgibt. Sie sah Jeanne und Rose an und erinnerte sich. Sechzehn, das war gut, kurz bevor ihr Leben eine hässliche Wendung nahm. Marie erzählte Delphine von ihrem Casting, der Rolle der »jungen« Großmutter, aber Delphine sah ihre Tochter an und versuchte zu verstehen, was sie mit dieser Freundin verband, diesem Teenie der Shoppingcenter und der Klatschspalten über die Cellulitis der Stars. Rose hatte den Kopf zwischen die Schultern gezogen und den Oberkörper leicht vorge- schoben, wie in Abwehrhaltung – die Gestalt eines kleinen Stiers. Jeanne vertraute ihr wahrscheinlich ihre Geheimnisse an. Verstand sie sie? Antwortete sie darauf? Hatte dieses pri- mitive kleine Geschöpf Einfluss auf ihre Tochter? Marie spür- te, dass sich Delphine nicht für das interessierte, was sie ihr erzählte. Ihre Geschichten waren vorhersehbar. Wie lange schon erzählte sie von ihren Plänen, die immer gleich aus- sahen: die Rolle, das Casting, das Warten? Ihre Freundin- nen waren daran gewöhnt. Das war sie: eine Schauspielerin- die-auf-eine-Rolle-wartet. Sie leerte ihr Glas in einem Zug. Die Sonne stand hoch am Himmel, das Meer war in der Nacht zurückgekehrt, wie eine Kulisse, die sich an ihren Platz stellt. Das musste man natürlich ausnutzen, die Gelegenheit eines sonnigen Nachmittags in der Normandie bei Flut durfte man nicht verpassen. Delphine rieb sich schon die Beine mit Sonnencreme ein, weil es ihr Vergnügen bereitete, der leicht süßliche Geruch, die ölige Substanz, die an den Fingern und an der die Sandkörner haften würden, und die Sandkörner würden ins Haus, auf den Boden und in die Betten kommen, jeder würde ein bisschen vom Strand mit sich nehmen, die Erinnerung an einen Tag in der Sonne.

Samuel, die Arme voller Weinflaschen, kam mit Denis und Nicolas zurück. Sie hatten die Einkäufe erledigt, die die Männer machen, das Vergnügen geteilt, gemeinsam in einem teuren Laden zu stehen, ohne sich ein Menü ausdenken oder konkret werden zu müssen. Sie hatten Zeitungen und Zigarren gekauft, außerdem beim besten Konditor Sorbets, die sie im Auto auf der Rückbank vergessen hatten. Lola sah Samuel an, er war glücklich, hier zu sein, wollte alles richtig machen und sich so bereitwillig und sympathisch präsentieren, wie er konnte. Er war der kleine Neue und wusste, dass er bewertet und unvermeidlich getestet wurde. Er hatte Rubbellose gekauft, *Millionaires* und *Bancos*, setzte sich neben sie ins Gras und fing an, sie eins nach dem anderen sorgfältig abzukratzen. Lola wusste genau, was Marie und Delphine dachten, spürte ihre stumme Missbilligung. Denis kam zu ihnen.

»Dein Mann hat beschlossen, uns sein Thunfischtatar zu servieren, man kann die Küche nicht mehr betreten«, sagte er zu Marie.

Delphine hasste ihn dafür, »dein Mann« zu sagen und nicht »Nicolas«, diese winzige Distanz, die seine Überlegenheit kundtat, denn für Denis war ein Mann in einer Küche ganz sicher fehl am Platz, wenn er nicht gerade Austern öffnete oder eine Lammkeule tranchierte.

»Ich habe Denis beim Flipper geschlagen«, sagte Samuel, »eine tolle Partie, was, Denis?«

»Ich habe mir überlegt, dass es vielleicht eine gute Idee wäre, einen Flipper im Aufenthaltsraum der Firma aufzustellen. Heutzutage ist überall von Mittagsruhe die Rede, das kommt aus Japan, angeblich brauchen die Angestellten ihr Nickerchen. Ich stelle lieber einen Flipper auf.«

»Soll er die Kinderkrippe ersetzen oder ist es ein Bonus?«, fragte Delphine.

Es gab eine kleine Stille, nur ein Moment. Lola wusste, dass es die wahre, reine, unmittelbare Stille nur im Studio gab. Diese hier vibrierte von lastenden Schwingungen, gleich winzigen Schreien.

»Nicolas hat erzählt, dass du für eine Großmutterrolle vorgesprochen hast«, sagte Denis zu Marie. »Du weißt, dass du verloren bist, wenn du das machst! Dann bieten sie dir nur noch Rollen für alte Frauen an.«

»Man kann in meinem Alter schon Großmutter sein.«

»Das ist doch scheißegal! Es ist eine Frage der Strategie. Wenn du das jetzt annimmst, statt begehrenswerte, leidenschaftliche Frauen zu spielen, bist du erledigt.«

»Man kann doch Großmutter sein und leidenschaftlich, oder nicht?«

Marie überlegte sich, wie verwirrend es war, dass alle Alter so in uns zusammenlebten, ohne dass eines das andere auslöschte oder verdarb. Delphine cremte jetzt ihre Arme ein, langsame, wiederholte Liebkosungen, schaute auf ihre Hände, als würde jemand anderes sie pflegen. Dann sagte sie:

»Jeannes Freundin ist eine dumme Gans.«

Samuel hob erschrocken den Kopf. So konnte man auch über ihn sprechen, kein Zweifel. Denis lächelte unwillkürlich.

»Eine richtige Gans«, sagte er.

Es gab einen kurzen Windhauch, flüchtig, wie vom Meer gesandt, und im Garten verstärkte sich der Harzgeruch, mischte sich mit dem des Buchsbaums und der Zypressen, und dieser Geruch passte gut zu dem Wein, den sie tranken, zu dem Tag, der vor ihnen lag wie ein Angebot.

IN DEM ZIMMER OBEN unter dem Dach fühlte man sich ein bisschen wie auf einem Schiff. Das Zimmer war für Lola und Samuel vorbereitet; Delphine gab es immer dem frischesten Paar, sie nannte es insgeheim »das Zimmer der langen Siesta«, und jedes Jahr führte Lola einen Mann hinein, der wusste, dass er nicht der Erste war, und zweifelte, ob er im nächsten Jahr wieder hier sein würde, was nicht gerade schmeichelhaft war, ihm aber allzu große Anstrengungen ersparte.

Das Zimmer roch nach frischem Holz und man stieß sich oft den Kopf, denn die Decke war so schräg wie das Dach; das winzige Badezimmer war rudimentär und sogar im Sommer ziemlich kalt, trotzdem hatten Denis und Delphine damals geplant, es zu ihrem Zimmer zu machen. Es hatte nichts von einem ehelichen Schlafzimmer, noch weniger von einem elterlichen, und wenn die Kinder nachts geweint hätten, hätten sie sie nicht gehört. Deshalb waren sie nur heimlich hinaufgekommen, ungeplant. Für ein paar Stunden. Wie zwei Liebende, die ins Hotel gehen. Damals liebten sie sich alle beide, wie man ein Ideal liebt, mit geradezu mystischer Schwärmerei, ihre Liebe war so stark, dass ihr Gleichgewicht dadurch bedroht wurde. Und jetzt konnten sie ein Zimmer teilen und allein darin sein. Ein Haus, Kinder, Freunde teilen, und ihre gegenseitige Gleichgültigkeit wurde von allen hingenommen, wie eine neue Farbe an der Wand, etwas Unwiderrufliches und sogleich Akzeptiertes.

In diesem Zimmer schliefen Lola und Samuel miteinander, ihre Siesta war länger als die der anderen Paare, das Ritual, im gelblichen Licht, mit dem Ausschnitt des Himmels in der runden Dachluke, den malvenfarbenen Laken, der zu kurze Kissenrolle und den zerlesenen Romanen auf dem Boden, deren Titel so überholt klangen wie die Schlagzeilen einer alten Zeitung. Dazu allerlei Krimskrams vom Trödler, ungleiche Stühle, Bleistiftzeichnungen, Kiesel und Muschelschalen voller Staub. Es war ein zerstreuter Ort. Lola schaute Samuels Rücken an, er hatte sich nach dem Beischlaf umgedreht, sie sah seine weichen Schultern, die feinen Schulterblätter, die Zeichnung der Wirbelsäule, der Körper eines Sechsundzwanzigjährigen, ohne Unebenheiten. Sie wusste, dass sie seiner sehr schnell überdrüssig werden würde, denn Samuels Jugend war entmutigend. Wie eine nie vollendete Zeichnung. Sie wartete, bis er eingeschlafen war, um an den Strand zu gehen. Die Helligkeit draußen traf sie so heftig wie ein Blitzlicht, die Hitze war wie aus einem Block. Sie nahm den kleinen Weg aus Sand und Erde zum Meer. Jahr für Jahr nahm sie den kleinen Weg aus Sand und Erde zum Meer, eine ironische Wiederholung, wie eine Lethargie. Sie wollte, dass sich das ändert. Sie wusste nicht, wie sie es anstellen sollte. Sie hörte ihren Namen rufen. Samuel rannte ihr hinterher, wütend wie ein Kind, das man allein gelassen hatte.

DER STRAND WAR EIN TERRITORIUM, auf dem jeder seine Gewohnheiten, seinen Platz und seine Zeiten hatte. So konnte man sich dort jeden Tag wiedertreffen, am Vortag begonnene Gespräche fortsetzen, sich Zeitschriften borgen, sich für den Aperitif um 19 Uhr oder eine Runde Beach-volleyball verabreden oder sich einfach kurz zuwinken und stundenlang ignorieren. Das waren lockere, unwandelbare Anstandsregeln.

Lola und Samuel gesellten sich zu Marie und Delphine an ihrem Stammplatz. Das Haus lag direkt in ihrem Rücken, versteckt, aber genau hinter ihnen, deshalb war es legitim, dort zu liegen, in gerader Linie vor dem Grundstück, und der Blick blieb unverändert: die Biegung des Strandes hin zum Zentrum von Coutainville, die Inseln Jersey und Guernsey, die man sich bei schönem Wetter mit dem Fern-glas zeigte, das Haus des Stadtrats mit seinen dicken Gly-zinien, an dem man immer vorbeikam, wenn man zum Strand ging, und das von Doktor Aubert, erstaunlich mo-dern in dieser unveränderten Vorkriegskulisse.

Marie und Delphine lächelten über die späte Ankunft des Paares. Aber keine von beiden beneidete Lola. Nur ein bisschen Neugier, amüsierte Nachsicht. Samuel setzte sich zu ihnen. Hatte Lola es ihm nicht gesagt? Das war nicht

35

sein Platz. Bestimmte Stunden sind einfach nicht gemischt:

»Denis und Nicolas sind in der Reithalle«, sagte Delphine zu ihm.

»Ich kann nicht reiten«, sagte er und streckte sich im Sand aus.

Also schwiegen sie. Die Anwesenheit des jungen Mannes machte den Moment neutral und unpersönlich. Die Flut war da. Die Kinder warfen sich mit Geschrei ins Wasser, und wenn man die Augen schloss, hallten ihre Schreie noch lauter. Eine Mischung aus Erregung, etwas Angst und Herausforderung. Das Meer ist der einzige Ort, wo man vor Freude schreien kann, ohne das jemand verlangt, man solle leise sein, dachte Lola. Vielleicht, weil das Meer der einzige Ort ist, wo sich jeder so wie an dem Tag fühlt, als er es zum ersten Mal gesehen hat. Wo man sich meistens wie ein Kind fühlt. Sie amüsierte sich damit, die Schreie in Gedanken in eine Fantasiepartitur einzutragen: die tiefen, die hohen, die Achtelnoten, den Takt.

»Das sind doch Jeanne und Rose da unten, oder?«

Samuel zeigte auf die beiden Mädchen, die ein Stück entfernt im Sand saßen und mit einem auffällig mageren Jungen sprachen, der ihnen zuhörte, während er auf den Sand starrte, den er wieder und wieder durch seine Finger rinnen ließ. Dann standen sie alle drei auf und kamen zu ihnen.

»Das ist Dimitri«, sagte Jeanne.

Der Junge schien aus einer anderen Zeit zu kommen. Sein längliches Gesicht, die mandelförmigen Augen, die schmalen Lippen, das kurz geschnittene Haar. Er sah nicht

wie von heute aus. Er war groß und schmal, leicht vorgebeugt, wie ein Giacometti.

»Dimitri? Haben wir uns schon mal gesehen?«, fragte
Delphine.

»Ich bin zum ersten Mal hier.«

Seine Stimme war leise, in sich selbst zurückgenommen.

»Er hat ein Zimmer bei Mère Thibault gemietet«, sagte
Jeanne mitleidig.

»Ach, das ist sehr gut«, sagte Dimitri, »es gibt sogar
Malzkaffee zum Frühstück.«

»Und woher kommen Sie?«

»Aus Zentralfrankreich. Weiter unten. Viel weiter unten.«

Er lächelte Delphine traurig an, dann wandte er sich
plötzlich dem Meer zu, aufmerksam und verärgert.

»Ihr solltet hochgehen und euch umziehen«, sagte sie zu
Jeanne, »wollt ihr nicht baden?«

Jeanne hatte noch ihren Rock an, Rose trug eine weite
Kakihose und ein Kapuzenshirt, sie glich einem wilden Tier
in einer Versteinerung.

»Wir gehen kurz hoch, kommst du mit, Dimitri?«

»Ich warte hier auf euch«, sagte er. »Ich rühre mich nicht
von der Stelle.«

Er verabschiedete sich mit einem kurzen Nicken von
den Frauen und Samuel und setzte sich ein Stück weiter hin.
Eine Weile beobachteten sie ihn aus dem Augenwinkel, seinen großen, blassen Körper, das erhobene Gesicht, gleichgültig für die Sonne, die angezogenen Knie. Sie stellten sich
vor, dass er der Typ Teenager war, der sich auf Partys, bei

denen er niemals tanzt, mit Desperado betrinkt. Der Typ, der in einem Pausenhof instinktiv ausgeschlossen wird. Trotzdem lag in seinem schmalen Blick, in seinen Schlitzaugen ein schwarzer, lebhafter Glanz, wie der Funke eines Streichholzes, ehe es sich entzündet. Man hätte nicht sagen können, ob es Unverschämtheit oder Verwirrtheit war.

Dann dachten sie nicht mehr darüber nach. Denn anstatt die Rückkehr von Jeanne und Rose abzuwarten, verschwand der Junge nach einer Weile plötzlich. Sie merkten es erst, als die beiden Mädchen in Badesachen zurückkamen, Rose in ein großes Badetuch mit dem Gesicht von Madonna gehüllt.

»Wo ist Dimitri?«, fragte Jeanne mit einer Aggressivität, die bedeutete, dass sie schlecht auf ihn aufgepasst hatten.

Samuel sagte, dass sie sicher zu lange gebraucht hätten und er genug gehabt hätte.

»Oder aber«, sagte er, »oder, mal sehn: Wie spät ist es? Vielleicht Kaffeezeit? Vielleicht ist er zur Mère Thibault gegangen, um sein Schälchen Malzkaffee zu trinken.«

Er lachte kurz und kratzte sich die Brust. Jeanne warf ihm einen Blick zu, dessen Verachtung kundtat, das er, der Neue, Lolas letzter Liebhaber, nichts zu sagen hatte. Nicht die geringste Autorität in der Gruppe besaß und erst recht nicht über sie. Sie ging davon. Rose folgte ihr und kaute auf ihren Haaren herum, ihre Füße versanken im Sand, es sah aus, als habe ihr Körper Mühe, ihr zu folgen, und verlange einzig danach, auf der Stelle zusammenzubrechen.

»Na prima!«, sagte Delphine zu Samuel. »Jetzt kann ich sicher sein, dass meine Tochter ihre Ehre daransetzen wird, sich immer und überall mit diesem, wie hieß er noch? Dimitri? Mit diesem Dimitri zu zeigen.«

Lola und Marie wussten, dass sie recht hatte: Samuel hatte Jeanne mit seinem Spott geradezu auf den Jungen angesetzt. Sein kantiges Gesicht und seine Allüren eines schüchternen Aristokraten würden in ihren kleinen Kreis eindringen; das war schade. Dann schwiegen sie lange. Das Geschrei der badenden Kinder war schriller und boshafter als das der Möwen. Marie dachte, dass die Augenblicke nie so sind, wie man sie sich erhofft hat. Wenn sie es gewusst hätte, hätte sie Nicolas beim Reiten zugesehen; er war so stolz darauf. Delphine sah zu, wie ihre Tochter und deren Freundin badeten. Jeanne schwamm wie üblich weit hinaus, sie war eine erfahrene Schwimmerin und hatte hier, im Mickymausclub von Coutainville, ihre ersten Schwimmstunden genommen, in einem blauen Plastikbecken, das von der Sonne aufgewärmt wurde und nach Chlor und warmem Gummi roch. Nach dem Unterricht hatte sich Jeanne an ihre Mutter geschmiegt, die an den Strand gekommen war und ihr den Rücken trockenrieb, während der Schwimmlehrer schon die nächste Stunde gab. Das war eine vergangene Zeit, an die sich Delphine erinnerte, als hätte sie ihr nie gehört. Die Liebe, die sie damals für ihre Kinder empfunden hatte, war ein Gefühl von eifersüchtigem Besitzanspruch und irrationalem Stolz gewesen. Ein starkes Gefühl, das sie mit so vielen Frauen teilte. Damals beruhigte es sie, gab ihr Halt.

Urlauber gingen vorbei, am Strand und auf dem Deich, kleine Grüppchen, Paare. Lola hörte etwas zu laut gesprochene Satzfetzen und dann die Stille, das Lachen, alles war flüchtig und geborsten, schien aber am Ende zu einer einzigen Rede zu gehören, der man unaufmerksam lauscht, unterbrochen von unseren eigenen Gedanken und unserem Abschweifen. Bald schon wollte sie dem Strand nicht mehr wie einer geborstenen Partitur lauschen. Sie wollte dazugehören.

»Passt du auf unsere Sachen auf, während wir baden?«, fragte sie Samuel, um ihn von dem Bad mit ihren Freundinnen auszuschließen.

Als sie gerade aufstanden, ohne auf seine Antwort zu warten, erleichtert, wieder ihr Trio bilden zu können, sahen sie Dimitri: Er ging am Wasser entlang, nur ein paar Schritte, dann machte er kehrt. Er starrte auf seine Füße und auf seinen Schatten, der ihm mal folgte und mal voranging, wie ein Freund, mit dem er sich unterhielt und der im Eifer des Gesprächs seinen Platz wechselt. Und so, mit gesenktem Kopf und hängenden Armen, hätte man ihn für einen reifen Mann halten können, der lange überlegt, die Grundlagen einer Theorie entwickelt. Samuel rannte zu ihm.

SPÄTER GINGEN SIE zur Terrasse des *Neptune*, um ein Glas zu trinken, und hofften, weder ein Kind noch einen Ehemann oder einen Liebhaber zu treffen, sondern die drei Mädels im Urlaub zu bleiben, die losgelöst von ihren Rollen in der Familie das Gesicht der Sonne zuwenden und weißen Martini trinken. Ein der Organisation ihres Gemeinschaftswochenendes gestohlener Moment. Hinter ihnen quirlte die kleine Stadt, die Familien machten Einkäufe, die Touristen kauften unnütze Souvenirs und gewellte Postkarten, die das normannische Loch rühmten, die Händler hatten zusätzliches Personal eingestellt, und vor dem Metzger und dem Bäcker, im Duft von Brathähnchen und Brioche, stand man Schlange, ohne sich zu beklagen.

»Die Leute kaufen sehr früh ein, oder? Es ist noch nicht mal vier.«

»Sie haben Angst, dass die Geschäfte am 14. Juli geschlossen bleiben, aber sie schließen nie, es ist jedes Jahr dasselbe, das Gedränge in den Läden, rund um die Uhr«, sagte Delphine. »Wisst ihr noch, als Denis und ich vor sechzehn Jahren das Haus gekauft haben? Da waren so wenig Leute hier, und jeder kannte jeden.«

»Das stimmt«, sagte Lola, »ich weiß noch, dass wir Sonntags den Strand mieden, weil dann die Leute aus der Umgebung herbeiströmten, zum Glück fuhren sie abends wieder weg, und wir hatten die Woche über Ruhe.«

»Ich finde euch verdammt elitär«, sagte Marie.

»Hör auf!«, sagte Lola. »Erzähl mir nicht, dass du nicht auch den Zeiten nachtrauerst, als Coutainville ein kleines Dorf war, wo man jeden kannte. Erzähl mir nicht, dass du dich über diese Menschenmassen freust, die mit ihren Caravans angefahren kommen.«

»Auf jeden Fall würde ich, eine arme, mit einem Geschichtslehrer verheiratete Gelegenheitsschauspielerin, sicher im Zelt auf dem Campingplatz von Agon schlafen, wenn Delphine nicht ein Haus in Coutainville hätte.«

»Dann sollte ich zusehen, dass ich verheiratet bleibe«, sagte Delphine.

»O ja, bitte! Gib dir Mühe.«

Das Meer war übersät von winzigen Badenden, von Köpfen, die in dem harten Licht wie Bojen aus dem Wasser auftauchten. Für Marie und Lola schien es unmöglich, dass Delphine Denis eines Tages verlassen würde, denn sie hing an der Familie und auch am Geld. Sie dachten, dass sie nichts von den Frauen hatte, die eines Morgens mit der Lust aufwachen, ein neues Leben zu erobern und zu kämpfen. Sie hatte die Trägheit jener, die sich selbst gering schätzen. Sie wussten, ohne je darüber zu sprechen, dass Delphine in den Armen der Männer Ablenkung von einem Leben fand, das seinen Reiz verlor.

Lola sagte, sie habe Lust, sich einen neuen Badeanzug zu kaufen, und brauche ihren Rat: In diesem Sommer waren große Blumen modern, wie die Wohnzimmertapeten der Siebzigerjahre, aber war das nicht irgendwie lächerlich? Auszusehen wie der Salon ihrer Mütter? Sie beschlossen, sich in *Elle* die Bademode dieses Sommers anzusehen, bevor sie ins Geschäft gingen. Die kaum volljährigen Mannequins, die lasziv im Sand lagen, hatten den Blick männermordender Vamps. Maries Telefon klingelte, Denis und Nicolas waren zurück aus der Reithalle, Nicolas bedauerte, dass sie ihm nicht zugesehen hatte, und fragte, ob sie morgen mitkommen wolle. Sie würden nämlich noch einmal hingehen, weil Denis' Stute noch mehr bewegt werden müsse. Nicolas rief Marie mehrmals am Tag an, wegen der unwichtigsten Dinge oder wegen seiner Panikattacken, obwohl diese seit ein paar Monaten fast verschwunden waren. Er hatte drei Jahre zuvor eine Depression gehabt, die Wohnung nicht mehr verlassen, nur Zeitung gelesen und den ganzen Tag lang Papiere sortiert, als wäre seine Zeit nichts Kostbares mehr, sondern etwas Fades, Leeres, als wäre Zeitung lesen und Papiere sortieren genug für einen Mann, der unnütz geworden und ohne Freude war. Nachts betäubte er sich mit sauren Pillen, die seine Leber zerstörten und die Alpträume kaum verdrängten.

Sie verzichteten auf den Kauf des Badeanzugs und gingen am Strand entlang zurück. Marie fühlte sich unbehaglich in ihrem Pareo, eingeschnürt wie ein zu dickes Paket. Sie beneidete Delphine: Die Männer drehten sich immer noch um, wenn sie vorbeiging, und da, auf dem Deich, entgingen ihr die Blicke nicht; sie sagten, dass Delphine eine Frau war, die man gern ansprechen würde, eine Frau, von der man nicht mehr verlangen würde als das, was sie geben konnte, und dass man sich mit wenig begnügen würde. Sie gingen zu dritt unter der harten Nachmittagssonne, auf dem Höhepunkt der Hitze an diesem 13. Juli in Coutainville, und für jede von ihnen war diese gemeinsame Sonne wie ein persönliches Geschenk, sie drängte ihre Anwesenheit auf wie laute Musik. Sie trafen Bekannte, Nachbarn, die Kinder von Freunden, die immer so plötzlich groß werden, Paare bilden sich, andere lösen sich auf, man muss sich neue Vornamen merken, die flüchtige Verlegenheit, sich in Begleitung eines neuen Mannes oder einer neuen Frau zu zeigen, die rasche Vorstellung, und dann die Kommentare, später, mit leiser Stimme, unter sich. Die eiligen Urteile und die Boshaftigkeit, über die man lachen muss. Aber im Grunde war nichts davon wichtig. Man musste einfach nur da sein. Diese drei Tage wie ein fragiles Zwischenspiel genießen und vergessen, dass am vierten Tag jeder der Realität der Dinge zurückgegeben werden würde.

DER GARTEN, WEITAB vom betäubenden Lärm des Strandes, hatte die Ruhe verborgener Orte. Dort neigte man zu
Träumerei und Untätigkeit, zu leichtem Vergessen. Man
fand sein Buch wieder, das man unter der großen Kiefer liegen gelassen hatte, trank stundenlang Tee, sprach mit dem,
der gerade da war, einem Freund, einem Kind, das sich je-
mandem anvertrauen wollte, dem man zuhörte, während
man zerstreut Grashalme ausriss. Manchmal ging man ans
Telefon, mit leiser, diskreter Stimme, geschmeicheltem Lachen, kurz wie ein Seufzer.

Denis und Nicolas hörten gar nicht mehr auf, ihre beiden Reitstunden zu kommentieren, wie sie es dreißig Jahre
zuvor nach ihren Basketballturnieren gemacht hatten, und
diese endlosen Diskussionen waren nur für sie selbst span-
nend. Sie wussten es, und deshalb war auch diese Zeit der
Kommentare privat. Ihr Stolz war etwas übertrieben, die
Herausforderung voll fröhlicher Selbstzufriedenheit. Sie
tranken ihr Bier auf dem Steinmäuerchen, wo sonst die Teller und Kerzen abgestellt wurden, wo die Kinder, als sie
klein waren, Kaufmannsladen gespielt oder Rennstrecken
für ihre Autos angelegt hatten, wo oft eine vorbeihuschen-
de Eidechse sie mehr begeisterte als ihre Spiele, und
abends, wenn die Sonne niedrig stand, das Mäuerchen aber

noch die Wärme bewahrte, kam nicht selten eine Katze und blieb dort im Halbdunkel des Gartens reglos und streng sitzen.

Alex und sein Kumpel Enzo hatten Sandflöhe gefangen und sahen zu, wie sie in einer kleinen Plastikdose kämpften. Marie kam zu ihnen.

»Das sind Plic und Ploc!«, sagte Alex. »Es gibt das Lager der Plic und das Lager der Ploc. Zwei Namen für zwei Stämme.«

»Mit ihrem Anführer!«, ergänzte Enzo.

»Klar, mit ihrem Anführer«, sagte Alex und schüttelte die Dose kräftig.

»Habt ihr keine Angst, dass die beiden Stämme ersticken?«

Alex lachte verächtlich auf, er schüttelte die Dose, als mixe er einen Cocktail, und schon klebten die ersten toten Flöhe an der Wand. Dann begann er zu rezitieren:

»Fäuste in geborstnem Hosensack, Fäuste in geborstnem Hosensack, in geborstnem Hosensack, in geborstnem Hosensack, geborsten geborsten geborsten …«

Er schlug die Dose auf den Boden, im Innern war nur noch ein Brei aus staubigen, toten Flöhen, manche aufgeplatzt. Marie hielt seine Hand fest:

»Idiot!«, rief sie und bedauerte es sofort.

»Na und«, sagte er.

Dann rannte er ins Haus, gefolgt von seinem Kumpel Enzo. Die Dose war mit zerquetschten Flöhen bespritzt, einige regten in einem Nervenzucken noch schwach ihre Beinchen, die so fein waren wie kurze Haare.

»Was ist das denn?«, fragte Lola, die ein Stieleis essend angelaufen kam. »Das ist ja widerlich!«

»Das waren die Kinder, wahre Folterknechte.«

»Wirf es weg.«

»Wirf du es weg, ich finde es eklig, ich will es nicht anfassen.«

»Ich finde es auch eklig.«

»Komm schon, Lola, du hast zehn Jahre aus dem Nahen Osten berichtet!«

»Was hat das damit zu tun! Das hat Alex gemacht? Der Junge ist doch bescheuert. Weißt du, wie das aussieht? Wie lauter Abtreibungen.«

Marie wagte, genauer hinzusehen, und musste Lola recht geben, die winzigen gekrümmten Flöhe erinnerten wirklich an Embryos. Sie gingen weg, und die Dose blieb auf dem Boden liegen.

»Er ruft mich an, ich komm zurück, und dann: kein Wort, nichts! Alles, was er wollte, war, dass ich da bin. Sieh sie dir an!«

Marie zeigte Lola Denis und Nicolas, die immer noch auf der Mauer saßen und ein zweites Bier öffneten, ihre Auswertung schien immer größere Ausmaße anzunehmen, als hätten sie viel mehr als zwei Stunden auf dem Pferd verbracht.

»Na super«, sagte Lola. »Ich habe mir keinen Badeanzug gekauft, und wir sind wie Gänse nach Hause gerannt, nur weil Monsieur angerufen hat.«

»Diese großen Blumen sind sowieso hässlich, eine Dahlie auf der rechten Pobacke, eine halbe Tulpe auf der linken Brust, ehrlich, gefällt dir das?«

47

»Warum kommst du angerannt, sobald Nicolas nach dir ruft?«

»Ich glaube, er wollte, dass ich ihn so sehe, glücklich, er wollte, dass ich da bin, weiter nichts.«

»Gib zu, dass er seit seiner Depression dazu neigt, dich als seine Mama zu betrachten.«

»Seine Mama? Dann haben wir aber eine verdammt inzestuöse Beziehung! Warum grinst du so blöd? Du findest mich dick und alt, stimmt's?«

»O nein, Marie, nur das nicht, nicht das Lied von der komplexbeladenen Frau, das ist ätzend, wirklich. Ich finde es nur ein bisschen komisch, wenn man nach fünfundzwanzig Jahren immer noch ständig aneinander rumknabbert, aber andererseits ist es mir egal, das ist eure Sache.«

Marie sah, wie sich die Sonne auf der kleinen Dose mit den Sandflöhen spiegelte, es war sicher besser für sie, dass sie totgeschüttelt worden waren, als langsam in einer von der Sonne aufgeheizten Plastikdose zu ersticken.

»Ich habe kein Geld mehr«, sagte sie plötzlich, »kein Arbeitslosengeld, nichts mehr seit vier Monaten, das ist mir noch nie passiert. Ich habe meine Lebensversicherung aufgelöst, meinen Sparvertrag, alles.«

»Nimm's locker, das geht auch wieder vorbei.«

»Das geht vorbei? Und wenn es nicht vorbeigeht?«

»Es würde dir guttun, dir einen farbigen Badeanzug zu kaufen, wir könnten auch ins Casino gehen und spielen, genau, das Geld als etwas total Vulgäres behandeln.«

»Ganz ehrlich, Lola, nachmittags im Casino spielen ist grauenvoll, lauter alte Witwen mit ihren Bechern voller

Jetons, die sich in die Hose machen, sobald ihre Zahl kommt.«

»Du hast recht, aber ich habe wahnsinnige Lust, Geld auszugeben, ich bin wütend, warum hat uns Samuel sitzen lassen, um zu Dimitri zu gehen? Deswegen waren wir nicht mal zu dritt baden.«

»Du warst schon vorher wütend. Du bist wütend, seit ich dich kenne.«

»Denis ist sexy, oder? Er altert gut.«

»Stehst du jetzt schon auf Männer über dreißig?«

Lola lächelte, und als sie Denis ansahen, sehr aufrecht, schlank selbst in seiner Reithose, die langen Hände mit den makellosen Nägeln, seine Ironie und die Entschlossenheit eines reichen Mannes, hatten beide denselben Gedanken: Es war unmöglich, dass er einer Frau treu war, die selbst ein Doppelleben führte. Aber niemand wusste etwas von einer Beziehung. Und alle wunderten sich darüber, bedauerten es geradezu, es war unerklärlich und deshalb irgendwie enttäuschend.

»Was betrachtet ihr mit so viel Vergnügen?«

Delphine gesellte sich zu ihnen. Sie stellte einen Korb voller Bohnen auf den Tisch.

»Der Nachbar hat eine halbe Stunde auf mich eingeredet und mir eine Tonne Bohnen geschenkt.«

»Wird Denis das Boot rausholen?«, fragte Lola.

»Nein, der Mast ist beim letzten Unwetter gebrochen, es ist zur Reparatur.«

»Schade, Samuel wird enttäuscht sein. Er war Segellehrer.«

»Aha.«

»Irgendwie sind wir doch nie zu dritt hier gewesen«, sagte Marie, »wir reden immer darüber und machen es nicht.«

»Das stimmt, wir sehen uns immer nur mit unseren Männern, das ist zu blöd.«

Sie dachten daran, wie wohl sie sich allein im Haus fühlen würden. Sie stellten sich Tage ohne jeden Zeitplan vor, belanglose Gespräche, plötzliche und rückhaltlose Geständnisse. Sie dachten daran und wussten, dass sie es nie tun würden, sie würden niemals dasselbe Datum zum selben Zeitpunkt in ihren drei Kalendern festhalten, das würde ihr ewig verschobenes Projekt bleiben. Ein ewiger, immer wieder beiseitegeschobener Wunsch.

Nicolas und Denis hatten sich dem Meer zugewandt, beide spürten die Kraft der Frauen, sobald sie unter sich waren, ihre Vertrautheit hatte etwas Erbarmungsloses. Die Sonne tauchte den Strand in weißes Licht, erdrückend und ohne Relief.

»Ich mag die Vorstellung, dass man in Paris bei Flut höher ist als bei Ebbe, du nicht?«, fragte Denis. »Als würde man letztlich nie von hier weggehen, als wäre man ganz nah.«

»Ja, es ist beruhigend zu wissen, dass die Erde atmet.«

Sie hörten die Frauen kurz lachen, tuscheln, dann wieder lachen. Zu laut.

»Sag mal: Dieser Samuel, ich habe das Gefühl, er wird durchhalten, ich weiß nicht, warum. Ich spüre, dass er bleiben wird«, sagte Nicolas. »Er wirkt sehr …«

»Verliebt?«

»Motiviert.«

»Ich wette mit dir um ein Mittagessen bei *Ledoyen*, dass sie ihn in die Wüste schickt, bevor das Feuerwerk angefangen hat.«

»Bist du bescheuert, ich könnte mir nie ein Essen bei *Ledoyen* leisten!«

»Du gehst kein Risiko ein, diesen Burschen hat sie sich aus einem einzigen Grund ausgesucht: Er akzeptiert alles und verlangt nichts. Das ist so ein Naiver, ganz ruhig und brav.«

»Er tut, was er kann, da bin ich sicher, und auf jeden Fall ist er besser als der Typ vom letzten Jahr, dieser Protestant, weißt du noch?«

»Sag nichts gegen den Protestanten, er ist mit Kisten voller Champagner hier angereist und war ein guter Schiffsjunge. Jedenfalls wette ich, dass Samuel den Sommer nicht überlebt. Ich gehe duschen.«

Delphine sah Denis eilig ins Haus gehen, hinter ihr vorbeigehen, ohne sie auch nur zu streifen, sie wusste, dass diese Distanz für sie bestimmt war, denn sie war es, die er mied, weil sie dort saß, kam er nicht zu Lola und Marie, wie Nicolas es nun tat.

»Beim ersten Galopp habe ich mich ein bisschen zu sehr an den Sattelknopf geklammert, das gebe ich zu«, sagte er.

»Und sogar an die Mähne«, vermutete Marie.

»Ich bin ein Jahr lang nicht mehr geritten!«

Marie schubste ihn mit der Schulter, er geriet ins Wanken, und sie lachten beide. Nicolas’ Lachen war ein freies

Lachen, immer etwas erstaunt, das Lachen eines guten Kerls. Lola überlegte sich, dass er beim Sex bestimmt sehr aufmerksam und sicher sehr zärtlich war. Delphine schnitt die Bohnen in immer kleinere Stücke, sie erinnerte sich an das erste Mal, als sie mit Denis das Haus besichtigt hatte, und wie sie sogleich gewusst hatte, dass sie einen gastlichen Ort daraus machen könnte, an den man gern kommen würde, nicht wegen des Komforts, sondern wegen einer poetischen, unerklärlichen Anziehungskraft.

»Morgen: Hindernisspringen!«, verkündete Nicolas. »Aber wart ab, wenn mir Denis seine Stute überlässt, ich werde bestimmt nicht mit den Kleppern vom Club springen, deren Maul ganz hart ist, die vor dem Hindernis scheuen und so viel Elan wie Holzpferde haben.«

»Okay, aber ich warne dich«, sagte Marie. »Wenn du ein Profipferd hast, wird auch die Profiregel angewandt: Nach drei Verweigerungen bist du disqualifiziert.«

Nicolas stimmte ihr mit einem Nicken, zu und sein Blick wanderte zu Delphine. Er hätte sie gern gefragt, was sie so traurig machte, er hätte es sicher getan, wenn sie allein gewesen wären. Er lächelte ihr zu, aber sie sah in nicht an, und sein Lächeln blieb in der Luft hängen und wirkte deshalb etwas lächerlich.

»Meine Damen«, sagte er etwas zu laut, »stellt euch darauf ein, dass ihr *tomorrow* beeindruckt werdet.«

Sie lachten und beschimpften ihn als Angeber. Marie empfahl ihm trotzdem, nicht zu übertreiben, er beklage sich oft über Hüftschmerzen; daraufhin beschimpfte Lola sie als kastrierenden Miesepeter, und sie genossen alle drei die

Freude, sich so mit kindlicher und etwas gekünstelter Grausamkeit beschimpfen zu können. Delphine öffnete die Bohnen, innen waren sie zart und weich wie das Innere einer Wange, sie hatte dem Nachbarn herzlich dafür gedankt, dass er sie ihr so spontan geschenkt hatte, es war selten, dass man ihr Essen schenkte, sie brauchte nichts, sie war so reich. Sie stand auf und ließ die Bohnen ins Gras fallen, dann folgte sie Denis ins Haus.

SIE WAR ÜBERRASCHT, ihn im Salon zu finden, noch in Reithosen, mit dem Laufwerk einer Uhr beschäftigt, die Lupe ins Auge geklemmt. So vorgebeugt auf dem kleinen Hocker, in der verglasten Ecke, hinter der man das Meer sah, wirkte er überhaupt nicht mehr imposant, hätte er auch dreißig Jahre älter sein können.

»Warst du noch nicht duschen?«, fragte sie.

Er hob nicht den Kopf, schien nicht überrascht, sie zu hören, sicher hatte er ihren Schritt erkannt oder ihr Parfum gerochen, Delphine fragte sich, ob er es noch roch, ob er wusste, dass sie es nie gewechselt hatte.

»Nein, ich war noch nicht duschen«, murmelte er und führte mit den Fingerspitzen eine winzige Pinzette.

Delphine setzte sich ihm gegenüber, das störte ihn, sie sah es am leichten Zittern seiner Hände.

»Was willst du?«, fragte er gereizt und distanziert.

Sie sah in den fast weißen Himmel, sah den langsamen Flug der Möwen, die keinen Hunger mehr hatten; durch die Doppelfenster waren sie nicht zu hören, deshalb konnte man glauben, sie würden davonziehen, es sei ein träger Abschiedsflug. Denis hatte die Lupe aus dem Auge genommen und den Kopf gehoben:

»Na? Was willst du?«

»Ich weiß es nicht.«

Sie hatte nicht erwartet, dass ihn diese Antwort so sehr überraschen würde. Sie kam nie ohne einen konkreten Wunsch, das Verlangen nach einer raschen Antwort zu ihm.

»Du weißt es nicht? Was heißt, du weißt es nicht?«

Sie wagte es, ihn schweigend anzusehen, wie sie es seit Langem nicht mehr gewagt hatte, aber sie wusste trotzdem nicht, wie sie mit ihm sprechen sollte. Er stand auf.

»Ich gehe duschen«, sagte er.

»Warte! Ich muss mit dir sprechen.«

»Hier, jetzt? Wo so viele Leute da sind?«

Er wäre gern sanfter gewesen, aber seine Stimme war voller Zorn, er ärgerte sich, dass sie die Momente immer so schlecht wählte, niemals geradewegs etwas anging und ihn mit dieser hastigen Art in die Falle lockte, sie waren ein Paar zwischen Tür und Angel, mit Sätzen, die nie beendet wurden, und Fragen, die im Raum stehen blieben.

»Ich dachte, du wärest oben, du würdest duschen.«

»Was ändert das? Das ist ein Wochenende mit Freunden, oder? Wir sind vier Stunden gefahren, ohne zu sprechen, und jetzt …«

»Ich weiß.«

Er nahm die Uhr und legte sie in seine Handfläche, sie wirkte kostbar und ihr Mechanismus besonders sorgsamen Händen und Sammlern vorbehalten, sie glänzte in der Sonne.

»Kann das nicht warten?«, fragte er überdrüssig.

»Ich glaube nicht.«

Und sie spürte an der Mühe, die es ihr machte, mit ihm

zu sprechen, daran, wie ihr plötzlich kalt wurde und wie verloren sie sich vor ihm fühlte, dass sie gescheitert war: Ihr
Haus hatte nichts Poetisches, Denis war so stark wie seine
Mauern, massiv und unzerstörbar, und sie wusste, dass er
recht hatte: Was sie ihm zu sagen hatte, war fehl am Platze,
hier und jetzt. Und um sich keine Blöße zu geben, bat sie
ihn einfach um Geld.

»HEJ! WER KOMMT DENN DA?«, fragte Marie und stieß Lola mit dem Ellbogen an.

Samuel betrat den Garten, die Haare noch nass vom Baden, Dimitri an seiner Seite.

»Er fühlt sich wie zu Hause, dein Liebster, was? Er bringt mit, wen er will.«

»Pure Provokation, wir dürfen nicht darauf eingehen.«

Die beiden waren jetzt bei ihnen, Samuel ließ sich in einen Liegestuhl fallen und streckte die Arme nach hinten, erleichtert, als wäre er nach Hause gekommen und würde sich seinen Gewohnheiten hingeben. Dimitri sah die beiden Frauen mit einem zögernden Blick an, der erkennen ließ, dass er sich nicht willkommen fühlte. Er schien im Begriff, eine Entscheidung zu treffen, ohne sich jedoch dazu durchringen zu können, und sein Körper wippte leicht vor und zurück.

»Ich werde Sie nicht lange stören, aber ich wollte mich bei Jeanne entschuldigen, sie hatte mich gebeten, am Strand zu warten, und ich habe es nicht getan.«

»Ach, sie hat es nicht mal gemerkt«, entgegnete Lola.

»Aber ich möchte mich trotzdem gern entschuldigen.«

Seine schmalen Augen hatten etwas Schelmisches, eine Amüsiertheit, die dem Ernst widersprach, mit dem er versuchte, höflich zu sein und sich zu entschuldigen.

57

»Jeanne ist nicht da, aber wir werden es ausrichten, Sie können sich auf uns verlassen«, sagte Marie.

»Ich bade nie«, gestand er ganz leise.

Und man hätte meinen können, er offenbare ein Geheimnis, dessen Lösung sie seit Wochen suchte.

»Aha!«, sagte Marie ebenso leise, ohne zu verstehen, warum sie so tat, als würde sie begreifen, was das sollte.

Ermutigt von ihrer Anteilnahme, wagte er deshalb mit einem Ausdruck unterdrückten Leidens fortzufahren:

»Ich kann nicht schwimmen.«

»Samuel wird es Ihnen beibringen, er ist ein toller Lehrer!«, verkündete Lola.

Samuel richtete sich mit dem entgeisterten Gesicht eines Schläfers auf, dem man einen Eimer kaltes Wasser über den Kopf gießt. Lola setzte noch eins drauf:

»Ich verspreche Ihnen, Dimitri, noch bevor das Wochenende vorbei ist, werden Sie mit Jeanne rausschwimmen, und sie wird außer Atem geraten, wenn sie Ihnen folgen will.«

Er lachte ein bisschen, ein kurzes Lachen, das aus der Nase kam, und plötzlich fanden ihn die Frauen rührend, deshalb luden sie ihn ein, sich zu setzen, und boten ihm ein Glas Cola an, das er nicht anzunehmen wagte, aber Lola schickte Samuel, es zu holen. Samuel kam nicht wieder, und sie blieben mit dem Jungen zurück, der ihnen ein halbes Lächeln schenkte und mit den Schultern zuckte, als würde er sich entschuldigen, dass sie so lange warten mussten. Er senkte ein wenig den Kopf, und sein Profil war perfekt, die Stirn hoch, die Nase gerade, er trug die Verheißung einer scheuen, verschlossenen Schönheit.

»Jeanne wird nächsten Monat sechzehn, hat sie Ihnen das erzählt?«, fragte Marie.

»Ach, wissen Sie, Madame, ich habe, ich denke überhaupt nicht an so was, ich, ich bin nicht deswegen hier, ich brauche nur mal drei Tage Ruhe. O ja, wirklich!«

Marie zog ihren Pareo zurecht, sie hasste es, wenn man sie »Madame« nannte, aber wenn sie die Rolle erhielte, würde man sie wohl bald »Omi« nennen. Die Augen des Jungen glänzten, feucht wie die schwarzen Perlen der Südsee, es wurde Zeit, dass er ging. Aber er ging nicht und fing an, den Garten mit flüchtiger Neugier zu betrachten, dann verkündete er ganz selbstverständlich, mit seiner leisen, etwas heiseren Stimme, dass die große Kiefer sterben würde. Marie und Lola drehten sich hastig zu dem Baum um, als würde er auf der Stelle umfallen, aber er stand so gerade wie ein aufmerksamer Hausdiener.

»Er hat die Kiefernnadelkrankheit«, sagte der Junge in neutralem Ton.

Er sammelte Nadeln am Fuß des Baumes auf, dann hockte er sich neben sie, er roch nach warmem Brot und Schweiß.

»Sehen Sie«, sagte er vorsichtig, »der Pilz hat die jungen Nadeln angegriffen, sehen Sie die kleinen braunen Flecken? Das nennt man chlorotische Fleckung. Es hat im letzten Winter viel geregnet, und die Krankheit hat sich ausgebreitet, man muss alle abgefallenen Nadeln aufsammeln und vernichten, aber man muss schnell machen, sehen Sie nur, sehen Sie sich den Baum an: Die Krankheit erreicht die untersten Äste und dann geht sie nach oben, sie erfasst den ganzen Baum, sie klettert bis zum Wipfel! Dann ist es aus.«

Er warf die Nadeln über die Schulter, dann rieb er sich die Hände und seufzte tief. Es waren lange, weiße, sehnige Hände, geschaffen für ein Piano. Oder vielleicht die Erde. Etwas, wo sie Zuflucht fanden. Die beiden Frauen zögerten, ihm zu glauben, so brutal war diese Neuigkeit, und sie konnten sich nicht vorstellen, sie Delphine mitzuteilen.

»Sind Sie Gärtner?«, fragte Lola.

»Überhaupt nicht, warum?«

»Sie scheinen sich auszukennen …«

»Ach so. Alle Bäume an der Küste haben diese Krankheit, sie werden alle verschwinden, das ist nicht der erste, den ich sehe. Ich kann Ihnen helfen, wenn Sie wollen, man muss ihn mit Chlorothalonil behandeln, das ist ein sehr starkes Fungizid.«

»Delphine hat einen hervorragenden Gärtner.«

Er verzog angewidert den Mund.

»So hervorragend wohl nicht.«

Delphine kam aus dem Haus, Alex und Enzo in Golfanzügen neben sich.

»Ich gehe. Danke, dass Sie es Jeanne erklären.«

Und er verschwand rasch, wie ein Statist, der seinen Abgang von der Bühne verpasst hat und schneller läuft, als seine Rolle verlangt. Sein langer weißer Körper schien im Licht durchsichtig, fast gespensterhaft.

»Was hatte der denn hier zu suchen?«, fragte Delphine.

»Ach, nichts«, sagte Marie, »er wollte sich entschuldigen, weil er am Strand nicht auf Jeanne gewartet hat, aber er ist nicht hinter deiner Tochter her, keine Angst, und er ist nett.«

»Hinter wem dann?«

»Wie bitte?«

»Wenn er nicht hinter Jeanne her ist, hinter wem dann?«

Instinktiv sah Lola zu der großen Kiefer. Marie wollte Alex und Enzo zu ihren Golfanzügen gratulieren, aber sie brachte nur ein Stammeln hervor, dass Dimitri nicht schwimmen könne, worüber die beiden Jungen lachten. Im Gehen schoss Alex mit dem Fuß die Dose mit den Sandflö-hen weg, der Deckel flog davon, und so blieben sie liegen, zerfetzt und der grausamen Sonne ausgesetzt.

MARIE GING ZUM STRAND. An diesen Wochenenden mit Freunden erwachte, gerade weil sie so ein entgegenkommender und freundlicher Mensch war, früher oder später das Bedürfnis in ihr, sich davonzumachen. Nicht mehr zu sprechen. Nicht mehr zuzuhören. Nicht mehr zu verstehen. Sie war noch einen Moment im Garten geblieben, hatte das Spiel der Sonne in der großen Kiefer und den Streifen des Himmels zwischen dem Astwerk betrachtet; sie konnte darin improvisierte Formen erkennen, wie wenn eine Wolke vorbeizog, das war albern und amüsant, aber als sich eine Nadel vom Baum löste und dann eine zweite und noch eine, hatte sie das Grundstück verlassen. Und als sie nun ganz allein am Wasser entlangging, die Knöchel umschlungen von weichen Algen, umgeben von Urlaubern, die sich die immer gleichen Worte zuriefen, sah sie wieder Nicolas' Freude vor sich, Denis' Freund zu sein, und fragte sich, ob es diesem genauso ging, ob diese Freundschaft auch Denis stolz machte oder ob er nur von Nicolas bewundert werden wollte. Drei Jahre zuvor, als Nicolas seine Depression gehabt hatte, hatte er ihn nicht im Stich gelassen, er hatte ihn oft besucht, manchmal für ein paar Minuten zwischen zwei Flügen, manchmal für Stunden, die er von seiner Freizeit opferte oder in denen er vielleicht vor Delphine floh.

Sie gelangte ans Ende des Strandes, hatte das Zentrum von Coutainville weit hinter sich gelassen. Hier waren weniger Menschen, der Strand wirkte wie am Ende des Sommers, man kam sich privilegiert vor, etwas Besonderes, das Meer war kostbarer und noch nicht auf die schiefe Bahn geraten. Es war ihr egal, wenn sie ein bisschen zu dick war, denn hier sah sie niemand. Sie ging langsam in das kalte Wasser, glücklich über das Eintauchen, das ihr Blut pulsieren ließ, dann ließ sie sich ganz und gar hineingleiten, und allmählich kam es, allmählich erschien ihr das Wasser beinah warm. Dann genoss sie es, dort zu sein, denn sie verwirklichte den gemeinsamen Traum, sie badete in der Sonne. Sie schwamm weit hinaus, dann drehte sie sich um und sah zur Küste. Sie gehörte zu dieser Erde. Von hier aus war das so wenig. Sie war in diesem Ameisenhaufen geboren, der nie zur Ruhe kam, irgendwo begann der Tag, sobald woanders die Nacht hereinbrach, und es war wie viele Brandherde, ständig entzündete es sich, und nichts konnte die Bewegung verhindern, sieben Milliarden Menschen alterten zur gleichen Zeit. Sie schloss die Augen, lag auf dem Rücken, getragen vom salzigen, schweren Wasser, sie war ein Teil, ein ganz kleiner Teil der Welt. Sie hätte nicht sagen können, ob das lächerlich war oder gewaltig und ob es eine Verantwortung mit sich brachte. Sie dachte auch, dass in dieser Welt jedes Ding seinen Namen hatte. Das Innere einer Nuss. Die winzigsten Körperteile. Die vielschichtigsten Gefühle. Die Rohstoffe. Die Meerestiefen, die Vulkane, alles hatte einen Namen. Sie jedoch wäre außerstande gewesen, *genau*, *präzise* zu benennen, was sie erfüllte. Dann wartete sie, dass es kam, wie jedes Mal, und es kam: das plötzliche Bedürfnis, nicht mehr allein mitten im Wasser zu sein, das Bedürfnis, zu den anderen zu gehen, zum Ufer zu schwimmen, mit der winzigen Angst, dass das Meer einen festhält, als dürfte es niemals enden, als sei es möglich, endlos zu schwimmen, ohne je irgendwo anzukommen. Als sie ans Ufer kam, sah sie ihn, er war gar nicht weit entfernt, und sie erkannte ihn. Sie zögerte einen Moment, so unwahrscheinlich kam es ihr vor, aber sie erkannte ihn trotzdem. Sie hatte sogar für einen Moment das Gefühl, er habe sie gesehen und das habe seinen Elan noch gesteigert: Er kraulte mit der Sicherheit eines Sportlers, es sah aus, als kämpfte er mit dem Wasser, er schien vor Zorn zu explodieren, das Gegenteil des schüchternen jungen Mannes, den sie ein paar Stunden zuvor kennengelernt hatte. Sie nahm ihr Handtuch, ging zurück und ließ Dimitri allein schwimmen.

DER TISCH WAR IM GARTEN GEDECKT, langsam zog der Abend auf, mit leichten, lauen Tupfern, wie kleine Seufzer, die Aufregung hatte sich gelegt. Alles schien einfacher und ohne Ziel.

In der Küche holten Delphine und Marie die Madeleines aus dem Ofen, sie dufteten süß; Lola hätte sich gewünscht, dass sie sie an etwas erinnerten, aber sie bemerkte nur, dass es ziemlich seltsam sei, in der Normandie Madeleines zu backen.

»Nicht seltsamer, als einen Pullover zu stricken, obwohl die Läden voll davon sind, oder einen Swimmingpool am Meer zu haben. Gieß uns ein Glas Wein ein und schäl die Krabben.«

»Ich habe Dimitri baden sehen«, sagte Marie. »Ich habe ihn baden sehen, obwohl er uns erzählt hat, er könne nicht schwimmen.«

»Hat er dich gesehen? Hast du mit ihm gesprochen?«

»Er ist gekrault, und ich war schon aus dem Wasser raus. O nein! Nein, nein, fragt mich nicht, ob er es wirklich war, denn er war es wirklich!«

»Ich bin ganz sicher, dass er es wirklich war«, sagte Delphine, »das ist ein Lügner, ich weiß es.«

Sie hatte diese Gewissheit, weil sie ihresgleichen erkannte, wie sich Alkoholiker, Sexkranke oder Spielsüchtige erkennen. Ein winziges Detail, ein kleiner Tick, und man erkennt sich.

»Ich glaube, er will sich an Jeanne ranmachen«, sagte sie.

»Warum hat er dann am Strand nicht auf sie gewartet?«

»Weil ihn unsere Anwesenheit gestört hat.«

»Aber wenn ihn unsere Anwesenheit gestört hat, warum ist er dann hierher in den Garten gekommen?«, fragte Lola.

»Sag Samuel, er soll herkommen und es uns erklären, ich will wissen, warum er diesen Kerl in mein Haus gebracht hat.«

Lola ging Samuel suchen, sie war geradezu glücklich, ihm etwas vorwerfen zu können, und sie spürte, wie groß und grundlos ihr Ärger über ihn war. Marie sah zu, wie Delphine die Arbeitsplatte abwischte, so langsam, wie wenn man an etwas anderes denkt und eine sinnlose Bewegung wiederholt, um noch weiter abzudriften. Wo waren ihre Spontaneität und ihre Originalität geblieben, ihre Fähigkeit, etwas anderes als ernste, gewichtige Dinge von sich zu geben?

»Es ist wichtig für Nicolas, hier zu sein, es geht ihm gut«, sagte Marie. »Findest du nicht auch, dass es ihm gut geht?«

»Ich weiß nicht, ich habe nicht darauf geachtet. Das Wichtigste ist, dass es dir gut geht. Wir müssen nicht immer paarweise zusammensein wie zwei Farben.«

»Wie was?«

»Nichts. Wir müssen nicht ständig zueinander passen, das ist alles.«

Sie holte Forellen aus dem Kühlschrank und schnitt ihnen neben dem Spülbecken mit mechanischer Entschlossenheit die Köpfe ab, zehnmal hintereinander schnitt sie einem Fisch den Kopf ab, und als sie fertig war, trennte sie ihnen die Haut mit einer Schere auf, als schnitte sie einen Stoff, sorgfältig und ungerührt. Schließlich schob sie die Finger in ihren Bauch, um die Innereien zu entfernen.

»Wo hat sie Samuel kennengelernt?«, fragte Marie.

»Wer? Lola? In einer Bar.«

»Igitt!«

»Was ist daran so eklig?«

»Macht es dir nichts aus, die ganzen blutigen Gedärme an den Fingern?«

»Wenn du es so sagst.«

»Mein Gott, bin ich froh, dass wir diesmal nicht Boot fahren!«

»Mir tut es leid, ich liebe es, dich Makrelen angeln zu sehen, mit dem Gesicht einer gemarterten Heiligen, die ihrem Glauben nicht abschwört!«

»Hilfe, was für ein Martyrium! Weißt du noch, im letzten Jahr habe ich die meisten geangelt, ich dachte, auf mir liegt ein Fluch! In einer Bar? Sucht sie sich die Männer neuerdings in Bars?«

Delphine hatte die Forellen abgespült und setzte sich jetzt neben Marie, um das Innere der aufgeschlitzten Bäuche mit Küchenpapier zu trocknen. Marie wich etwas zurück.

»Es ist der Geruch der Zeitung, der Geruch der nassen Zeitung, der mich abstößt«, sagte sie.

»Ich verstehe.«

Trotzdem fuhr Delphine fort, die Fische neben Marie auf der Zeitung abzutrocknen.

»Bist du irgendwie sauer auf mich?«

»Nein. Aber du kannst dich ein bisschen zusammennehmen, alle nehmen sich zusammen. Oder willst du lieber, dass wir uns lynchen lassen, wenn wir ihnen mitteilen, dass es nur Madeleines mit Bitterorange zum Abendessen gibt? Und wenn du glaubst, dass es gefährlich ist, Männer in der Bar anzumachen, dann nur, weil du aus einer sehr, sehr alten Amischen-Familie stammst und dir niemand erklärt hat, das Bars weder Saloons sind, in denen man sich abknallen lässt, noch von der Mafia geführte Bordelle.«

»Sprich nicht mit dieser gequälten Miene mit mir, du regst mich auf. Wenn du wüsstest, wie du mich aufregst! Was ist denn los? Na? Sag schon, verdammt noch mal!«

Maria machte eine schwungvolle Handbewegung und warf die zehn kopflosen Fische auf den Küchenfußboden. Sie sahen aus wie Mutanten, Opfer von Grünalgen oder starker Radioaktivität im Wasser.

»Das ist eklig!«

»Wir müssen sie aufheben.«

»Aber nicht mit der Zeitung, also …«

»Nein, ich verspreche es dir. Entschuldige wegen eben.«

Sie hörten sie im selben Moment durch das offene Fenster kommen und rannten erschreckt, angewidert aus der Küche, blieben hinter der Tür wie zwei Kinder, die etwas angestellt haben. Sie hörten sie schmatzende Geräusche machen, ab und zu kurze Schreie, einen dumpfen Aufprall. Es wäre ein Leichtes gewesen, sie zu verjagen, trotzdem ließen sie die beiden Katzen die Fische zerreißen und die Küche verwüsten. Ihre Arbeit zunichte machen.

DAS ABENTEUER der aufgeschlitzten Fische und der Katzen verdrängte alles andere. Sie mussten sich durchringen, sie zu verjagen, sauberzumachen, Pizza zu bestellen, und natürlich gewann das Ereignis an Gewicht; sie kommentierten es und wussten bereits, dass es zu den Erinnerungen gehören würde, die man sich oft und lachend erzählt. Die improvisierte Mahlzeit war fröhlich, seicht und ohne Folgen. Jeder war glücklich, seine Zeichen, die Gewohnheiten der letzten Sommer wiederzufinden, mit der Gewissheit, dass der nächste Tag schön werden würde und sie sich nicht im Haus aufhalten müssten, weil der Strand, die Natur, das Dorf und der Garten allen einen eigenen Raum zum Atmen boten.

UND DANN WAR ES NACHT. Der Strand nackt. Der Garten feucht. Der Himmel tief wie die Kuppel einer Kirche. Die Notwendigkeit für jeden, zu Bett zu gehen. Und zu versuchen zu schlafen.

Delphine stand vor dem beschlagenen Spiegel im Bad. Er zeigte ihr, was sie war, eine unscharfe Silhouette, eine untreue Bürgerdame, banal. Je mehr es sie danach verlangte zu schreien, desto mehr schwieg sie. Sie hatte Lust, lange zu sprechen, wusste aber nicht, wo sie anfangen sollte. Und am Ende fehlte ihr der Mut. Denis las in seinem Bett die Autobiografie von Kirk Douglas, er war fasziniert vom Lebensweg dieses Selfmademan, so etwas bewunderte er, mit nichts angefangen, ganz nach oben gelangt, und Delphine wusste, wie viel Verachtung in dieser Bewunderung lag, denn was hatten all die anderen getan, dachte Denis, die mit nichts angefangen hatten und nirgendwohin gelangt waren? Elende Faulpelze, Versager! Ja, so sieht er die Welt, dachte sie, als sie sich in ihr Einzelbett legte, das ist einfach und beruhigend, man muss nur wollen. Etwas wollen. Mehr als sein Vater. Mehr als sein Bruder oder sein Nachbar. Stürzen und als Sieger wieder aufstehen. Er blätterte die Seiten seines Buches etwas zu laut um, als wollte er kundtun, wie sehr er von seiner Lektüre gefangen und deshalb gleichgültig

71

war für die Anwesenheit seiner Frau, aber der Eifer, mit dem er versuchte, sich von ihr zu entfernen, bewies ihr, dass er sie vielmehr sehr deutlich spürte.

»Da ist ein Typ, der um Jeanne rumschleicht«, sagte sie.

Er sah sie über seine Brille hinweg an, mit gesenktem Kopf und hochgezogenen Brauen, plötzlich ähnelte er ihrer Italienischlehrerin am Gymnasium, der alten Madame Piazza, und sie hatte Lust zu lachen.

»Was für ein Typ?«, fragte er mit dem leichten Überdruss, mit dem er meist zu ihr sprach.

»Wir haben ihn am Strand getroffen, er heißt Dimitri, er taucht aus dem Nichts auf, er lügt wie gedruckt.«

Er vertiefte sich wieder in sein Buch und seufzte leise:

»Aha! Er lügt wie gedruckt.«

Und er ähnelte nicht mehr der alten Madame Piazza, sondern dem fünfundfünfzigjährigen Mann, der sich nicht um die Streiche seiner Tochter sorgte, ebenso wenig um die Verlogenheit eines Jungen, der aus dem Nichts auftauchte. Und Delphine wusste, dass sie ihre Sorgen nicht auf dieses Terrain hätte verlagern dürfen, niemals hätte sie von Lüge sprechen dürfen; es kam ihr vor, als wäre sie fünf Jahre alt und hätte ein riesiges Schild um den Hals, auf dem in großen Lettern »LÜGNERIN« stand und das sie für immer zeichnete. Sie sah hinaus, sie sah nichts, ganz schwach ihr Spiegelbild auf der Scheibe vor der tiefen Dunkelheit und das Licht ihrer Nachttischlampe.

»Wie alt ist der Typ?«

»Was?«

»Der Typ, von dem du erzählst, wie alt ist er?«

»Er sagt, er sei zwanzig. Er ist hierher gekommen. Er ist in den Garten gekommen.«

»So was aber auch!«, sagte Denis, er nahm seine Brille ab, schlug das Buch zu und machte sogleich seine Lampe aus.

Sie schaute noch lange in das Dunkel der Nacht und auf das Abbild ihres Gesichts neben der Lampe, sie war auf die Nacht gezeichnet wie auf einen Wunderschleier, sie schwebte in der Dunkelheit, sie schwamm im Nirgendwo. In dieser Einsamkeit, die eine andere ahnen ließ, hätte sie sich so sehr gewünscht, das Meer zu hören. Das Meer zu hören, ohne es zu sehen, und ihm die Macht zuzusprechen, in sich den Atem all jener zu tragen, die sie liebte, ohne es ihnen jemals zu sagen.

MARIE RIEB NICOLAS' HÜFTE mit Arnika ein. Sie wussten beide, dass er am nächsten Tag nicht reiten würde, sie wussten, dass jeden Tag unbemerkt etwas in ihnen alterte, und das wunderte sie nicht. Sie wunderten sich vielmehr, wie wenig Wut dieser Niedergang weckte. Sie massierten sich gegenseitig den Rücken, den Nacken, nahmen Magnesium und Omega-3, ohne wirklich daran zu glauben, wunderten sich, dass sie so gewissenhaft waren und die Empfehlungen der Ärzte in den Zeitschriften lasen, sie lachten zwar über die Ratschläge dieser moralisierenden Hygieniker, befolgten sie aber trotzdem.

»Lola hat Samuel in einer Bar kennengelernt, wusstest du das?«, fragte Marie.

»In welcher Bar?«

»Weiß nicht. Eine Bar! Bestimmt eine Bar zum Anbaggern!«

»Weißt du noch, wo wir uns kennengelernt haben, mein Schatz?«

»Hör mal, das ist doch nicht dasselbe.«

»Das nennt man doch Bar oder?«

»Unsinn!«

»Natürlich, meine Damen und Herren! Es handelte sich um eine Bar, ja! Aber im Theater! *Viva il teatro! Viva la diva!*«

»Sprich nicht so laut, du bist ja völlig verrückt, alle schlafen!«

»Ich habe zu viel getrunken, mein Schatz, ich glaube, ich habe zu viel getrunken.«

»Du hast zu viel getrunken, du hast zu viel geraucht und du wirst bald ein künstliches Bein haben!«

»Oh, das ist gemein.«

Und er fing leise an zu lachen, während er sich auszog. Sie sah ihn an, wusste, was er tun würde, und er tat es, als er obenrum nackt war, strich er sich mit der Hand mehrmals über den Bauch, zeigte sich ihr und sagte:

»Meine Bauchmuskeln sind noch ganz ordentlich, was?«

Sie nickte lächelnd, und das genügte, um ihn zufriedenzustellen. Er nahm sie in die Arme, er stank entsetzlich nach Zigarre und Alkohol, sie schob ihn sanft zurück und dachte an Denis' Hintern, ungewollt, ganz plötzlich, und weil sie sich dieses Gedankens irgendwie schämte, teilte sie ihn mit Nicolas.

»Denis hält sich wirklich gut, was?«

»Na ja.«

»Findest du nicht?«

»Doch, aber das Geld, das hilft.«

»Ach ja?«

»Auf jeden Fall.«

»Du verteidigst deinen Kumpel aber nicht sehr energisch!«

»Mein Liebling, alles, was du willst! Er hält sich gut, er empfängt gut, er reitet gut, er schwimmt gut. Komm ins Bett, ich bin todmüde.«

Sie hatte Lust, ihn nach all dem zu fragen, was Denis von ihm wusste und sie nicht, aber schon die bloße Lust auf diese Frage ließ ihr Herz rasen, wie würde sie sie herausbringen, wenn sie jetzt schon so aufgeregt war. Sie legte sich zu ihm, er schmiegte sich an sie, seine Zehen waren eiskalt, er legte den Kopf an ihren Hals, seine unrasierte Wange piekte sie in den Nacken. Würde er sie anders anschauen, wenn sie eine Großmutter spielte? Würde er plötzlich finden, dass sie dick war, sie auffordern, »sich Mühe zu geben«? Aber wie?

»Glaubst du an Lügen?«, fragte sie leise.

»Wie?«

»Ich meine … Ist Verschweigen eine Lüge?«

»Weiß nicht.«

Und er drückte sie fester an sich, um seinen Wunsch zu schlafen kundzutun.

»Gehst du morgen mit mir baden? Ich möchte gern, dass wir zusammen baden, nur wir beide«, sagte sie.

»Ja.«

»Ich muss diese Rolle bekommen, weißt du? Wenn ich sie nicht bekomme, wenn ich sie wirklich nicht bekomme! Dann höre ich auf. Ich besorge mir woanders Geld. Mit etwas anderem. Ich muss Geld auftreiben.«

»Haben wir Aspirin?«

»Tut's so weh?«

»Nur wenn ich liege, dann belaste ich es, das drückt.«

»In der Küche ist Dolipran.«

Sie stand so schnell auf, wie sie immer aufgestanden war, für ihn oder für Anaïs, für die kranken Katzen, die unglücklichen Welpen, sie stand auf und machte die Lampe an, der Boden war eisig, als wäre alles, was sich außerhalb des Bettes befand, feindselig.

»Das mit dem Geld ist nicht schlimm, Marie, wir sind immer immer klargekommen, du bist eine große Schauspielerin, ich weiß es.«

So, dachte er, jetzt kann sie nicht sagen, ich würde ihr nicht zuhören, ich bin da, bitte, ich ermutige sie noch, sogar benebelt, müde, ziemlich betrunken, ich bin da, Herr im Himmel! Und diese gottverdammte Hüfte! Gottverdammtes Alter! Es ist zu früh für eine Prothese, niemand hat eine Prothese in meinem Alter, es ist viel zu früh.

Marie verließ das Zimmer. Wenn er nur das Gegenteil gesagt hätte, wenn er sie endlich von der Verpflichtung befreit hätte, weiterzumachen, um ihn nicht zu enttäuschen, um die zu bleiben, die er einst kennengelernt hatte – was für eine Illusion!

LOLA SASS AM KÜCHENTISCH und legte eine Patience. Marie war überrascht, geradezu ärgerlich, als störte Lola durch diese Seltsamkeit die Ordnung der Nacht und das, was alle unisono zu tun hatten: schlafen bis zum nächsten Tag und gut gelaunt aufwachen.

»Schläfst du nicht?«, fragte sie.

»Ich schlafe nicht, ich beruhige mich, jedenfalls versuche ich es.«

»Geht sie auf?«

»Nein, aber ich schummle so viel, dass es am Ende aufgehen wird, ich fürchte nur, dass das Spiel unvollständig ist.«

»Nicolas tut das Bein weh.«

»So?«

»Machen sie immer noch diese Hüftprothesen, haben sie noch kein einfacheres System gefunden?«

»Ich habe mich nie mit dieser Frage befasst. Ich treibe mich nur mit jungen Burschen rum, das müsstest du doch wissen. Mist, ich bin sicher, dass das Pik-As fehlt, das regt mich auf, Leute, die ein unvollständiges Spiel aufheben!«

»Ich habe Hunger, ich mach mir ein Brot, das ist blöd von mir, Pech. Willst du auch was?«

»Abgesehen vom Pik-As nichts, nein. Du lässt deinen Mann leiden?«

»Fünf Minuten.«

»Fünf Minuten in fünfundzwanzig Jahren, stimmt, das ist nicht viel, gibst du mir bitte ein Bier?«

Lola schob die Karten von sich.

»Warum bist du so gereizt?«, fragte Marie.

»Keine Ahnung. Sicher die Meeresluft, was? Sie regt die kleinen Kinder auf, das hat meine Mutter immer gesagt.«

So aßen und tranken sie im grellen Licht der sauberen und perfekt geordneten, nach dem Überfall der Katzen geputzten Küche, der Kühlschrank brummte leise, auf einem Regal zeigte ein Wecker die Uhrzeit in roten Ziffern, Kammern und Kühlschränke waren gefüllt, ganz so, als sei die Küche in Bereitschaft, im Bewusstsein ihrer Macht. Lola öffnete das Fenster, die Nachtluft war mild, eine Kröte quakte mit Unterbrechungen, als wartete sie auf eine Antwort, die nicht kam. Ohne es auszusprechen, dachten sie an die vergangenen 14. Juli, im letzten Jahr und in allen anderen, und im nächsten Jahr würden sie sicher an diesen denken, sich aber kaum erinnern, nicht mal diesen Moment bewahren, die Nacht in der Küche.

»Samuel ist überzeugt, dass die Tatsache, dass er an diesem Wochenende hier ist, seiner Inthronisation gleichkommt. Das ist unglaublich! Ich bin aus dem Bett geflüchtet, als ich spürte, dass er im Begriff ist, mich um ein Kind zu bitten, ich versichere dir, solche Pläne rieche ich auf zehn Meter, es ist verrückt, wie vernünftig und vorausschauend die Jugend von heute ist!«

»Wahrscheinlich ist er verliebt.«

»Du bist ätzend mit deinen Banalitäten, weißt du das?«

»Ich weiß.«

»Die Liebe in allen Geschmacksrichtungen ist auf die Dauer langweilig, aber bei dir könnte man immer glauben, dass die Liebe nur eine riesige Entschuldigung ist. Man kann alles machen, wenn es nur ›im Namen der Liebe!‹ ist. Das ist doch Blödsinn.«

Sie schauten in die Nacht, zu den Sternen, deren Namen sie nicht kannten, den Insekten, die von der Küchenlampe wie von einem Irrlicht angezogen wurden.

»Ich ertrage die Nacht nicht mehr«, sagte Marie. »Manchmal habe ich das Gefühl, dass meine Ängste alle in meinen Füßen stecken; tagsüber geht es, ich laufe damit herum und zertrete sie, aber nachts, sobald ich liege, steigen sie herauf, weißt du, sie bearbeiten meinen Bauch, das Herz, den Kopf, ich kann nicht mehr atmen, ich ersticke.«

»Bist du verrückt oder was?«

»Nachts sehe ich Zahlen, verstehst du. Ich zähle und zähle und sehe die Zahlen: 29! 30! und 31!, die im Sturmschritt angestolpert kommen, ich weiß, dass ich kein Geld für die Miete, das Telefon, die Heizung, das Internet, dass ich für gar nichts mehr Geld habe! Dann nehme ich eine Zahl, ab 32, 32 ist eine neutrale Zahl, eine verdammt gute Zahl, die in keinem Kalender, auf keiner Rechnung steht, und dann zähle ich von dieser freundlichen Zahl an, die ich rot blinken lasse, wie ein riesiges Leuchtschild: 32, 33, 34, 35, bis hundert oder sogar noch weiter, dann bin ich in einer ungefährlichen Zone, wo mir nichts mehr passieren kann. Und irgendwann schlafe ich ein.«

»Scheiße noch mal! Aber was bezahlt denn Nicolas?«

»Wir haben eine Abmachung, er zahlt die Raten für das Haus in Burgund, das wir in meinen Glanzzeiten auf Kredit gekauft haben, er zahlt die Steuern, Krankenversicherung, Essen, Auto, die Vergnügungen, er unterstützt auch Anaïs. Wir hatten es aufgeteilt. Aber ich habe gar nichts mehr, verstehst du, gar nichts!«

Und da hörten sie ihn. Den mächtigen Rhythmus des Meeres, das zurückkehrte, das kilometerweit stieg und seine Welt mit sich brachte, unerschütterlich und pünktlich gehorchte es dem Mond und dem Gesetz der Erde.

AM MORGEN WAR ES einfach da, machtvoll, als wäre es nie fortgewesen, als wäre sein Reich unverändert geblieben, und die Sonne hoch oben verlieh ihm einen silbernen Glanz, der die Blässe des Himmels verstärkte. Es war kalt, und der Sommer schien dem Sonnenaufgang hinterherzuhinken, ein Herbstmorgen in der Normandie. Nicolas lief langsam über den Strand, er wollte sein Bein in Schwung bringen, es etwas entrosten. Er hatte Marie schlafen lassen, er hatte das Haus mit offenen Türen zurückgelassen, den Frühstückstisch mit den unzähligen Schüsseln, das Hin und Her in den Bädern, auf den Treppen, jeder fand in sich die leichte Furcht vor einem neuen Tag, den sie zu teilen hatten, immer noch so zahlreich. Er fragte sich, ob seine Tochter in Tel Aviv glücklich war, ob sie morgens jenen Strand entlanglief, an dem manchmal der Lärm der Waffen dröhnte, der voller Inbrunst von dem der Musik und des Tanzes überdeckt wurde. Anaïs war keine Jüdin. Trotzdem war sie dorthin gezogen. Sie war Kellnerin in einem Restaurant in der Aarbaastraße. Das hatte Nicolas enttäuscht, er musste es zugeben. Seit seine Tochter heranwuchs, ging er von Enttäuschung zu Enttäuschung, nichts stimmte mit dem überein, was er sich vorgestellt hatte, nichts gab ihm den Vaterstolz zurück, den er so mächtig empfunden hatte, als sie geboren wurde. Er verstand sie nicht, und dieses Unverständnis hatte einen bitteren Beigeschmack, wie ein Groll, den man sich nicht eingesteht, und er zwang sich zur Begeisterung, wenn sie telefonierten und wenn sie sich zweimal im Jahr trafen, Weihnachten und für ein paar Tage am Ende des Sommers. Aber wer war er eigentlich, dass er den fehlenden Ehrgeiz seiner Tochter bedauerte? Sein eigenes Leben hatte so wenig Glanz und er hatte selbst so viel Unglück verschuldet, vielleicht war es besser, das Tagesmenü in einem Restaurant zu servieren, als zu tun, was er getan hatte.

»He! Nicolas? Hallo! Träumst du oder was?«

Jeanne und Rose standen mit einem jungen Mann vor ihm, der sich offensichtlich beim Rasieren geschnitten hatte, das kleine Pflaster auf seiner Wange war noch blutig.

»Das ist Dimitri«, sagte Jeanne. »Dimitri, Nicolas, ein Freund meines Vaters.«

»Ich glaube, wir kennen uns«, sagte Dimitri, ohne ihm die Hand zu geben, beide Hände in den Taschen, die Schultern hochgezogen.

Nicolas war es gewohnt, ehemalige Schüler zu treffen, meistens ohne sie zu erkennen, es kam ihm so vor, als würden sie alle darauf warten, seine Klasse verlassen zu haben, um mit einem Mal zu wachsen, sich ordentlich anzuziehen und ihn wie eine alte Erinnerung zu betrachten.

»Welche Klasse? Ich meine: welches Jahr?«

»Lass den Scheiß, Nicolas, wir sind in den Ferien!«, fuhr Jeanne dazwischen, und er fragte sich, warum sie plötzlich so mit ihm sprach, als wären sie alte Kumpel, und er fühlte sich fehl am Platz, so weit weg von allen, die laut reden.

»Ich lass euch allein, Kinder«, sagte er, und das war ein uralter Satz, wie oft hatte er das gesagt, um sich davonzumachen: »Ich lass euch allein, Kinder«? Das war eine sprachliche Macke geworden, er ließ sie in die andere Richtung davongehen und beschloss, die Zeitung zu holen, zu sehen, wie es den anderen ging, eine Vorstellung davon zu bekommen, in welche Welt er an diesem Morgen die Füße gesetzt hatte.

Aber nachdem sie sich getrennt hatten, wurde ihm bewusst, dass es sonst nie so ablief, wenn er einen früheren Schüler traf. Niemals sagte ein Schüler zu seinem Lehrer: »Ich glaube, wir kennen uns.« Er suchte, begann in seinem Viertel, bei den Händlern, den Nachbarn, aber keiner sah aus wie dieser Dimitri, dieses wenig anziehende, vom Licht umwaberte Gesicht und die schwarzen Augen wie zwei harte Fremdkörper. Dann ließ er Maries Bekannte Revue passieren, sogar die von Anaïs, aber es klappte trotzdem nicht, und schließlich wiederholte er sich den Namen: Dimitri, Dimitri, und ihm fiel ein, dass Marie und Samuel am Vorabend beim Essen von ihm gesprochen hatten, das war dieser Junge, der sich an Jeanne ranmachte und nicht schwimmen konnte oder vielmehr ein Schwimmchampion war, er wusste es nicht mehr, sie schienen sich nicht einig zu sein, oder er hatte nicht zugehört. Er wandte sich um und sah den drei Jugendlichen nach, Rose, die sich zum Sand beugte, ohne etwas aufzuheben, Jeanne, die stolz den Arm unter den von Dimitri geschoben hatte, und er, er, der sich jetzt langsam zu Nicolas umdrehte, wie ein Film in Zeitlupe, er, dem es überhaupt nicht unangenehm war, ihn so anzustarren, ihm sein Interesse zu bekunden, und trotz seiner Magerkeit sah es aus, als wären die beiden Mädchen an seiner Seite von ihm geschützt, seiner Entschlossenheit unterworfen.

In der Zeitung vom 14. Juli standen keine schlechten Nachrichten, am Vormittag gab es einen großen Aufzug, das war das einzige Thema, die Militärparade auf den Champs-Elysées und der Präsident der Republik, der in Schlips und Kragen in der Sonne schwitzt und am liebsten seine Ray-Ban aufsetzen würde, aber dann würde er vielleicht wie ein kleiner Albino-Diktator aussehen, und die Panzer, die das Pflaster zermalmen, blasse Knaben auf den Schultern ihrer Väter, eine Armee ohne Krieg, Beifall ohne Schauspieler. Warum sagte Nicolas nicht zu Marie, sie solle ihren Beruf aufgeben, sie war keine große Schauspielerin, sie war das gewesen, was man ein Naturgeschöpf nannte, Charme, Energie und viel Unverfrorenheit, und dann die Ungerechtigkeit, die Zeit, die vergeht und in Wellen andere Naturgeschöpfe anspült, ein bisschen frisches Fleisch, und seine Frau, seine so schöne, so geliebte Frau … Warum sagte er ihr nicht, sie solle sofort damit aufhören, die letzten Jahre, die noch blieben, genießen und tun, was sie bisher nie gewagt hatte? Er setzte sich auf den Deich, mit dem Gesicht zum Meer, in das sich schon die ersten Mutigen warfen, glücklich darüber, so wenige zu sein, Auserwählte, die den Tag mit großer Befriedigung und viel Mut begannen. Er fing an, eine SMS an Marie zu schreiben: »Mein Schatz, ich bin von Verrückten umgeben, die im eisigen Wasser baden.« Und wie weiter? Wie, um ihr nicht wehzutun? Sollte er schreiben: »Lass uns reden«, »Hör einfach auf«, »Mach, was du willst«? Alles klang für ihn brutal und unpassend, und während er überlegte, während er glaubte, nur an seine Frau zu denken, erkannte er sie plötzlich wieder. Diese winzige Angst, die in seinem Kopf herumspazierte, dieses Unbehagen, das die alten Dämonen auferstehen ließ. Er versuchte sich stärker auf die Worte der SMS zu konzentrieren, aber sein Herz wechselte den Rhythmus, seine Hände wurden feucht, er hatte Durst und er fragte sich, nein, er fragte sich nicht, er war sicher: Kathies Bruder hieß Dimitri. Ja, ihr Bruder hatte so einen Namen, Juri oder Dimitri oder Wladimir, einen russischen Namen, ganz sicher. Und wie er es gesagt hatte, mit dieser verschlagenen Miene, »Ich glaube, wir kennen uns« ... Er löschte die SMS und wählte Denis' Nummer.

»Denis?«

»Ja.«

»Hör mal, es ist idiotisch, aber ich glaube, ich habe gerade ... Ich glaube, Kathies Bruder ist hier.«

»Ich verstehe dich nicht, was sagst du?«

»Kathies Bruder. Er hat mit mir gesprochen. Er ist hier.«

»O nein, Nicolas! Fang bloß nicht wieder an!«

»Du weißt doch, dass er entschlossen war, sich zu rächen.«

»Ich bin an der Pointe d'Agon, komm her, wir ...«

Marie stand hinter Nicolas, umschlang ihn und rief: »Pass auf, mein Herz, nicht runterfallen!«, und sie küsste ihn mit einer Freude, die aus ihrem Gesicht strahlte, als würde sie ihn nach langer Trennung wiedersehen.

»Nicolas? Nicolas, hast du gehört, was ich gesagt habe? Komm in die Werkstatt.«

»Alles in Ordnung«, sagte er, »ich habe gerade Marie getroffen.«

Er legte auf.

»Toll, dass du da bist, ich will mir einen Badeanzug kaufen und brauche deinen Rat«, sagte Marie und streckte ihm die Hand hin, damit er vom Deich aufstand und mit ihr ging, damit er aufstand, ohne sein Bein zu belasten, und keine Schmerzen hatte.

LOLA HATTE EINEN PAKT mit Marie geschlossen: Sie borgte ihr Geld, viel Geld, das ihr Marie auf den Tag genau in einem Jahr zurückgeben würde, selbe Uhrzeit, selber Ort: zwei Uhr morgens in Delphines Küche in Coutainville. Wenn sie das Geld glücklich verdient hatte, würde es keine Zinsen geben. Wenn sie aber erbärmliche Rollen, Synchronisierung oder Radiowerbung akzeptiert hatte, würden die Zinsen sechs Prozent betragen. Darüber hatten sie gelacht und mit ihren Bierdosen angestoßen, und als Marie Nicolas eine Stunde später endlich sein Dolipran brachte, schlief er schon. Sie hatte einen Großteil der Nacht überlegt, wozu sie ganz *tief in sich drin* wirklich Lust hatte. Würde sie imstande sein, alles zu ändern? Sich eine neue Wirklichkeit zu erschaffen?

»Mach es wie ich«, hatte Lola gesagt, »ich spreche oft mit mir, wie eine Freundin mit mir sprechen würde. Ich sage mir: ›Natürlich, mein Schatz, kauf dir die kleinen Chanel-Pantoletten, du arbeitest so viel, mach dir eine Freude, sie sind wie für dich gemacht!‹, oder auch: ›Natürlich wirst du nicht zu diesem Abendessen gehen, du bist müde und du hast keine Lust, mit irgendwem zu reden, also hopp! Eine kleine Tütensuppe bei einer amerikanischen Fernsehserie!‹«

»Warum rufst du mich nicht an, ich bin schließlich deine Freundin?«

»Ich sage, was du mir sicher sagen würdest, aber ohne dich zu stören.«

»Und habe ich dir viele Ratschläge gegeben?«

»Eine ganze Menge. Und nur gute.«

»Es würde mich wundern, wenn ich eine gute Ratgeberin für deine Männerjagd bin.«

»Ich habe an dich gedacht, als ich Samuel kennengelernt habe.«

»In der Bar?«

»Ich habe gedacht, dass du sagen würdest, ich soll zu ihm gehen, auch wenn er aussieht, als hätte er gerade die Schule hinter sich, schließlich bin ich noch nicht vierzig und kann es mir noch erlauben.«

»Ich bin nicht sicher, ob ich dir das gesagt hätte.«

Und als sie in dieser Nacht im Bett neben Nicolas saß, der leise schnarchte, weil er zu viel getrunken und geraucht hatte, hatte sich Marie gefragt, welchen freundschaftlichen Rat sie sich wohl geben konnte und wozu sie ganz *tief in sich drin* wirklich Lust hatte. Was brachte sie heute zum Träumen? Sie war vorsichtig. Sie kannte die falschen Hoffnungen und ihre Folgen. Sie hatte Antennen, einen Panzer und auch einen Schlupfwinkel: in ihrem Bett, wenn sie beschloss, sich der gesellschaftlichen und geschäftlichen Aufregung zu entziehen. In dieser Nacht, während das Meer zum Strand zurückkehrte und sie diese Energie hörte, die sich nie erschöpfte, verstand sie, dass sie sich getäuscht hatte. Sie hatte gedacht, sie würde berühmt werden und das sei irgendwie wichtig, aber weshalb? Ihr Name auf einem Theaterprogramm, das schnell überholt wäre? Ihr Name im Abspann eines Films, der als DVD verschleudert und dann vergessen wäre? Und dann? Hätte sie nicht besser daran getan, Bäume zu pflanzen? Hätte sie nicht besser daran getan, nichts zu tun? Die zu sein, die nichts tut. Die dem Leben zusieht und zuhört und nie einen Kommentar oder ein Urteil wagt. Eine Statue im Zentrum der Welt, eine Frau, die auf einem Stuhl im Park sitzt, ein Geschöpf ohne Ansprüche, ohne Bitterkeit. Sie strich mit der Hand über Nicolas' Stirn, sie liebte diesen Mann, sie liebte es, dass er in ihren Armen alterte, liebte den kindlichen Stolz, seine Bauchmuskeln zu zeigen und mit Denis, dem reichen, unfehlbaren Mann befreundet zu sein. Sie liebte auch sein Lachen und seine nette Art, die Frauen anzusehen, ohne je etwas Böses zu sagen. Er war nett. Das war nicht einfältig, das war nicht simpel, das war riesengroß, er war nett, und dafür liebte sie ihn, für seine Freundlichkeit gegenüber dem Leben, seine Art, es gut zu behandeln. Sie streichelte sein schweißfeuchtes Haar und nahm es ihm ein bisschen übel, dass er schlief, denn ihr Freund war er.

LOLA UND SAMUEL RANNTEN über den Strand, wie so viele andere. Sie so zart, so zierlich, und er so stolz. Sie im Kampf gegen die Zeit, er der Prototyp des Besten, was ein gesundes Leben zu geben vermag. Er fand sich schön. Er fand, dass sie gut zusammenpassten und seinem Traum entsprachen. Er hatte Lust stehenzubleiben, sie in die Arme zu nehmen und ihr einen Heiratsantrag zu machen. Frauen mögen das. Aber vielleicht sollte er die Nacht abwarten, heute Abend nach dem Feuerwerk am Strand wäre gut. Er würde sich das Feuerwerk ansehen, die Kehle zugeschnürt vor Aufregung, dann würde er sie von den anderen wegziehen und sie bitten, ihn zu heiraten. In der Nacht am Strand, der noch nach Pulver riechen würde, und in der Ferne würden sie die Musik hören, die den Ball eröffnete. War das für eine Frau wie Lola nicht zu abgeschmackt? Er hätte sich eine so klassische Ader niemals zugetraut. Er hatte die ganze Nacht Schmerzen gehabt. Sie war eingeschlafen, während sein Arm unter ihrem Nacken lag und sie sich noch flüsternd unterhielten. Auf dem Rücken eingeschlafen. Voller Vertrauen, hatte er gedacht. Mitten im Satz sozusagen, einem Satz von ihm, er wusste nicht mehr, bei welchem. Und er hatte sich nicht getraut, den Arm wegzuziehen und sie zu wecken. Sie hatte gesagt, dass sie ihn dank Marie in dieser Bar angesprochen hatte und dass sie an dem Abend mächtig down war und mächtig einen in der Krone hatte. Und als er geantwortet hatte, er wusste nicht mehr, was, war sie eingeschlafen. An ihrem ersten Abend hatte er zwar gedacht, dass sie getrunken hätte, wie man halt nachts in der Bar trinkt, aber nicht, dass sie beschwipst war. An dem Abend ging es ihm auch nicht besonders gut. Er hatte den ganzen Tag mit potenziellen Mitmietern für die Büros gesprochen, die er und seine Partner an der Place de la République hatten. Die Räume waren teuer und zu groß nur für ihre Kommunikationsfirma, deshalb hatten sie eine Annonce aufgegeben. Sie mussten die Bewerber befragen und auswählen, und er war sich mit seinen Partnern nicht einig, die einen Designer bevorzugten, der gesagt hatte, er werde sie nicht stören, weil er nachts arbeite, »wenn die Pariser in der Falle liegen«, aber Samuel erkannte an der Art, wie der Mann das sagte, dass er diesen Satz oft wiederholte, der seine Verachtung für Leute wie ihn ausdrückte. Samuel wusste, mit welchem Misstrauen er ihm jeden Morgen begegnen würde, wenn der Designer schlafen ging und er ankam, nachdem er Metro gefahren war, die Gratiszeitungen gelesen, einen Kaffee am Tresen getrunken und Kommentare über das Wetter und das Spiel vom Vorabend ausgetauscht hatte. Er war genauso wie die anderen. Außer, wenn er mit Lola zusammen war. Lola machte ihn besser, sie war sein Unterschied, seine Originalität, eine wunderbare Überraschung in seinem durchschnittlichen Leben eines Pariser Jungunternehmers, der in Mâcon seine alten Eltern und seine Jugend zurückgelassen hatte, die ebenso neblig war wie die Stadt. Er dachte nie an seine Kindheit, ohne diesen Nebelschleier zu sehen, der vom Boden aufstieg und sich an die Baumwipfel hängte, und die leichte Müdigkeit zu spüren, den Überdruss, den man empfand, in dem leichten Nebel zu leben, in dieser Feuchtigkeit, die ständig von einem unsichtbaren Zerstäuber verbreitet wurde. Es kam ihm vor, als würde er, seit er Mâcon verlassen hatte, seinen Rückstand im Leben aufholen, die ganze verlorene Zeit bei seinen alternden Eltern, bei seiner Mutter, die vor ihm drei Söhne gehabt und geglaubt hatte, sie hätte es hinter sich; aber dann wurde Samuel geboren, und sie war zu Tode erschöpft, ohne Kraft und ohne Verlangen, ihn kennenzulernen. Und jetzt rannte er neben Lola her, Gast in dem Haus am Meer, spielte mit Denis Flipper, rauchte mit Nicolas Zigarre, er war glücklich, er wagte es sich kaum einzugestehen, obwohl ihm Lola am Abend Vorhaltungen gemacht hatte wie eine Mutter ihrem ungezogenen Kind:

»Wir sind Delphines Gäste, wir sind auf ihrem Territorium, du kannst nicht irgendwelche durchgeknallten Unbekannten in ihren Garten bringen!«

»Erstens, hör auf von Territorium zu sprechen, dieses Land ist nicht im Krieg, zweitens wollte sich Dimitri bei Jeanne und Rose entschuldigen, ich fand das eher rührend.«

»Samuel! Dieser Kerl ist ein Lügner und viel zu alt für Jeanne, Rose ist unberechenbar und … Und auf jeden Fall will Delphine ihn nicht bei sich haben. Punkt!«

»Es ist doch völlig unwichtig, ob er schwimmen kann oder nicht, ob er eine erbärmliche Entschuldigung gestammelt hat; meinst du, es war einfach für ihn, herzukommen, euch alle da im Garten zu treffen und so? Für dich ist das natürlich alles ganz normal, aber für andere ist das viel- leicht … dieser ganze Wohlstand, das Geld – er ist ausge- flippt, er ist ein Kind, verdammt noch mal!«

»Ein Kind? Das den Tod der großen Kiefer vorhergesagt hat?«

Er hatte versucht, sie in die Arme zu nehmen, aber sie hatte ihn mit einer heftigen Geste und einem leisen Pfeifen durch die Zähne weggestoßen, mit einem erschreckenden Überdruss, und er stellte sich vor, dass das eines Tages ge- schehen könnte, plötzlich würde sie seiner überdrüssig sein, wie sie es wohl bei allen anderen gewesen war, all den anderen vor ihm. Er musste schneller laufen, er ließ Lola hinter sich und rannte davon. Die Angst verlieh ihm Flügel, er rannte plötzlich so schnell wie gedopt, förmlich getragen von allem, was ihn bedrohte.

DELPHINE STAND ZWISCHEN den offenen Türen des großen Schranks, dessen Fächer sie geleert hatte, ein normannischer Schrank, den sie immer schon hasste, deshalb hatte sie ihn in eine Ecke zwischen zwei Etagen verbannt. Sie hatte ein übermächtiges Bedürfnis verspürt, Sachen auszusortieren. Diese ganzen abgetragenen, schlecht geschnittenen Klamotten, alte Cashmerepullover, die man nicht wegschmeißen mag und für das Boot, den Garten, das Angeln aufhebt. Sie ertrug es nicht mehr, sie erstickte unter der Last des ganzen alten Krempels im Haus, überall unnützes Zeug, und nicht nur benutztes, auch neues, diese Nippes, diese Gerätschaften, alles, was wir irgendwann mal schön oder praktisch gefunden haben und so schnell vergessen, ohne dass es uns je fehlt, ohne dass wir es jemals suchen. Der Wachsgeruch des Schranks mischte sich mit dem von Leder und Schuhcreme; Denis bewahrte hier seine Reitstiefel auf, die er nicht wegwarf und die zu nichts gut waren, da lagen sogar Brotkrümel, unglaublich! Als Jeanne und Alex klein waren, sahen sie immer ihren Eltern beim Reiten zu und nahmen Brotkanten in Plastiktüten mit, sie liebten es, das Brot auf die offene Hand zu legen und das weiche Pferdemaul zu spüren, das es sich holte, das winzige Erschauern bei der Berührung von Haut und Haaren. Ihre eigenen Stiefel hatte Delphine in der Klinik gelassen, wo man sie ihr nach dem Sturz ausgezogen hatte, nichts Ernstes, aber sie war nie wieder aufs Pferd gestiegen und hatte Denis gebeten, ihre Stute zu verkaufen, die durchgegangen war, als sie mit Freunden von einem Ausritt zurückkam; sie waren lange am Strand entlanggaloppiert, es war Winter und regnete leicht, aber sie spürten weder Regen noch Kälte, nur das Leben, diesen Jubel, als wären sie noch mal fünfzehn und unschuldig genug zu glauben, dass alles wiederkam, man musste es nur beschließen. Und auf dem Rückweg, kurz vor den Ställen ...

»He! Das sind meine Sachen!«

Jeanne und Rose kamen vom Strand, Delphine roch es an dem frischen Luftzug, den sie mitbrachten; wer morgens vom Strand kommt, bringt immer einen Hauch Frische mit, als wäre er verjüngt. Jeanne starrte argwöhnisch auf ihre alten, durchlöcherten Jeans, die ihre Mutter wegwerfen wollte.

»Du wirst doch wohl nicht meine Jeans wegwerfen? Ich wollte Shorts daraus machen!«

»Du hast nicht mal mehr gewusst, dass du sie hast! Da kann ich nur lachen.«

»Ich habe sie gestern überall gesucht, frag Rose, stimmt's, Rose?«

Rose war wie gelähmt, wenn sie vor Delphine stand. Sie glich genau der Vorstellung, die sie sich von der idealen Mutter machte: schön, reich und blond. Deshalb sprach sie sie nie an, als fürchtete sie, Delphine durch diesen prosaischen Akt verschwinden zu lassen. Aber sie musste Jeanne

96

gar nicht antworten und vor ihrer Mutter Stellung beziehen, denn die beiden amüsierten sich inzwischen gemeinsam, sie hatten Alex' erste Badehose gefunden, einen winzigen, schwarz-weiß gestreiften Body, wie sie die Gewichtheber auf den Dorfplätzen früher getragen hatten, und das machte sie offenbar glücklich.

»Mein Bruder war *mein* Baby, weißt du?«, sagte Jeanne stolz zu Rose.

»Ja.«

»Ich habe ihn in meinen Puppenwagen gesetzt, habe ihm zu essen gemacht und mit ihm gespielt. Er hat mich total vergöttert! Stimmt's, Mam?«

»Sag nicht ›Mam‹, du weißt, dass mich das ärgert, aber es stimmt, er hat dich vergöttert. Hol mir mal einen Müllsack.«

Und da Jeanne sich nicht von der Stelle rührte, nicht mehr die alten Jeans ansah, sondern ihre Mutter, die mit atemberaubender Geschwindigkeit Pullover auseinander- und zusammenfaltete, sagte Rose nach einer Weile:

»Sie könnten Verkäuferin sein. Sie sind so schnell.«

Delphine drehte sich heftig zu den beiden um, gerade so, als hätte sie sie vergessen und entdeckte sie plötzlich wieder. Sie zuckten zusammen.

»Schluss! Es reicht schon, dass ich diesen Schrank hasse! Aber ihr steht da! Ihr steht da! Klebt an meinem Rücken, lauert auf jede Bewegung, und dieser Müllsack, verdammt noch mal! Kann ich dich wirklich um gar nichts bitten, Jeanne! Sowieso, sowieso ist mir das ganze Zeug egal!«

Und die beiden Mädchen standen weiter vor ihr, die

kämpfte, als wären ihre Füße in Stacheldraht gefangen, die weg wollte, aber nicht ging, sich zurückhielt, um nicht zu brüllen und diesen gottverdammten Schrank die Treppe hinunterzustoßen, den sie mit ihrer Mutter bei einem Antiquitätenhändler in Coutance gekauft hatte, an einem Nachmittag, an dem sie nicht aufgepasst und diesen Schwachsinn akzeptiert hatte, dass Jede-Frau-mit-einem-großen-Haus-am-Meer-und-zum-ersten-Mal-schwanger so einen Schrank haben muss.

»Das ist widerlich«, sagte sie ganz leise. Und sie sah sie an, suchte eine Bestätigung, die nicht kam. »Das ist widerlich, oder?«

Jeanne begriff, dass vieles zu Ende war. Sie hatte sich befreien wollen, und sie hatte es geschafft. Sie hatte mit allen Kräften versucht, ihrer Mutter nicht zu gleichen, und der Tag war gekommen. Es war ein großer Sieg, und jetzt war es klar, sie musste die kleine Jeanne vor dem offenen Schrank ihres alten Lebens zurücklassen, der, nebenbei gesagt, nicht besonders gut roch.

Sie gingen langsam mit dem gleichmäßigen, ruhigen Schritt großer, geduldiger Wanderer davon. Delphine stopfte alles in den Schrank zurück, was sie herausgeholt hatte, überlegte kurz, ob sie den kleinen schwarz-weiß gestreiften Badeanzug mitnehmen sollte, und ließ es schließlich bleiben. Auf einmal vermisste sie das Licht des Strandes, wie man plötzlich einen Menschen vermisst, den man liebt und ohne den das Leben nur noch das Leben ist, ohne Hoffnung und ohne Überraschung.

DENIS WAR LOSGEFAHREN, um nach seinem Boot zu sehen, das auf dem Travellift einem verletzten, hochmütigen, schlafenden Tier glich, aber bald wieder auf dem Meer schwimmen und einem anderen Willen als seinem eigenen ausgeliefert sein würde. Auf dem Meer, wie auch auf seiner Stute, spürte er gern diese unüberwindliche Angst, den Fluchtreflex, die Furcht vor dem Sturz. Er dachte wieder an Nicolas' verstörten, etwas unklaren Telefonanruf, er hatte die Vorzeichen der Panik erkannt, er war daran gewöhnt. Es kam häufig vor, dass Nicolas ihn anrief und ein paar zusammenhanglose Sätze ausstieß, die seine alte Angst offenbarten, *die Angst, dass es wieder anfängt.* Er hatte ihn aufgefordert, zu ihm zur Pointe d'Agon zu kommen, in die Bootswerkstatt, die mittags zumachte, weil es der 14. Juli war, und jetzt wartete er seit zwanzig Minuten, und die Werkstatt war geschlossen. Denis hatte gerade noch Zeit gehabt, kurz mit dem Meister zu sprechen, einen Scheck auszustellen und ein Glas zu leeren, auf das er keine Lust hatte, und obwohl er gewusst hatte, dass sein Boot an diesem Wochenende nicht fertig werden würde, erfüllte ihn das jetzt mit großem Ärger, vielleicht wegen des schlechten Schnaps, den ihm der Meister eingeschenkt hatte. Warum hatte er diesen hausgemachten, also ungenießbaren Schnaps angenommen, nur, um »cool« zu wirken, wie seine Tochter gesagt hätte? Warum musste er sich immer dafür entschuldigen, so viel Geld zu verdienen, und versuchen, sich durch ein Übermaß an Sympathie zu rehabilitieren, die ebenso lächerlich wie aufgesetzt wirkte? Warum musste er sich, nur weil er reich war, mehr als die anderen für das Schicksal der Menschheit interessieren? Er wusste, dass er sich leichter als jeder seiner Freunde von heute auf morgen vom Geld abwenden konnte. Er gefiel sich in dem Glauben, dass er imstande sein würde, alles aufzugeben und als Eremit zu leben. Allein in der Wüste. Wie er es schon mehrmals gemacht hatte, aber er war immer zurückgekommen, um unter dem überdrüssigen Blick seiner Frau und den Seufzern seiner Kinder zu leben, denen er keine Geschenke mitbrachte wie von seinen anderen Reisen, seinen Dienstreisen nach New York, Shanghai und Tokio. Und jetzt stand er hier rum wie ein Idiot; Nicolas würde mit seiner alten Karre angefahren kommen, die nach fauligen Äpfeln und kalter Asche roch, und er würde einmal mehr versuchen, seine Ängste zu beruhigen, auch wenn er insgeheim genau wusste, dass ihn diese Geschichte früher oder später einholen würde.

Er setzte sich an den Strand. Zündete sich eine Zigarette an. Es war frisch. Der Himmel klarte langsam auf, zögerlich und blass, als hätte er eigentlich keine Lust dazu. Eine Frau in Badeanzug lag nicht weit entfernt. Warum war ihr nicht kalt? Musste man einfach nur beschließen, in der Sonne braun zu werden, damit es funktionierte? Denis legte sich auch hin, der Sand war kühl unter seinem Kopf, seinen spärlichen Haaren, keine Lust mehr, ein Implantat zu machen, wie er es Delphine versprochen hatte, das war so lange her. Vor seinen halb geschlossenen Augen, zwischen dem Himmel und ihm, hing der Rauch seiner Zigarette wie dünne, auf die Erde herabgesunkene Wolken. Als er klein war, nahm seine Mutter (aber war das nicht eine andere Zeit, eine ganz andere Art zu leben), wenn sie rauchte, einen ganz tiefen Zug und behielt ihn im Mund, dann nahm sie Denis' Kopf in die Hände, blies den Rauch über seinen Kopf und rief »O weh o weh! Denis fängt an zu brennen! Denis' Kopf fängt an zu brennen!« Und er drehte sich im Kreis, zeigte sich allen, die lachten und taten, als wären sie erschrocken. Als Kind glaubte Denis alles, was seine Mutter sagte, deren Lieblingssatz war: »Ja, ja, mein Schatz, das ist gut möglich«, und sogar wenn er im Spiel oder manchmal auch aus einem beinah wütenden Trotz heraus versuchte, sie zu provozieren, behauptete sie weiter, das sei gut möglich. Er könne später *alles* tun, was er wolle, alle Berufe der Welt ergreifen, Astronaut, Gärtner oder Staatspräsident, er könne in jedem Land der Erde leben, keine Kinder haben oder so viele, wie er wolle, Waisenheime gründen, eine Frau werden, ja, ja, sogar das ist möglich, den Nachnamen oder Vornamen ändern, nachts leben und nicht am Tag, den ganzen Winter schlafen oder immer wach bleiben, sogar ein Lügner werden, wenn er es wolle, ja, ja mein Schatz, du kannst ein genialer Lügner sein, ein Fälscher, Romancier oder Straßenhändler, du kannst alles machen, unter einer einzigen Bedingung: Du darfst den anderen niemals auf die Nerven gehen!

»Worüber lachst du?«

Hinter dem Rauch seiner Zigarette sah Denis Nicolas'
erbärmliche Schuhe und seine langen Beine. Nicolas setzte
sich neben ihn und fluchte dabei, diese »verdammte Hüfte«
tue ihm höllisch weh. Denis überlegte sich, dass er keinen
Menschen kannte, der so nett war und der ihm so auf die
Nerven ging wie Nicolas, und wenn seine Mutter nicht gerade den Verstand verlieren würde, hätte er ihn gern zu ihr
geschickt, um sich Rat zu holen: »Du darfst den anderen nie
auf die Nerven gehen!« Manchmal gefiel es ihm ganz gut,
dass seine Mutter ein bisschen den Verstand verlor, und er
hörte sie gern Blödsinn erzählen; warum sollten die Worte
eigentlich immer genau unsere Gedanken ausdrücken? Der
kleine Knacks seiner Mutter schenkte Denis hier und da
kleine Pausen, seine Mutter nahm die Welt und ihre Logik
auseinander, und er musste zugeben, dass sie sich beide oft
halb totlachten, und da »alles gut möglich ist, mein Schatz«,
warum sollte es nicht möglich sein zu lachen, wo so viele
andere weinten?

»Hast du die Frau gesehen, die da liegt und braun werden will? Was meinst du: Ist sie dickköpfig, bescheuert oder
aus Silikon?«

»Hast du verstanden, was ich dir vorhin gesagt habe? Ich
habe Kathies Bruder gesehen.«

»Im Traum oder echt? Nein, ich meine: angesichts der
Angstzustände, in die dich deine frühzeitige Osteoporose
stürzt?«

»Red keinen Scheiß, Denis! Ich sage dir, dass ich den
Bruder von Kathie Vasseur gesehen haben, hier, am
Strand!«

»Umso besser.«

»Wie?«

»Wann willst du die Geschichte endlich klären? Ob der Junge Kathies Bruder ist oder nicht, irgendwann muss die Sache so oder so auf den Tisch.«

Denis drückte seine Kippe im Sand aus. Dann schämte er sich. Er nahm sie und ging sie zwischen die Steine am Damm werfen. Im Vorbeigehen sah er die Frau an, die sich immer noch nicht rührte und unter ihrer falschen Kinosonne lag. Wartete sie darauf, dass jemand sie abholte, dass jemand zu ihr kam? Hatte sie kein anderes Mittel gefunden, um den anderen zu entgehen? Sie sah ihn an, hinter der Sonnenbrille sah er ihre Wimpern blinzeln.

»Ist Ihnen nicht kalt?«, fragte er.

Sie schüttelte den Kopf. Er dachte an seine Mutter.

»Ich störe Sie hoffentlich nicht?«

Sie nickte. Er setzte sich wieder neben Nicolas.

»Dieser Bursche, Dimitri, ich habe ihn heute Morgen am Strand gesehen, er war mit Jeanne spazieren und hat zu mir gesagt: ›Ich glaube, wir kennen uns.‹«

»Und?«

»Und er hatte die Hände in den Hosentaschen. Feindselig, verstehst du. Provozierend.«

»Und?«

»Und sie sind in die andere Richtung weitergegangen, und als ich mich umgedreht habe, weil ich stutzig geworden war, wie du verstehen wirst, weil ich gemerkt habe, dass irgendwas nicht stimmte, da hat er sich auch umgedreht und mich angestarrt. Er ist so selbstsicher, du kannst es dir nicht vorstellen, man kann es sich nicht vorstellen, er sieht so … Er ist erschreckend, aber er sieht ganz harmlos aus. Verstehst du?«

»Ist er ein Freund von Jeanne?«

»Überhaupt nicht, er ist ein Verrückter, er ist verrückt, er hat sich bei dir eingeschlichen, er sagt, dass er nicht tauchen kann oder nicht schwimmen, und dann taucht er, er … er lügt!«

»Ich verstehe überhaupt nichts: Ist er ein Freund meiner Tochter oder ein Bademeister, der Schwimmunterricht nimmt?«

»Hör mir doch zu, mein Gott! Dieser Bursche ist Kathies Bruder, und er macht sich an Jeanne ran, um an mich ranzukommen, Scheiße, das ist doch einfach oder? Am Tag der Beisetzung, daran könntest du dich doch erinnern, verdammt noch mal!«

Nicolas hielt sein Gesicht in den Händen, als wollte er es stützen, er presste die Handflächen an die Wangen und strich sich mit den Fingern unablässig über die Brauen, dann drückte er sie auf die Lider.

»Nicolas, am Tag von Kathies Beisetzung waren alle betroffen, und du am meisten, das ist drei Jahre her, alle haben damals irgendwas gesagt und getan, und der Junge und seine Familie haben Paris verlassen, daran müsstest du dich doch erinnern.«

»Und ich habe diesen Brief bekommen.«

»Aber warum jetzt? Warum sollte er jetzt seine Drohung ausführen? Warum hier? Ein Junge, der gerade fünfzehn war!«

»Er hat gewartet, bis er volljährig ist, er hat gewartet, bis er stark genug ist, bis er dazu imstande ist.«

»Und ganz zufällig wusste er, dass du heute in diesem verlassenen Nest bei mir sein würdest?«

»Heute wie an jedem 14. Juli seit sechzehn Jahren. Er wusste es. Wir hatten darüber gesprochen. Ich meine: Kathie wusste es und hatte es ihm vielleicht gesagt.«

»Herr im Himmel, Nicolas! Weil ein Kumpel von Jeanne gesagt hat: Ich glaube, wir kennen uns!«

»Wenn du ihn siehst, wirst du es begreifen. Man muss ihn sehen, um es zu begreifen.«

»Du bist nicht verantwortlich für Kathies Selbstmord, sie war schwach, psychisch fragil. Und es ist nicht ihr Bruder.«

Denis sah Nicolas an, ein Gefangener seiner Angst, der Schuldgefühle eines integren Menschen, der das Gute hatte tun wollen und eine Tragödie ausgelöst hatte. »Die Tragödie eines lächerlichen Menschen«, dachte er und hoffte, dass er sich nicht täuschte, denn es war besser, wenn Nicolas lächerlich war als vernünftig.

LOLA SAH DELPHINE im Sand am Meer sitzen. Mit ihrem weiten rosafarbenen Pullover und den weißen Jeans war sie an diesem kühlen Morgen ein Lichtfleck auf dem sepia-braunen Strand.

»Du bist das anziehendste Geschöpf an diesem Strand«, sagte Lola, als sie sich neben sie setzte.

»Joggst du nicht mehr?«

»Samuel wollte mir eine Demonstration seiner Kraft und Jugend geben, er ist ohne Vorwarnung losgesaust, aber er kann mich mal. Und du? Bist du aus dem Haus geflohen?«

»Ich glaube.«

»Wusstest du, dass Marie Geldprobleme hat? Richtige Probleme, richtig ernst?«

»Sie muss nur Schauspielunterricht geben, alle Schau-spieler ohne Job werden Lehrer, warum macht sie das nicht? Hast du Samuel gesagt, dass ich diesen Dimitri nicht mehr bei mir sehen will?«

»Er findet uns ungerecht, er denkt, dass wir den armen Jungen verschreckt haben.«

»Mag sein, aber Jeanne ist so leicht zu beeinflussen. Erst hat sie sich in diese dämliche Rose vernarrt, und wenn sie jetzt noch mit diesem Typen abhängt, der aussieht wie aus dem Kinderheim!«

Lola spürte den fernen, wohlbekannten Schmerz, die flüchtige Angst, die manchmal wie ein jähes Schamgefühl aufflammte. Sie schaute aufs Meer, als gäbe es eine Lösung in der Brandung, eine Weisheit in der Wiederholung der Wellen, die jetzt, wo die Sonne durch das Himmelsgrau drang, ein etwas verwaschenes Pastellblau annahmen. Sie hatte Lust, Fragen zu wagen, nur um zu sehen. Delphine zu fragen, was sie von Kindern wusste, die aus dem Kinderheim kamen. Sie selbst wusste nichts von ihnen. Sie selbst hatte es sich immer gefragt. Wer waren diese verlassenen Kinder? Wie lebten sie? Man sagt, manche hätten kein einziges Foto von sich als kleines Kind, und deshalb wären sie sich beim Blick in den Spiegel selbst ein Rätsel.

»Was ist das eigentlich für ein Vorurteil gegenüber Heimkindern? Kennst du welche?«

»Ich habe sie kennengelernt, ja. Unser Dienstmädchen im Limousin, da, wo wir unser Landhaus hatten, hat nicht nur in den Ferienhäusern der Pariser geputzt, sie hatte auch Heimkinder bei sich in Pflege. Ich sehe sie immer noch vor mir, auf diesem Bauernhof, wie sie alle schweigend vor ihrer Schüssel an einem großen Holztisch sitzen. Das war traurig.«

»So ist es gar nicht.«

»Was weißt du denn davon?«

»Wir leben nicht mehr zu Balzacs Zeiten. Es ist sehr schwierig, heute ein Kind zu adoptieren.«

»Sie hatte sie nicht adoptiert, sie hatte sie in Pflege, habe ich gesagt. Ich will heute Mittag Melone mit Schinken und einen großen Tomatensalat machen, meinst du, das reicht?«

»Das reicht.«

»Entschuldige, wenn ich so schroff war, ich mag Samuel gern, und wenn es nicht wegen Jeanne wäre, könnte er diesen Dimitri ruhig mitbringen, ja, wirklich, das wäre mir egal!«

Lola versuchte sich den Tisch auf dem Bauernhof vorzustellen, in der dunklen Küche, die nach Butter und Kuhfladen, frischem Gras und Feuchtigkeit riecht. Und die Gesichter vor den Schüsseln, die Kinder jeden Alters, wie eine riesige Familie, die in Unordnung gewachsen ist. Kennen sie den Vornamen von jedem, bleiben sie lange zusammen? Die Heimkinder in der Küche. Die Kühe auf dem Feld hinter dem Hof. Die ausgeglichene Buchhaltung. Was bringt es ein, Kinder in Pflege zu nehmen? Mehr als die Milch? Weniger als das Putzen?

Lola und Delphine schwiegen, und Delphine erkannte, dass es nicht das Meer war, zu dem es sie gezogen hatte, nachdem sie den Schrank voller Unordnung zugeknallt hatte. Es war Denis, der ihr fehlte. Sie hatte das Bedürfnis, sich an ihn zu schmiegen und sich vor der Welt zurückzuziehen. Es wäre so gut, wenn alles in seinen Armen enden würde. Der richtige Abschluss so vieler gemeinsamer Jahre, eine Hommage an die früheren Jahre, die ersten, als sie sich von ihrer Liebe nährten und von dem Stolz, mit dem sie sie erfüllte. Vielleicht müsste man eine tote Liebe beisetzen. Eine Lobrede auf sie halten, ehe jeder in seine Richtung geht.

Ein alter Mann sah auf das Meer. Die Hose hochgekrempelt, die Füße im Wasser, die dünnen Arme am Körper; er war wie hypnotisiert vom noch verschwommenen Horizont in dem blassen Licht. Wie lange würde er so mit den Füßen im eisigen Wasser dastehen?

»Ich stelle mir Heimkinder nicht so seltsam vor wie Dimitri, im Gegenteil« sagte Lola, »sie sind bestimmt nett, hilfsbereit und anhänglich.«

»Weil du Kinderheim und Tierheim verwechselt. Stell dir mal vor, der Alte da leidet an Gedächtnisschwund, stell dir vor, er hat sich da ans Meer gestellt und weiß jetzt nicht mehr, dass er da ist, was er machen, in welche Richtung er gehen soll.«

»Man kann nett und anhänglich sein, ohne wie ein Köter zu sein.«

»Lola, du wirst gleich ausrasten, aber ich sage es dir ganz ehrlich: Du hast keine Ahnung von Kindern. Du siehst rosa Elefanten, wo ich Monster ohne Treu und Glauben sehe!«

Delphine hätte gern die Kraft gehabt, zu Denis zu gehen, sie hatte nicht mehr viel zu verlieren und konnte es einfach riskieren, an einer Mauer zu zerschellen, wenn sie sich in seine Arme warf. Und Lola war da und zwang sie, Banalitäten von sich zu geben; sie hasste sich selbst, so verbittert zu sein und außerstande, ihrer Freundin zu gestehen, was sie so sehr beschäftigte.

»Ich kenne Kinder besser, als du glaubst, ich kenne viel mehr, als du glaubst, aber ihr habt alle keine Ahnung, und es ist so einfach, euch an der Nase rumzuführen!«

Lola stand auf und ging zu dem alten Mann. Delphine sah, wie sie mit ihm sprach, der Alte drehte sich zu ihr, dann lachte er herzlich und offen. Sie machte sich auf zu Denis an der Pointe d'Agon.

DIE WERKSTATT WAR GESCHLOSSEN, aber Denis' Auto
war da und auch das von Nicolas. Wo waren die beiden? Delphine suchte sie kurz im Dorf, das sie nicht mochte, Zelt-
platz, Pferdewettbüro, Frittenbude, das war nicht ihre Welt.
Sie hatte sich vor so vielem geschützt, sie hatte das Glück
gehabt, inmitten von Schönheit geboren zu werden und auf-
zuwachsen. Das Haus in Saint-Mandé mit seinem von Gly-
zinien umrankten Garten, den starken, knorrigen Ästen, die
das Tor umschlossen und sie als Kind faszinierten, als sei der
Ort ein Gefangener dieser Äste und auch der Pappelwur-
zeln, die das Haus irgendwann hochheben würden, wie ihr
Bruder ihr erklärt hatte, sicher um sie zu erschrecken; trotzdem hatte sie oft im Abfluss der Badewanne und des Wasch-
beckens oder in der Toilette nachgesehen, ob die Wurzeln
auftauchten, und sie hätte sich nicht gewundert, eines
Tages aufzuwachen und das Haus von dieser Kraft in den
Himmel getragen zu finden. Sie erinnerte sich an alle jene
Weihnachtsmorgen, die unweigerlich im Bois de Vincennes
endeten, wo sie das Fahrrad ohne Stützräder ausprobierten,
die neuen Puppenwagen schoben und die ferngesteuerten
Boote auf dem Lac Daumesnil ausprobierten. Sie sah sich als
junges Mädchen, wie sie neben einem hübschen linkischen
Jungen im Gras saß, und der Geruch des Wassers im Unter-

holz, der Duft von Kerbel und Blaubeeren passte irgendwie zum Rasierwasser auf den Wangen dieser Jungen, die ihre ersten Zigaretten rauchten und von Wehrdienstverweigerung sprachen. Sie sah die Pferde und die Reiter in langsamem Schritt vorüberziehen, gefolgt von Hunden, die von ihren Herren nicht sehr nachdrücklich zu sich gerufen wurden; das Leben war von einer geradezu leichtfertigen Sorglosigkeit erfüllt, man spürte, wie im nahen Paris die Autos und die Erregung all derer vibrierten, die ihre Freizeit in den Kaufhäusern, auf überfüllten Boulevards verbringen, und es kam Delphine vor, als hätte sie ihre Jugend verlebt, wie sie den Bois de Vincennes bewohnt hatte: mit der Unbekümmertheit all jener, die sich in der Natur ergötzen und dabei ahnen, dass ringsum eine ganz andere Welt brodelt. Und an diesem Morgen, im bunten, lauten Agon suchte sie Denis und sah ihn nicht. Was hatte er hier auch verloren? Es war logischer, ihn am Strand zu suchen, und tatsächlich sah sie ihn dort, und natürlich saß Nicolas neben ihm. Wie schade!

Sie ging langsam zu ihnen, so vorsichtig, als wollte sie nichts anderes hervorrufen als glückliche Überraschung, aber ihr Herz schlug mit dumpfer Heftigkeit, weil sie sich wünschte, ihren Mann erneut zu ihrem Vertrauten zu machen. Ihm zu sagen, dass sie sicher bald weggehen würde. Denn sie fühlte sich zu nichts nutze. Konnte nichts tun und niemanden lieben. Sie lebte hinter einer undurchsichtigen Scheibe und sah ihm und ihren Kindern beim Leben zu, ohne sich zu ihnen gesellen zu können. Und sie wollte, ehe sie ging, dieser Regung nachgeben, die früher so einfach gewesen war, so gewohnt und tausendfach wiederholt: sich in seine Arme schmiegen. Seinen Geruch wiederfinden, wie man einen Kindheitsduft, das Fundament unseres Daseins wiederentdeckt. Als sie bei ihnen war, sah Nicolas sie aus einem merkwürdig gealterten Gesicht an, es war das Gesicht eines Mannes, der von einer schlechten Nacht erwacht. Denis fragte sie in einem Ton, der kundtat, dass sie fehl am Platze war, was sie hier wolle. Delphine interessierte sich schon lange nicht mehr für das Boot.

»Wir bummeln hier rum, entschuldige«, sagte Nicolas. »Brauchst du Hilfe fürs Einkaufen?«

Sie bemerkte die reglose, fast nackte Frau auf dem Sand. Sie bemerkte, dass den beiden Männern kalt war und es ihnen nicht gut zu gehen schien. Nicolas stand mit Mühe auf, in seiner Stimme hallte eine Erregung nach, als hätte er versucht, ein mächtiges Gefühl zu unterdrücken, das er nicht wahrhaben wollte:

»Ich gehe Kuchen kaufen.«

Normalerweise hätte Delphine gesagt, er solle »sich nicht in Unkosten stürzen« oder sie habe es lieber, wenn die Kinder Obst äßen, aber sie wartete ungeduldig darauf, dass er ging, und betete, dass Denis ihm nicht folgte.

»Warst du wegen deiner Hüfte beim Arzt?«

Nicolas war beim Aufstehen blass geworden. Wie die Zeit vergangen ist, dachte Delphine. Wie weit die Jahre mit Fußball am Strand, Tauchwettkämpfen, Weitsprung in den Dünen zurücklagen, und vor allem, wie seltsam wohl ihr bei der Erkenntnis war, dass das alles nicht wiederkommen würde. Ganz einfach, ohne Aufsehen waren so viele Dinge zu

Ende gegangen und würden fortan anderen, Unbekannten gehören, ungeborenen Generationen, deutschen oder japanischen Touristen, die niemals wissen würden, dass Coutainville früher einmal Delphine und Denis gehört hatte, dass Coutainville der jährliche, unverrückbare Treffpunkt ihrer Freunde und ihrer Kinder gewesen war.

»Marie meint, ich sollte zum Chirurgen gehen, aber ich habe panische Angst vor der Anästhesie.«

Delphine antwortete nicht, um sich nicht auf ein Gespräch einzulassen. Nicolas sollte gehen, so ungeschickt und schmerzhaft, wie er wollte, aber er sollte gehen. Sie musste sich keine Sorgen machen. Er wusste, dass sie gekommen war, um mit Denis zu sprechen, er hatte es daran gesehen, wie sie auf der Haarsträhne herumkaute, die ihr der leichte Wind ins Gesicht blies, und an ihrer Höflichkeitsfrage wegen seiner Hüfte. Er ging mit einem jugendlichen Winken und ohne sich umzudrehen. Dann setzte sich Delphine neben Denis, der ihr, indem er Nicolas' Aufbruch nicht ausgenutzt hatte, um den Strand zu verlassen, sein Einverständnis zeigte.

»Ich wollte zum Mittag Melone mit Schinken und einen Tomatensalat machen, glaubst du, das reicht?«

»Das reicht.«

»Nicolas sieht müde aus.«

»Nicolas hat Angst vor dem Glück.«

»Was?«

»Nicolas hat Angst vor dem Glück, sage ich dir. Er ist nicht mal mehr imstande, drei Tage mit schönem Wetter am Strand zu genießen, das ist eine Tragödie.«

Daran erkannte sie Denis wieder, an seiner Art, die anderen zu bedauern, über ihr Verhalten zu klagen und dabei den Anschein zu erwecken, als sei es ihm egal. Und hatte sie sich nicht, weil sie mit ihm zusammenlebte, ebenfalls mit dieser leichten Herablassung gewappnet, um sich vor dem Leben der anderen zu schützen? Warum hatte sie vorhin so böse über Dimitri gesprochen? Warum musste dieser schüchterne Junge, der ganz offensichtlich vor Bewunderung nicht nur für Jeanne, sondern für ihren ganzen Freundeskreis geradezu erstarrt war, wie ein minderwertiges Geschöpf behandelt werden? Vielleicht würde er der Zeuge ihrer letzten Jahre in Coutainville sein, der Bewunderer, der etwas unterbelichtet wirkte; aber empfindet man nicht immer etwas Herablassung für jene, die uns grundlos lieben?

»Ansonsten scheinen alle zufrieden zu sein«, sagte sie.

Denis antwortete nicht. Er verstand nicht, warum sie sich solche Mühe gab zu sprechen, und warum es ihr so schwer fiel, ihre Unbeholfenheit machte ihm beinahe Angst, weil sie ihn rührte. Aber er mochte es nicht, wenn man um den heißen Brei herumredete, er war ein Mann schnell getroffener und immer befolgter Entscheidungen, der Schlüssel des Erfolgs, um den ihn alle mit leiser Verachtung beneideten. Er sah seine Frau an, und vor diesem geraden, unbefangenen Blick senkte sie den Kopf. Sie kratzte mit den Fingern im Sand, und er dachte, dass sie ihren Nagellack abschabte, aber welche Frau war auch so zerstreut, sich am Strand die Nägel zu lackieren? Sie schien fortwährend zu improvisieren, selbst überrascht zu sein, wenn sie ihre eigene Unachtsamkeit wettmachte, und sogar ihre Erfolge schienen unfreiwillig.

»Wolltest du mir etwas sagen?«, fragte er.

Delphines Finger erstarrten im Sand. Die kleinen Adern an ihren Schläfen zeichneten zarte Wellen unter der Haut, und sie zögerte zu tun, weshalb sie gekommen war: sich in seine Arme zu schmiegen. Damit alles eine andere Wendung nahm.

»Ich hatte Lust, hier zu sein, bei dir.«

»Weil?«

»Wie?«

»Gib mir eine Erklärung, was willst du? Habe ich dir gestern nicht genug Geld gegeben?«

»Zu viel. Du hast mir gestern viel zu viel Geld gegeben.«

»Ich habe dir gegeben, was du verlangt hast.«

»Ja.«

»Ich habe dir immer gegeben, was du verlangt hast.«

»Ja.

»Was willst du?«

Delphines Hand bewegte sich aus dem feuchten Sand hin zu seiner Hand. Es war nicht das erste Mal, dass sie zu ihm zurückkam, diese Rückkehr folgte meist auf die schmerzhafte Trennung von einem ihrer Liebhaber oder auf ebenso heftige wie kurze Schuldgefühle. Er war daran gewöhnt. Er wandte sich immer ab. Delphine war stark, sie brauchte ihn nicht, um den Schmerz zu überwinden, sie hatte einen beängstigenden Lebenswillen, und mehr als einmal war es Denis so vorgekommen, als wären die Momente der Niedergeschlagenheit eigentlich zusätzliche Herausforderungen, wie bei einer verletzten Sportlerin, die aus ihrer Rehabilitation eine Energie und einen Siegeswillen schöpft, den sie sich selbst nicht zugetraut hatte.

»Es wird schon gehen«, sagte er, »glaub mir, es geht vorbei.«

Seine Stimme war leise, überdrüssig, fern. Da wusste Delphine, was sie empfunden hätte, wenn sie sich in seine Arme geschmiegt hätte. Es wäre vage gewesen, wie ein Zögern über dem Abgrund.

ER WAR RUHIG GEWESEN am Strand, vielleicht hatte er gefürchtet, sich vor der halb nackten Frau unter der kalten Sonne bloßzustellen, aber jetzt, allein mit Delphine im Auto, musste sich Denis zurückhalten, um nicht zu brüllen. Dieser geschlossene, vertraute Raum weckte in ihm den Wunsch, auf seine Frau einzuschlagen, um zu sehen, was dabei zum Vorschein käme, wie man das Innere einer Frucht mit dicker Schale explodieren lässt, von einem Panzer umschlossene Sanftheit. Seine Finger waren beinah weiß am Lenkrad, das er umklammerte und das kurz davor war, dem Druck nachzugeben; er hätte das Holz zerbrechen können, wie er Delphines schöne Knochen hätte zerbrechen können, die Wirbel, die diese entzückende, biegsame, allzu freie Wirbelsäule bildeten. Aber sie war wie ein Schilfrohr, unzerstörbar, unausrottbar, neben ihr glich er einem nicht sehr begabten Athleten, der zehnmal mehr arbeiten muss als die anderen, der seine Schwächen zur Stärke macht und die Wut zu seiner zweiten Natur. Ein Konkurrent hatte ihm einmal gesagt, dass er »den Biss der Kinder armer Eltern« habe. Das stimmte nicht. Denis war reich, und er war es immer gewesen. Er musste keine bedürftige Kindheit nachholen, und der Luxus brachte ihn nicht zum Träumen, weil er ihn immer gekannt hatte. Er empfand keinen Stolz, keinerlei

117

Befriedigung zu besitzen, nur eine Leichtigkeit, sich in dieser geschützten Welt der Begüterten zu bewegen, der Kinder aus gutem Hause, die die Arbeit im Blut haben, wie Rennpferde, die dafür gezüchtet und geliebt werden zu siegen. Denis aber hatte sich zu diesem Leben, zu dieser Rolle des allmächtigen Ehemanns gezwungen, der er zu entfliehen gehofft hatte, als er sich in Delphine verliebte. Damals glaubte er, sie sei seine einzige Chance, sein Leben aus der vorgezeichneten Bahn der Bourgeoisie und des Business herauszuführen, und er hatte recht: Delphine hätte auch ein einfaches Leben mit einem Sohn aus gutem Hause führen können, der von den Seinen verleugnet wurde, weil er einen anderen Weg als den der Geschäfte und der Börsenkurse gewählt hatte, und sie hatten sich in den ersten Jahren wie Bohemiens gefühlt, weil ihr Alltag bescheiden war, romantisch, weil ohne Luxus. Aber bald schon bekamen sie Lust auf etwas anderes. Das Haus in Coutainville wurde der Motor für die Suche nach Geld, die bald zu ihrer Hauptbeschäftigung werden sollte. So waren sie, nachdem sie in ihren ersten Ehejahren die Freiheit von der elterlichen Fürsorge genossen hatten, selbst zu Eltern geworden, getrieben von ihren Träumen vom Haus am Meer, einer großzügigen Wohnung und all dem, was das Leben süß, behütet und einfach machen kann. Und am Ende war das Geld zur Gewohnheit geworden. Sie waren, wie so viele vor ihnen, in das Milieu ihrer Herkunft zurückgekehrt, dem sie eine Weile den Rücken zugewandt hatten. Sie hatten das Geld im Blut.

Denis hielt neben einem Feld an. Rostige Konservendosen steckten auf den Holzpfählen, die es begrenzten. Ein

Pony und ein Esel grasten schicksalsergeben auf einer Weide, die für den Hochsommer noch sehr grün war. Es hatte so viel geregnet. Die Natur hatte sich mit Wasser vollgesogen, und sie standen auf sumpfigem Boden. Blattläuse hüpften vor der Windschutzscheibe herum, und die Sonne gab der Landschaft endlich ihr wahres Licht, ließ sie in ihrem Glanz noch klarer und weiter erscheinen. Er drehte sich zu Delphine um, sie stellte sich auf seinen Zorn ein, und ihre blauen Augen hatten etwas Mineralisches, die Kälte des Kampfes.

»Du redest um den heißen Brei herum, seit wir hier angekommen sind«, sagte er. »Du willst etwas sagen und traust dich nicht.«

Sie spürte, wie ihr Herz galoppierte, in rasendem Tempo literweise Blut durch ihr ganzes Sein jagte, als wäre sie, anstatt im Auto zu sitzen, lange gerannt und würde immer noch rennen, und ihr Gehirn schickte falsche Informationen: Sie war außer Atem und gleichzeitig reglos, rot vor Anspannung und völlig gefasst. Sie wollte es ihm sagen. Dieses Leben, das sie vorbeiziehen sah, ohne es ergreifen zu können. Ihre Kinder, die ihr entglitten wie Wasser den Händen. Es ihm sagen, ja, aber nicht dort, nicht in diesem Auto, am Feldrain, zwischen Tür und Angel, wieder einmal. Sie brauchte Raum, Zeit, das verdienten sie doch wohl, oder? Sie hatten sich voller Inbrunst, mit glücklichem Staunen geliebt, und sie hatte einmal geweint vor so viel Glück, sie erinnerte sich, das war hier gewesen, im Haus von Coutainville, in dem sie beide allein gewesen waren. Sie bereitete das Essen vor und war in Tränen ausgebrochen, sie war aus der Küche zu ihm in den Garten gerannt, um sich in seine Arme zu werfen, um vor Panik und Erregung zu weinen. »Ich weiß nicht, wo ich hin soll mit all diesem Glück. Ich weiß nicht, wohin damit!« Sie hatte vor Schreck geweint, dann vor Glück, und jetzt hatte sie Lust, ihm zu danken. Dafür. Für diese erschreckende Heftigkeit des Glücks, die nur wenige je kennenlernen durften.

»Ich möchte gern noch einmal reiten. Mit dir«, sagte sie ganz leise.

Denis' Lachen platzte heraus, ohne dass er es wollte, als hätte er einen Faustschlag in den Bauch bekommen. Er sah sie an, fassungslos und enttäuscht. Das Schweigen im Auto war so dicht, als säßen sie in einem Container, in einer eigenen, hermetisch abgeschlossenen Welt, und die Sonne hinter der Scheibe heizte diesen geschlossenen Raum. Sie glichen zwei gefangenen Insekten, denen die Luft fehlte. Dabei war es draußen wahrscheinlich gar nicht so warm, und der leichte Wind, der die auf den Holzpfählen steckenden Konservendosen sanft schaukeln ließ, hatte sich noch nicht gelegt. Delphine öffnete die Tür und stieg aus dem Auto, und weil es an einer kleinen Böschung stand, hatte sie Mühe herauszukommen, dabei hätte sie sich gern schnell und theatralisch entfernt, Denis ohne Schwierigkeiten verlassen. Sie ging einfach geradeaus, versuchte, jedes Gefühl auszuschalten, wollte nichts empfinden, weder Schmerz noch Befriedigung, nicht mal ein Bedauern, beschließen, dass nichts geschehen war, wollte das Abendessen planen, in Gedanken eine Einkaufsliste aufstellen, sich innerlich in einen neutralen Raum flüchten. Als sie die Autotür knallen hörte, wuss-

te sie, dass er sie einholen würde, und beschloss, dass die
Zeit des Leidens vorbei war. Sie drehte sich zu ihm um, sie
war bereit. Sie griff als Erste an, wie eine Parade:

»Was hast du vor?«, fragte sie so, dass es hieß: Ich weiß
genau, was du vorhast, aber wirst du es wagen? Sie hätte
sogar zwischen den Zähnen zischen können: Los doch!
Komm schon! Komm schon!, denn sie hatte das Gefühl, ein
gefährliches Tier vor sich zu sehen, das ihr allerdings keine
Angst mehr machte.

Ja, sie hatte einen erschreckenden Überlebensinstinkt
und konnte sich vor allem schützen, sogar vor Denis' Schlä-
gen. Er hatte sie geschlagen, es war ein Jahr her, ein wilder,
ungewöhnlicher Eifersuchtsanfall. Eine Ohrfeige, dann
noch eine, dann nichts mehr. Das Entsetzen, das er verspürt
hatte, der Hass auf sich selbst und auch die Wut wegen dem,
was sie ihn hatte tun lassen, wie weit sie ihn getrieben hatte. Was aus ihm geworden war. Wegen ihr. Aber jetzt, am
Rand dieser kleinen Landstraße, in der Reinheit der Luft
und der Nähe des Meeres, wollte er ihr eigentlich nur sagen, sie solle aufpassen, denn sie ging zu nah an der Fahr-
bahn, und die Autos fuhren schnell.

»Sieh an! Die Pariser sind zurück, das hatte ich mir schon
gedacht!«

Hervé war da. Er war geräuschlos auf seinem alten Fahrrad angefahren gekommen, das sein ganzer Stolz war, denn
er war reich, der Notar von Coutainville, der einen Bugat-
ti in der Garage hatte, aber auf seinem verrosteten Fahrrad
herumfuhr, als würde ihn diese Lässigkeit für sein langwei-
liges, geregeltes Leben entschädigen. Er gehörte zu den

Leuten, die zu ihrem Bedauern nicht in Paris leben und deshalb ständig lauthals beteuern, wie glücklich sie sind, in der reinen Luft und ohne Stress zu leben, einen Gemüsegarten zu haben, eine Frau, die sich niemals schminkt, und Kinder, die mit Vitamine vollgestopft werden (diese Kinder leben schon lange in anderen Hauptstädten, meist in London oder New York). Hervé trug nie etwas anderes als hellblaue Lacoste-Polos und karierte Bermudashorts. Er war immer braun gebrannt und verlor widerstrebend sein Haar. Er war ein guter Tennispartner, immer bereit für ein Doppel, und arbeitete mit der Gewissenhaftigkeit eines guten Schülers an seinem ewig gleichen und erbärmlichen Aufschlag, der durch keine Übung besser wurde. Und er war zwischen Denis und Delphine aufgetaucht wie ein neutraler Vermittler, der jede Kampfeshoffnung zunichte machte. Sie standen reglos und stumm da, als hätte er sie in flagranti ertappt, wie zwei Liebende, die sich hastig die Sachen zurechtziehen, mit den Fingern durchs Haar fahren und eine unbefangene Miene aufsetzen.

»Ich habe heute Morgen Nicolas und Marie beim Einkaufen getroffen, haben sie es euch nicht erzählt?«

Beide gingen langsam, mit mühsamen, steifen Schritten auf ihn zu, und er stieg vom Fahrrad, um sie zu umarmen, er roch nach der Teerlotion, die er jeden Morgen auf seinen kahler werdenden Schädel auftrug, man hätte denken können, er sei an einer Straßenbaustelle vorbeigefahren und hätte den Geruch des heißen Bitumen mitgebracht.

»Was hältst du davon, wenn ich um drei einen Tennisplatz reserviere?«, fragte Denis.

Hervé zog eine Grimasse, die schelmisch sein sollte, er sah aus wie ein altes, faltiges Kind.

»Ich muss die Chefin fragen«, sagte er. »Um drei ist vielleicht etwas zu früh: Ihre Eltern sind da.«

»Babeths Eltern sind da?«, fragte Delphine mit etwas belegter Stimme.

Sie räusperte sich, zupfte an ihrem rosa Pullover und versuchte sich zu konzentrieren.

»Das Haus ist voll!«, sagte er mit zufriedener Niedergeschlagenheit, »die Kinder sind da, mit Partnern, Verlobten, der ganze Zirkus! Diplomatie, Kinder, Diplomatie rund um die Uhr, damit diese kleine Welt friedlich zusammenlebt. Ihr werdet sehen! Das ist nicht einfach!«

Hervé und seine Frau waren älter als Denis und Delphine, sie hatten ihre drei Kinder sehr früh bekommen, deshalb hatten sie sich angewöhnt, mit ihnen zu sprechen, als wären sie immer ein Stück zurück und müssten über die Entwicklung der Dinge aufgeklärt werden.

»Um vier«, schlug Denis vor.

»Vier ist perfekt! Dann machen die Großeltern Siesta, und die Paare sind am Strand. Tote Zeit! Ihr werdet sehen: Das braucht man!«

Gibt es etwas Traurigeres als dieses abgebrochene Gespräch, dachten Delphine und Denis, als diese Auseinandersetzung, die nicht stattgefunden hat und in der Tennisverabredung mit Hervé endet? Die Zeit vergeht, das aber ändert sich nicht: die Gewohnheiten mit den Freunden, die vom Ritual zur Verpflichtung und schließlich zu einer Last werden. Aber ist es nicht auch beruhigend festzustellen, wie wenig manche Menschen den Lebensschmerz empfinden? Sie umgeben uns wie alte, vertraute Haustiere mit abgestumpften Sinnen und nehmen weder unsere Bitterkeit noch unseren Schmerz wahr. Ja, Delphine und Denis dachten dasselbe, im selben Moment. Wie aber sollten sie es wissen?

»ABER ICH HATTE ES FALSCH verstanden! Ein israelischer Zöllner, der Englisch spricht, hat nicht gerade den Akzent der City, verstehst du?«, sagte Marie.

Alle am Tisch begannen zu lachen und fröhlich zu protestieren.

»Du kennst wohl den Akzent der City?«, fragte Lola.

»Der Soldat hat gefragt: ›*Do you have a gun?*‹ *A gun*! Ein Gewehr. Es war das erste Mal, das man mich das gefragt hat, und ich habe verstanden ›*Do you have a guy?*‹. Einen Kerl. Das ist doch normal, oder? Was hättet ihr an meiner Stelle gemacht?«

Denis sah seine Freunde an, die unter der großen Kiefer saßen, voller Erleichterung hatte er sie nach der Szene mit Delphine wiedergefunden. Sie waren der Beweis, dass man es gut mit ihm aushielt, dass er ein Mensch war, mit dem man gern zusammen war. Nicolas schien Dimitri für eine Weile vergessen zu haben, er zog Marie an sich, legte einen Arm um ihre Schultern und wandte sich an die anderen. Man hörte ihm die Erleichterung an, auch den Schwips:

»Freunde! Freunde!«, verkündete er: »Ich weise euch darauf hin, dass der fragliche ›*guy*‹ meine Wenigkeit war!«

Und er öffnete die Arme und wölbte den Oberkörper, um sich allen zu zeigen:

»Hübsches Kind, der ›Kerl‹ von Madame! Fünfundfünfzig Jahre, achtzig Kilo, noch alle Zähne und … ich muss zugeben – nicht wahr, mein Schatz – immer verfügbar, vor allem morgens.«

Marie gab ihm einen Klaps, alle lachten und machten ihre Kommentare, Denis öffnete die nächste Flasche und goss ihnen ein, auch denen, die sagten, dass sie nichts mehr wollten. Alex, der am anderen Ende des Tisches saß, sah sie an, wollte gern dazugehören und wusste sich doch ausgeschlossen; die Erwachsenen bildeten eine laute, chaotische, strahlende Kugel, und ihre Aufregung war irgendwie beunruhigend.

»Marie! Marie!«, rief er, aber sie hörten ihn nicht, denn er saß nicht nur am Ende des Tisches, er saß »bei den Kindern«, anders gesagt, draußen.

»Marie! Marie!«, wiederholte er mit lauter, schriller Stimme.

Endlich hörte sie ihn und fragte, was er wolle, und plötzlich hatte er ein bisschen Angst, dass seine Frage lächerlich sei, denn anscheinend brachte alles sie zum Lachen, trotzdem traute er sich zu fragen, ob sie mit Ja geantwortet habe, sie habe ein »*gun*«, eine Waffe, weil sie es mit »*guy*« verwechselt hatte.

»Sie hat Ja gesagt, und wir haben dieses verdammte Flugzeug natürlich nicht gekriegt«, antwortete Nicolas anstelle seiner Frau. »Wir wurden gefilzt und verhört und haben Fortschritte in Englisch gemacht!«

Er vergaß Alex und wandte sich an die Erwachsenen:

»Sie hatten jedenfalls ihren Spaß, muss ich sagen!«

Und wieder bildeten ihr Lachen, die ironischen Bemerkungen, die kurzen Umarmungen den Lichtring, der sie umgab.

»Na toll, bist du jetzt zufrieden?«, fragte Jeanne ihren Bruder wütend, denn er hatte zwar eine Antwort bekommen, nicht aber ihre Aufmerksamkeit wecken können, er war viel zu blass für sie, er trank Wasser, und niemand bewunderte ihn.

Sie belauerten sich und ließen sich nicht aus den Augen, sie warfen und fingen die Worte wie einen Ball in einem Match, und Alex fragte sich, ob er eines Tages so alt sein würde wie sie. Dann hasste er sie mit demselben Mut, den er aufgebracht hatte, um seine Frage zu stellen, und beschloss, nie wieder mit ihnen zu sprechen und groß zu werden, bis sie eines Tages sehr alt sein und nichts mehr sagen würden. Und dann würde er derjenige sein, der sich unter der großen Kiefer den Wein einschenkte.

Denis zwang sich, nie zu Delphine hinüberzusehen, auch nicht, wenn sie etwas sagte, aber sie sagte so wenig. Sie kümmerte sich um alles, lief ständig zwischen Küche und Garten hin und her, achtete darauf, dass es an nichts fehlte, und er wusste, dass die plötzliche Aufmerksamkeit, die sie auf das alles richtete, das Zeichen ihres Abstands war. Sie war allgegenwärtig wie ein Betrüger, der ein krummes Ding ausheckt und es mit plötzlicher übertriebener Anständigkeit tarnt. Sie übertrieb. Hatte sie vor, ihn zu verlassen? Hatte sie jemanden kennengelernt? Nicht nur für eine Nacht oder ein paar Wochen, jemanden, mit dem sie sich eine Romanze, eine Zukunft vorstellen könnte? Letztlich der einfachste

Weg, der Wirklichkeit auszuweichen. Ja, soll sie doch zu einem anderen gehen, dachte er und staunte selbst über seine Ruhe, schließlich ist dieses Leben zu zweit so erbärmlich und führt zu nichts; außerdem gewöhnt man sich an alles, und er würde sich daran gewöhnen, seine Freunde ohne sie zu empfangen, abends in ein Haus ohne Kinder zu kommen, Jeanne und Alex jedes zweite Wochenende zu sehen, so viele andere machen es, so viele leiden, warum nicht er? Er sah sie an, makellos wie eine Frau, die für einen Maler posiert, sparsam in ihren Bewegungen und ihrem Ausdruck, sie blieb das, was man von ihr erwartete, ohne je davon abzuweichen. Seine Liebe zu ihr hatte also nichts verhindert. Auch das Geld nicht. Auch die Kinder nicht. Sie liebte ihn nicht mehr. Sie liebt mich nicht mehr? Und dann dachte er, dass er genug davon hatte, ohne Zärtlichkeit zu leben. Dieser Gedanke überraschte ihn selbst, und er war erstaunt und auch glücklich, freute sich darüber wie über ein neues Projekt, verdammt noch mal, er hatte es dringend nötig: Zärtlichkeit! Und das konnte noch kommen, nicht das große Glück, er war nicht scharf auf das Glück, er war zu alt und er wusste zu viel, aber ein kleines bisschen geliebt zu werden ...

»Denis, hörst du mir zu?«

»Wie?«

Er hörte die anderen lachen und sah seine Freunde mit der erstaunten Freude eines Schläfers an, der unter einem Baum erwacht.

»Hörst du mir zu?«, wiederholte Samuel.

»Er hört dich, aber er hört dir nicht zu«, sagte Delphine, diesmal ohne ihn aus den Augen zu lassen.

»Hol das Obst, anstatt Schwachsinn zu erzählen.«

Denis wollte es nicht sagen. Aber er hatte es gesagt, und alle waren überrascht, betroffen von dieser plötzlichen Missstimmung; Schweigen machte sich breit und schmerzhafte Verlegenheit.

»Ich hatte gefragt, ob es dich als Chef von Intercom interessiert, die von meiner Firma per Internet lancierten Anteile für Telekommunikationsnetze in Mali zu zeichnen«, fragte Samuel schließlich.

»Na ja, warum eigentlich nicht? Natürlich. Wer will noch Saint-Joseph? Los, Kinder, er muss alle werden.«

Sie streckten ihm die Gläser hin, sprachen zu laut, versuchten das Unbehagen zu vergessen, das sie eben gepackt hatte, beschlossen, später darüber nachzudenken, oder sogar, dass gar nichts gewesen war. Lola nahm unter dem Tisch Samuels Hand. Er hatte gepunktet. Er hatte sie aus einer Sackgasse herausgeführt. Aber während sie die Hand ihres Liebhabers hielt, sah sie Delphine an, die wiederum zu ihr blickte. Es dauerte nicht lange, nur ein paar Sekunden, die alles sagten. Und dann wandte sich die eine von der anderen ab, und jede hatte verstanden. Manche Dinge können einfach nicht dauern.

»Es ist warm, unglaublich, wie es sich mit einem Mal aufgewärmt hat«, sagte Nicolas.

»An der Côte d'Azur sind vierzig Grad, das habe ich im Radio gehört, hier ist es erträglich, einfach perfekt.«

»Wie lange hatten wir nicht mehr so einen 14. Juli, nein wirklich!«

»Gibst du mir die Trauben? Gib mir mal die Trauben.«

129

»Was hat Hervé gesagt? Um vier oder um fünf?«

»Um vier.«

»Wer will Kaffee?«

»Um sechs wäre am besten, um vier ist doch blöd!«

»Ich spiele nicht mit ihm zusammen! Kommt nicht infrage, dass wir dieselben Paare bilden wie letztes Jahr, das sage ich euch gleich.«

»Mecker doch nicht ständig rum! Also, alle wollen Kaffee?«

Die Kinder waren aufgestanden, ohne abzuräumen, aber wer würde sie darauf hinweisen? Alex und Enzo gingen mit der Xbox spielen, aber wer würde ihnen Vorwürfe machen, weil sie bei dem schönen Wetter drinnen blieben? Jeanne hatte sich davongemacht, als ihr Vater ihre Mutter beschimpft hatte. Und beschlossen, dass es ihr total egal war. Rose hatte sich nicht gerührt. Ihr war warm, und sie hatte das Kapuzenshirt ausgezogen. Unter dem T-Shirt mit dem Bild von Kate Moss und ihrem Stinkefinger versteckte sie mehr schlecht als recht ihren schweren, üppigen Busen. Sie schaute die Erwachsenen an. Sie gaben sich solche Mühe. Sie hingen so sehr aneinander. Wussten sie eigentlich, was für ein Glück sie hatten?

JA, SAMUEL HATTE GEPUNKTET. Er hatte die Mahlzeit geradezu gerettet. Und Lola hatte unter dem Tisch seine Hand gedrückt, das rührte ihn besonders, weil es heimlich geschah. Er hatte sich als ihr Verbündeter gefühlt. Er hatte gedacht, dass sie froh war, zwischen den Paaren, ihren Freunden, nicht allein zu sein, und auch stolz auf den Mann, der sie begleitete. Deshalb erwartete er nach dem Kaffee, als das Hausmädchen kam, um sich um alles zu kümmern, als sich die Runde auflöste, dass sie mit ihm in ihr Kajütenzimmer hinaufgehen und mit ihm schlafen würde, wunderbar betäubt vom Wein und der Sonne. Stattdessen hatte sie gesagt, sie wolle zum Hafen von Regnéville, wo der Fluss an der Pointe d'Agon ins Meer floss. Denis borgte ihr den alten Jeep, der in der Garage stand. Samuel hatte darauf gedrungen, sie zu begleiten, und zum Dank einen dieser Blicke erhalten, die freundlich sein sollten, aber nur belustigte Herablassung ausdrückten. Er hatte noch Glück, dass sie ihn nicht in die Wange kniff. Ihm keinen kleinen Klaps auf den Nacken gab. Das musste sich ändern. Wenn sie erst verheiratet wären, würde er es sich herausnehmen, ihr Ratschläge zu geben und Vorhaltungen zu machen, die von ihrer vollkommenen Vertrautheit künden würden, von der ständigen Sorge des einen um den anderen und auch von den Rechten, die man auf seinen Ehepartner hat. Darin besteht die Kraft eines Paares. Den anderen davor bewahren, zu straucheln, Blödsinn zu machen oder sich zu verrennen. Er fühlte sich stark. Durch all die Liebe, die er ihr schenken würde. Durch all die Fürsorge, mit der er sie umgeben würde. Er war voller Kampfeslust, er stand in den Startlöchern, und sein Blut kochte, er hätte noch einmal am Strand entlangrennen können, wäre es nicht so heiß, oder schwimmen, hätte sich das Meer nicht zurückgezogen. Er rief seinen älteren Bruder an, um ihm von seinem Glück zu erzählen, ihm zu verkünden, dass er mit einer Kriegsreporterin zusammenlebte, einer Sonderkorrespondentin aus dem Nahen Osten, obwohl das längst vorbei war, obwohl er Lola kennengelernt hatte, als sie schon lange mit den Kriegsreportagen aufgehört hatte. Aber er war stolz auf diese Zeit, viel mehr als auf ihre jetzigen Sendungen, die Zeit, die sie damit verbrachte, der Stille zu lauschen, »den Stillen«, wie sie sagte, und all dem, was daraus auftaucht. Aber sein älterer Bruder nahm nicht ab, und auf die Mailbox stammelte Samuel nur, dass er bei Freunden am Meer sei und ihm ein schönes Feuerwerk wünsche. Er biss sich auf die Lippen vor Scham, sobald er es ausgesprochen hatte: ein schönes Feuerwerk! So ein Schwachsinn! Für ihn würden es die Minuten vor seinem Antrag sein, aber für seinen Bruder war es nur Blödsinn, und er stellte sich vor, wie er genervt seufzte, wenn er seine Nachricht abhörte, und wenn seine Frau ihn fragte, von wem sie sei, würde er abwinken: »Ach nichts, nur mein Bruder«, wie ein Lehrer, der sich seit Jahren mit dem Klassenfaulpelz herumschlägt. Das Haus war so still, der Garten verlassen; Samuel wusste nichts mit sich anzufangen, er empfand, wie neu er war in diesem Haus, dessen Gewohnheiten er nicht kannte, in dem er keine Bezugspunkte hatte. Er brauchte eine Mission, wollte helfen, irgendwie nützlich sein, und plötzlich ärgerte er sich über Lola, die ihn allein ließ; es war warm in diesem Zimmer unter dem Dach, sicher hatte sie die Siesta deshalb abgelehnt, er war nach oben verbannt wie ein Grünschnabel. Was würde sie von der Stille halten, die er jetzt so stark spürte, so kompakt in dieser feuchten Wärme, und die sagte, dass jeder insgeheim voller Leben war, aber nicht auf derselben Etage wie er?

Lola war allein losgefahren, spürte den Wind, das Stottern und den Lärm des alten Motors in dem Jeep, der nach Rost und nassem Hund roch. Die Sonne strahlte für niemanden, die Landschaft um Agon war nackt und wild, ausgewaschen wie ein helles Pastell. Sie stellte das Auto an der Sienne ab. Vögel schossen kreischend dicht über dem Wasser am Ufer vorbei, das Friesenkraut wiegte sich leicht, die Luft roch nach Tang. Im flachen Wasser, unter getrübten Lichtreflexen, stießen die Steinchen aneinander. Alles war von strahlendem Leuchten erfüllt, alles war kurz. Lola dachte daran, dass sie bald vierzig wurde. Würde sie weiter leben wie mit zwanzig? Würde sie weiter ein Leben erfinden, das nicht ihres war? Am Morgen hatte sie am Strand mit dem alten Mann gesprochen, der auf den Horizont schaute, die Füße im eisigen Wasser. Er sagte, er würde bald hundert, und Lola glaubte nicht, dass es stimmte, aber das war im Grunde auch unwichtig, denn er war ans Ende dessen gelangt, was ein Mensch erleben kann, und er hatte genug davon. Er hatte gesagt: »Ich habe meine Zeit gelebt, verstehen Sie?«, und Lola hatte gedacht, dass sie ihre noch nicht gelebt hatte. Dass sie nicht weiterhin verstecken konnte, wer sie war. Und neben diesem Mann, der bald tot sein würde, erschien ihr die Vergangenheit wie eine leicht zu offenbarende Wahrheit.

DANN GING SIE ZU IHREN FREUNDEN in den Tennisclub. Ihre Entscheidung war getroffen, und alles war anders.
Es kam ihr vor, als stürze sich die Sonne auf sie, alles
schwankte in einem gleißenden Lichthof, der ihr die Augen
verbrannte. Sie spürte ihre Beine zittern wie nie zuvor, nicht
mal im Libanon, in Israel, inmitten der noch warmen, von
Staub und Blut bedeckten Ruinen, in der beunruhigenden
Stille der lauernden Gassen … So viele Jahre lang hatte sie
die Tapfere, die Draufgängerin gespielt und getan, als inte-
ressiere sie sich für das Unglück der Menschheit, was für ein
Witz! Das Unglück der Menschheit! Das war so groß, wie
konnte man sich da betroffen fühlen? Jetzt aber sprang ihr
eigenes Leben sie an wie ein Blindgänger eines fernen Krie-
ges, der noch immer scharf war. Ein Auto überholte sie hu-
pend, der Fahrer schrie aus dem offenen Fenster: »Guck
doch hin, wo du läufst, dumme Kuh!« Coutainville hatte
sich verändert. Diese Vulgarität wäre früher undenkbar gewesen. Früher kannte jeder jeden. Aber als sie den Tennisclub betrat, fand sie die Umgebung wieder, die ihr vertraut
war. Die Langsamkeit, mit der die Leute entspannt und
zufrieden herumliefen, ihr freundschaftliches Lächeln, das
kurze, diskrete Kopfnicken, das von allen geteilte Wohlbe-
hagen, hier zu sein, um Tennis zu spielen, ein Kind zum Un-

terricht zu bringen oder einfach nur ein Glas zu trinken. Der Club ist den Mitgliedern vorbehalten, und die Mitglieder mögen sich; jeder ist durch sein Benehmen und seine Eleganz der Spiegel der anderen. Hinter den hohen Zypressen und den Linien der Tennisplätze war das Blau des Himmels wie mit einem perfekten Pinselstrich, einem genialen Schwung gezeichnet. Einzigartig.

Samuel, Hervé, Nicolas und Denis spielten ein Doppel. Samuel spielte mit Hervé, er war der Neue, dem man gern den Verlierer zuschiebt, dank seiner konnte die Partie stattfinden, damit musste er sich begnügen. Lola sah ihnen zu. Samuel schlug sich nicht schlecht, seine Jugend gab ihm einen beträchtlichen Vorteil. Er war entspannt, seine Bewegungen waren ruhiger und sicherer als die seiner Gegner, man sah, welches Vergnügen es ihm bereitete, den Ball mit weiten Gesten zu begleiten, die ihn wenig Anstrengung kosteten. Er zwinkerte Lola zu, die reflexartig lächelte, schon sehr weit weg von ihm, sie war über ihre Affäre hinaus und fragte sich, ob sie überhaupt stattgefunden hatte. Wenn ja, würde sie jedenfalls keinerlei Spuren hinterlassen. Samuel war freundlich und sanft, wollte immer sein Bestes geben und lebte mit ihr, wie er Tennis spielte, mit seinem ganzen Sein, die Anstrengung hinter einer Fassade der Entspanntheit verborgen. Aber wozu war das alles gut? Lola wusste, was Samuel nicht ahnte: Er spielte seine letzte Partie Tennis in Coutainville. Er versuchte umsonst, mit Denis und Nicolas Gewohnheiten zu entwickeln. Er setzte auf eine Zukunft und eine Freundschaft, die nicht stattfinden würde. Morgen würde er zu seiner Firma, seinen dreißigjährigen

Kumpels und seinem Weihnachten in Mâcon zurückkehren. Und tschüss! Sie hatte genug davon, als die geliebt zu werden, die sie nicht war. Und obwohl es wehtat, kam es ihr plötzlich so vor, als würde ihr Leben endlich ihr gehören.

DENIS FÜHLTE SICH LEICHT. Immer noch aufgeputscht vom Projekt eines neuen Lebens, eines Lebens ohne Delphine, in dem er aber geliebt werden würde. Wie hatte er die Situation nur so entgleiten lassen, warum hatte er so wenig Eigenliebe aufgebracht? Er schwitzte auf dem Tennisplatz, geriet schneller außer Atem als im letzten Jahr, aber trotzdem fühlte er sich selbstsicherer; er lachte, wenn er einen Punkt machte, klatschte Nicolas ab wie zu Zeiten ihrer Basketballspiele im Lycée Chaptal, und Nicolas staunte, ihn wieder so zu erleben, dachte, seine Anwesenheit sei der Grund der Freude, sie waren ein Team, sie beide, ein Duo seit mehr als dreißig Jahren, wer konnte da mithalten? Und Denis' Erleichterung war ansteckend, Nicolas spürte das Vertrauen zurückkehren, die Angst war verschwunden, wie sie gekommen war, und er hatte den Film seiner Begegnung mit Dimitri neu interpretiert: Natürlich hatte der Junge die Hände in den Taschen und die Schultern gebeugt, aber es war auch verdammt kalt gewesen am Morgen, und seine Schüchternheit erklärte seine Ungeschicklichkeit: »Ich glaube, wir kennen uns!« Die jungen Leute haben heutzutage solche Mühe, sich ordentlich auszudrücken, es ist wirklich zum Heulen.

»He, Nicolas, was machst du denn? Der Ball war voll im Aus, und du nimmst ihn an!«

138

»Ich war zerstreut, entschuldige, ich war woanders.«

»Ihr seid beide zerstreut«, sagte Hervé, »das Mentale stimmt nicht!«

»Sie spielen gegen die Sonne«, sagte Samuel, »sie sind im Nachteil.«

Nicolas und Denis waren im Begriff, den ersten Satz zu verlieren, und Samuel war es fast peinlich, wie leicht er gegen sie spielen konnte. Denis hatte nicht den Siegeswillen, den er ihm zugetraut hatte, oder es motivierte ihn nicht, gegen ihn zu spielen. Nicolas und er waren mit wenig zufrieden und gratulierten sich zu leicht verdienten Punkten; sie glichen zwei Träumern in einem Schulhof, die mit den Händen in den Taschen glücklich und völlig gleichgültig ihre Wetten abgaben.

Zwischen zwei Spielen holten Denis und Nicolas ihre Wasserflaschen, die sie bei den Hüllen und den Handtüchern liegen gelassen hatten. Nicolas war warm, sein Bein tat weh, das Spiel überforderte ihn, er hatte Lust, zu verlieren und zu Marie zu gehen.

»Wir verlieren«, sagte er. »Wir sagen, dass wir sie haben gewinnen lassen. Aus Höflichkeit. Okay?«

Denis wollte gerade antworten: Das wird mir Delphine niemals abnehmen, aber dann fiel ihm ein, dass er Delphine sicher nicht den Endstand mitteilen würde, dass er von nun an alle Reflexe ändern musste, auch seine Bezugspunkte; er kam sich vor wie in einem Badezimmer, aus dem man die Spiegel entfernt hatte: Wohin sollte er sich wenden, um sich zu sehen? Er hatte so lange im Blick seiner Frau gelebt, wie sollte er es anstellen, ganz vor ihren Augen zu verschwinden? Und wie vor allem sich an dieses Leben ohne vis-à-vis gewöhnen? An dieses Leben, in dem er nur noch sein eigenes Abbild sein würde?

»Diesmal habt ihr die Sonne im Rücken!«, verkündete Hervé, als sei diese Großzügigkeit ihm zu verdanken.

Und er zwinkerte Samuel verschwörerisch zu, während er den Schläger in den Händen drehte, er war begeistert von der Aussicht, dieses Match zu gewinnen, und bedauerte, dass seine Schwiegersöhne nicht sahen, wie wacker sich ihr Schwiegervater schlug und was ein gesundes Leben einbrachte. Samuel antwortete mit einem gequälten Lächeln, es war wirklich sehr warm, er wollte schnell zum Ende kommen. Hervé vergab den ersten Aufschlag. Den zweiten. Er biss die Zähne zusammen und fluchte: »So ein Mist!« Davon fühlte sich Samuel endgültig demotiviert, und er hoffte insgeheim, dass seinen Partner schnell die Kräfte verließen und dass er ihnen beim nächsten 14. Juli, durch einen Hexenschuss außer Gefecht gesetzt, von der Bank aus zusehen würde. Nach einem Lob spielte ihm Denis einen Ball dicht ans Netz, er rannte aber zu nah an den Ball, um ihn zurückzuspielen. In der Hitze glich der Tennisplatz einem überbelichteten Film, der Hintergrund war verschleiert. Samuel drosch mit dem Schläger auf den Boden und schrie: »Verdammt! Hurenscheißdreck, elender!« Das Spiel erstarrte. Alle spürten, dass der verlorene Punkt nicht der einzige Grund dieses Ausbruchs war. Denis und Nicolas sahen ihn mit neuer Sympathie an, dieser junge Mann war nicht so glatt, wie er sich gab, und man konnte offenbar auch bei anderen Dingen auf ihn zählen als für die Plauderei nach dem Essen oder den Einkauf in der Stadt.

»Ich überlasse dir die Rechnung bei *Ledoyen*«, flüsterte Nicolas Denis zu. »Du hast deine Wette verloren: Lola wird den Jungen behalten.«

»Jugendliches Ungestüm, sie hat bald genug davon, wie üblich.«

»Ich halte die Wette.«

»Entschuldigt bitte!«, rief Samuel von der anderen Seite des Spielfelds. »Ich bin durchgedreht. Ich weiß nicht, was mich gepackt hat.«

»Siehst du«, flüsterte Denis. »Er entschuldigt sich schon! Er lässt nach!«

»Blödmann! Ich hätte ihn nicht für so ein Weichei gehalten.«

»Allez hop! Hop, hop, hop!«, rief Hervé gut gelaunt. »0/30! Hop, hop, hop!«

Plötzlich strauchelte Nicolas, als wäre ein Bein kürzer als das andere, überrascht von einem stechenden Schmerz in der Hüfte. Er entschuldigte sich und rang mit verzerrtem Gesicht nach Luft. Jeanne und Rose liefen an Dimitris Armen vorbei, und es sah aus, als klammerten sie sich aneinander, um sich gegenseitig vor dem Sturz zu bewahren. Ihr Trio strahlte eine brüske Unbeholfenheit aus. Nicolas wartete, dass sich Dimitri wieder umdrehte und ihn ansah. Nicolas wartete, dass der Schmerz verschwand. Aber Dimitri drehte sich nicht um.

AUF DER TERRASSE vor der Bar des Clubs trank Lola mit Delphine und Marie Tee. Sie sahen sie in der Ferne vorbeigehen: Jeanne und Dimitri liefen Arm in Arm, Rose war verschwunden. Rose hatte Jeanne mit ihrem Freund allein gelassen, sicher auf ihren Wunsch. Jetzt spazierte sie zwischen den Tennisplätzen umher, wie die Koketten vergangener Jahrhunderte, sie zeigte sich. Wie man von sich hören lässt.

»Sie treibt sich immer noch mit diesem Jungen rum«, sagte Delphine ziemlich resigniert.

»Du solltest sie warnen«, sagte Lola, »Jungen in diesem Alter darf man nicht vertrauen. Am wenigsten ihm, diesem falschen Schüchternen, diesem Schwärmer.«

»Das würde es nur schlimmer machen, wenn sie merkt, dass ich nicht einverstanden bin.«

»Du begreifst es nicht! Als der Junge in deinen Garten gekommen ist, hat er gesagt, die große Kiefer werde sterben, die große Kiefer habe die Kiefernnadelkrankheit!«

Marie warf ihr einen Blick voll wütender Enttäuschung zu. Niemals hätte sie Lola solcher Brutalität für fähig gehalten. Und sie hatten nicht abgesprochen, Delphine von der großen Kiefer zu erzählen.

»Er ist ein Lügner«, warf sie entschieden ein, »und er ist kein Gärtner, er ist ein Amateur, der sich überall einmischt.«

»Sei still.«

Delphine war erstaunt; der Schmerz ist immer erstaunlich. Ein Schlag, mit dem man nicht rechnet. Sie nahm es ihnen übel, ihr nichts gesagt zu haben, sie hatten sie angelogen, indem sie Dimitris Prophezeiung verschwiegen, und je lächerlicher und übertriebener ihr diese Prophezeiung vorkam, desto deutlicher spürte sie ihre Wahrheit. Und es kam ihr geradezu normal vor, dass die große Kiefer krank war, dass sie verkümmerte und man sie früher oder später würde fällen müssen. Sie sah Jeanne an, die jetzt neben Dimitri auf einer Bank saß, und das war so merkwürdig, ihr kleines Mädchen, das herangewachsen war und sich mit jungen Propheten herumtrieb, mit Geschöpfen voller Finsternis und Schweiß.

»Und was ist das für eine Krankheit?«

»Ein Pilz, der sich wegen des vielen Regens im letzten Winter entwickelt hat. Aber es regnet doch immer in der Normandie, oder?«

»Kurz und gut, du kaufst ein Pilzgift, und dann ist es erledigt, du behandelst sie einmal ordentlich, dann ist er verschwunden«, sagte Marie voller Selbstsicherheit, als wollte sie den Fall zu den Akten legen.

Delphine schaute in das Blau des Himmels, das ihr Lust machte, sich darin auszuruhen. Er war von ungerührter Sanftheit, die ihn harmlos, geradezu neutral machte.

»Wir müssen es Denis erzählen«, sagte sie. »Ohne die große Kiefer ist das Haus nichts mehr wert, denn ohne sie, ohne diesen Baum … ohne ihn ist der Garten lächerlich, spießig, gewöhnlich, dann kann man auch gleich alles rausreißen und einen Swimmingpool bauen, dann sind wir wie alle anderen, schnatternd, braun gebrannt und albern am Pool in einem lauten, betonierten Garten, ohne die große Kiefer ist das alles so lächerlich. Das alles ist wirklich zu blöd!«

Sie sprang auf und ging weg. Dabei war ihre Tasse umgekippt, und Lola rutschte weg, um sich nicht zu verbrennen. Sie brauchte Marie nicht anzusehen, um zu wissen, wie wütend sie war und wie gern sie sie als hirnlose Idiotin verflucht hätte, aber sie hielt sich zurück und würde sich auch später nicht erlauben, sie zu beschimpfen, denn wie kann man jemanden beschimpfen, der einem in der letzten Nacht so viel Geld geliehen hat?

»Wie heißt dieses Pilzgift?«, fragte sie nicht sehr überzeugend.

»Ich glaube, es heißt ›Halt's Maul‹. Worüber amüsierst du dich?«

»Über deine Wut. Als müsstest du dich unbedingt Delphines Launen anpassen. Wenn sie mir dafür gedankt hätte, sie auf die Krankheit der großen Kiefer hingewiesen zu haben, und losgerannt wäre, um das Fungizid zu kaufen, dessen Name mir nicht einfällt, hättest du dich ein bisschen geschämt, es ihr nicht selbst gesagt zu haben, weil du den Baum der großen Gefahr überlässt. Die Mutigste ist nicht immer die, die schweigt, Marie.«

»Ich habe mir doch das Teil mit den Blumen gekauft.«

»Einen Bikini?«

»Sehr lustig!«

»Wieso?«

144

»Eigentlich wollte ich ja den Bikini, aber ich bin mit Nicolas hingegangen, und als ich ihm das Modell gezeigt habe, hat er sofort nach einem Badeanzug gegriffen und gesagt, ich solle ihn anprobieren. Außerdem war es eine 42. Könntest du darüber lachen?«

»Du musst nur endlich aufhören, ihn ständig nach seiner Meinung zu fragen. Wie willst du ihn überraschen, wenn du ihn ständig fragst?«

»Wer hat denn gesagt, dass ich ihn überraschen will?«

»Du! Heute Nacht in der Küche.«

»Du hast nicht zugehört, ich habe gesagt, ich will MICH überraschen.«

»Ja, aber ich kenne dich, das kommt aufs Gleiche raus. Angesichts der pathologischen Verschmelzung in eurer Beziehung.«

»Madame ist eifersüchtig! Ich glaube es nicht!«

Und dann schwiegen sie beruhigt, genossen die Sonne und den Geschmack des abgekühlten Tees, der nach roten Früchten und feuchter Pappe schmeckte. Ein Tee, der wohl vom letzten Sommer stammte. Dimitri und Jeanne auf ihrer Bank, erschöpft von der Hitze, als wären sie nicht sechzehn und zwanzig, sondern zwei Alte, sprachen nicht miteinander und staunten über das schöne Wetter, das sich im Land geirrt und sich aus Versehen in der Normandie niedergelassen hatte. In Coutainville. Genau auf ihrer Bank.

»Ich habe Lust, Tennis zu spielen«, sagte Lola.

»Ich nicht. Shorts sind nichts für mich. Ich habe zu sehr zugenommen.«

»Ich bin sicher, dass Dimitri spielen kann.«

»Der? Du spinnst! Er kann kaum laufen, wie soll er da Tennis spielen können?«

»Ich dachte, du hast gesehen, dass er schwimmt wie ein junger Gott.«

»Was willst du von ihm?«

»Ich habe Lust, ihn kennenzulernen, zu wissen, mit wem Jeanne ihre Zeit verbringt. Ich glaube, ich habe Lust, ihn anzusehen. Aus der Nähe. Ja, ich habe große Lust, ihn mir aus der Nähe anzusehen.«

»Vergiss es, du bist nicht ihre Mutter, das muss Delphine klären.«

Lola lehnte sich erschöpft zurück, eingeholt von dem Entsetzen, das sie am Morgen gepackt hatte, als sie versuchte, sich die Waisenkinder vor ihren Schalen mit heißer Milch vorzustellen, dieses Bild, das sich ihr entzog, sich dann wieder aufdrängte und am Ende sein Geheimnis bewahrte.

»Er ist hässlich«, sagte sie leise und sah Dimitri an, der sich mit leicht verzerrtem Gesicht am Knöchel kratzte, »und Delphine hat recht, wenn die große Kiefer stirbt, kommen wir nie mehr hierher, ohne die große Kiefer sind wir genauso wie die anderen, und wir waren nie genauso wie die anderen, oder?«

»Ich weiß nicht. Ich glaube nicht. Nein. Nein, niemals. Wie kannst du das auch nur denken?«

Nicolas kam zu ihnen, er humpelte und schien wütend über den Schmerz, in seinem Gesicht las man die Erschöpfung eines großen Schwimmers, der soeben seinen Titel verloren hat. Marie ging ihm entgegen, zärtlich und lächelnd, bereits erfüllt von dem Trost, den sie ihm spenden würde, und Lola hörte sie von Arzttermin und Behandlung reden. Sie hatten eine Lösung. Und sie waren zusammen. Sie ging zu Jeanne und Dimitri auf der Bank.

»Es ist heiß, wollt ihr was trinken?«

Jeanne sprang sogleich auf, wie jemand, der seit Stunden im Wartesaal sitzt und endlich aufgerufen wird. Dimitri folgte ihr und stammelte ein heiseres »Danke«.

Dimitri hatte den Sonnenschirm geöffnet, und nun fühlten sie sich alle drei unter seinem runden, abgezirkelten Schatten geschützt, nicht nur vor der Sonne, sondern auch vor einer gewissen Trägheit, die über die Mitglieder des Clubs gekommen war, denn man hatte die Hitze zwar mit großer Freude empfangen, aber jetzt spürte jeder ihr Gewicht und wie sie den Schwung der Spieler behinderte. Sie dauerte zu lange.

»Ist Rose nicht da?«

»Alex bringt ihr bei, einen Schläger zu halten! Sie spielen gegen die Mauer.«

»Und Sie, Dimitri, spielen Sie?«

Er zögerte, sein Blick irrte einen Moment lang über die Tassen und den Tischrand, er schob seine schmalen Lippen vor wie ein eingeschnapptes Kind, sein langer Oberkörper zuckte ins Leere.

»Was denn nun? Spielst du oder nicht?«, fragte ihn Jeanne.

Er stieß ein leichtes, geradezu feminines Lachen aus, seine Wimpern schlugen rasch, er strich sich mit der Hand über den Nacken.

»Ja«, sagte er schließlich. »Ja, ich spiele Tennis.«

Er schien aus nichts gemacht. Etwas Wasser und Licht, seine Bewegungen waren unkontrolliert, und man konnte meinen, er kenne sein eigenes Gesicht nicht. Weder die gelegentliche Hässlichkeit. Noch die Kraft.

»Woher kommen Sie?«

»Das hat er dir doch gestern gesagt!«, erwiderte Jeanne ungeduldig. »Aus Zentralfrankreich!«

Es kam ihr so vor, als wendeten sich die Erwachsenen an Leute ihres Alters nur, um Informationen zu erhalten oder um bestimmte Kriterien abzufragen, denen das Leben der Jüngeren ständig angepasst werden müsste. Sie sah die Clubmitglieder vorbeigehen, einige kannten sie und grüßten sie mit einer kleinen Geste, auf die sie mit überschwenglicher Begeisterung antwortete.

»Ich kenne wirklich alle hier, verrückt, oder?«

Und sie sprang auf, um ein Grüppchen geschminkter Mädchen mit perfekt gebräunten Beinen und allzu strahlendem Lächeln zu umarmen. Sie kreischten los, sobald Jeanne bei ihnen war, hüpften auf der Stelle, lachten schrill, und Lola erinnerte sich an sie: Im letzten Sommer waren sie noch nicht geschminkt gewesen und hatten hübscher, auch selbstbewusster ausgesehen. Im letzten Sommer konnten sie auch allein herumlaufen, was heute unmöglich schien, sie klammerten sich aneinander wie junge Vögel bei ihrem ersten Flug in den Süden, aufgeregt und orientierungslos.

»Ich habe sie schon als kleine Mädchen gekannt«, erzählte sie Dimitri, »ich habe sie mit ihrem Entenschwimm-

148

ring und ihren rosa Schwimmflügeln gesehen. Habe ihre Freude erlebt.«

Und dann verstrich etwas Zeit, süß und zäh wie Ahornsirup, eine offenkundige Stille, Lola spürte die Frische, die der Junge verströmte, er roch nach der Erde an einem Fluss, er war nicht zu greifen, wie zufällig dort hingesetzt, und dann sagte sie zu ihm, sagte zum ersten Mal in ihrem Leben: »Ich habe auch ein Kind gehabt.«

Und sie war entsetzt, dass es so einfach war und dass sie so lange gewartet hatte. Ein Satz, so kurz wie ein Seufzer. Sie hatte einem Unbekannten gesagt, was das Zentrum ihrer selbst war. Und es kam ihr vor, als habe dieser Unbekannte verstanden.

»Es ist so seltsam, Ihnen das zu sagen, weil ... Sie erinnern manchmal an das, was sich die Leute vorstellen. Sie erinnern an das, was sich meine Freundin unter verlorenen Kindern vorstellt, verstehen Sie? Sie könnten eins von ihnen sein, ja, sicher könnten Sie eins von ihnen sein.«

Ihm standen jetzt Tränen in den Augen, er war vorsichtig und angespannt, das Gesicht den Baumwipfeln zugewandt, und sein Profil zeichnete sich scharf, in einer Linie vor dem Himmel ab. Lola wollte seine Hand drücken, um ihm zu sagen, er brauche keine Angst zu haben, aber ihre Nägel bohrten sich in seine Handfläche, und sie spürte, dass sie ihm wehtat. Seine Haut war zart und ganz weiß, eine fast neue Haut.

»Ich hatte einen kleinen Jungen. Einen ganz kleinen Jungen. Winzig. Sie können sich nicht vorstellen ...«

Jeanne winkte Dimitri, zu ihnen zu kommen, sie rief ihn

149

streng, wie man einen Hund ruft, der zu weit weggelaufen ist:

»Komm! Komm her, Dimitri!«

Und ihre Freundinnen lachten schon in Erwartung, den Jungen kennenzulernen, sie beurteilten ihn mit der Gewissheit ihrer Erfahrung und ihres sicheren Geschmacks. Er ging ungeschickt zu ihr, warf seinen Stuhl um und stellte ihn wieder hin, Lola glaubte zu hören, wie er »Bitte« flüsterte. Er war voller Vorsicht und Verlegenheit, als wollte er etwas, wollte es so sehr. Ohne es je zu verlangen. Ein riesiger Vogel mit angelegten Flügeln.

Und er ließ sie da zurück, Zuschauerin ihres Lebens, aber in dem Moment, da sie es selbst in die Hand nahm. Sie waren zwei. Sie. Und ihre innere Freundin, die ihr zuflüsterte: »Aber natürlich kannst du es, meine Schöne! Na los doch, Herrgott, nur Mut! Gib Gas. Die Schäden sehen wir uns später an. Und womöglich wird es gar nicht so schlimm.« Das war eine Freundin, die vor Ungeduld aufstampfte, die sich neben ihr langweilte und sie mit ungeduldiger Durchtriebenheit verleiten wollte, sich gehen zu lassen. Lola wusste, dass auf das Geständnis eine andere, gefährlichere Zeit folgen würde, die in sich die Verheißung großen Leidens trug. Großer Freude vielleicht. Wie auch immer, sie würde an das Jugendamt schreiben und das Geheimnis ihrer Identität lüften. Denn nur so finden sich die Menschen wieder. Oder?

UND JETZT, da die Entscheidung getroffen war, lachten Marie und Nicolas darüber wie über einen gelungenen Scherz. Sie waren Komplizen, voller Ungeduld, erleichtert beim Gedanken an diesen letzten behinderten Sommer: Im nächsten Jahr, mit einer neuen Hüfte, würde Nicolas zehn, zwanzig Jahre jünger sein. Sie bestellten zwei Gläser Champagner, das war verrückt, aber Marie wollte diese kommende Wiedergeburt feiern. Als sie auf die bevorstehende Operation anstießen, spürte sie jedoch, wie lächerlich es war, sich so über eine künstliche Hüfte zu begeistern. War ihr Wunsch, endlich einen Plan zu haben, so stark, dass sie sogar auf den Krankenhausaufenthalt tranken? Nicolas sah die enttäuschte Miene seiner Frau, diesen irgendwie verlegenen Blick auf ihr Champagnerglas an der Bar des Tennisclubs, inmitten all der Sportler, die Perrier mit Zitrone oder Rauchtee bestellten. Sie tranken mit kleinen, schüchternen Schlucken, registrierten ihr Schweigen mit leichter Bitterkeit. Dann sagte Marie leise:

»Lola hat mir Geld geborgt.«

»Du hast Lola um Geld gebeten?«

Na bitte, dachte sie. Enttäuschung! Empörung! Und sie nahm es ihm übel, nichts bemerkt zu haben, in einer Welt zu leben, in der man sich mit wenig zufrieden gab und in der sie nie mehr als einzigartige, angebetete Frau behandelt wurde. Und wenn er ihr doch einmal etwas Schmeichelhaftes sagte, dann aus Unbesonnenheit. Komplimente wie alte Reflexe, denn er schaute sie nicht mehr an.

»Ja, ich habe Lola um Geld gebeten, weil ich keine Arbeit mehr habe und kein Arbeitslosengeld bekomme, weil bald ein Vertretungsengagement beim Theater mein höchstes Ziel sein wird, weil ich alt geworden bin und dick, ich schlafe schlecht, und wenn ich schlafe, versinke ich in einem Abgrund, und morgens springe ich aus dem Bett, nicht aus Begeisterung, sondern um der Beklemmung zu entfliehen. Und ich gehe nicht mehr aus, weil ich Angst habe, dass man mich fragt, was ich gerade mache. Am Anfang habe ich gesagt, ich hätte Pläne, über die ich aus Aberglauben nicht sprechen wolle, lächerlich! Dann habe ich geantwortet, ich würde in Ungarn drehen oder in Tschechien, aber die Filme würden in Frankreich nicht gezeigt oder die Stücke nicht gespielt, und dann habe ich aufgehört auszugehen, und jetzt lüge ich nicht mehr. Ich schweige. Und ich habe keine Lust, Großmütter zu spielen!«

Das hatte sie gar nicht sagen wollen. Ihr Leben war weniger grau als das Bild, das sie soeben beschrieben hatte, und sie hasste die Opferrolle, in die sie sich verkroch, wenn sie so redete wie ein verkommenes Weib ohne Würde. Er wusste es. Er kannte sie: Die Wut machte Marie immer ungerecht, und sie gab Gemeinplätze von sich, Tristessen, die zu anderen passten.

»Du hättest vorher mit mir sprechen sollen«, sagte er bedauernd.

»Du hättest es dir denken können.«

»Wir hätten uns arrangieren können mit dem Geld.«

»Und wie?«

»Ich weiß es nicht. Ich hätte mir etwas eingefallen lassen.«

»Darauf kommt es sowieso nicht an.«

Nein. Darauf kam es nicht an, das wusste er wohl. Es kam auf ihn an, auf sein Schweigen, seit drei Jahren dieser Stein, der im Magen lag. Kein Tag, ohne dass er an den Selbstmord von Kathie Vasseur dachte, dass er sich zurückhielt, um nicht zum Friedhof zu gehen und ihr Blumen zu bringen, weiße, rote, wilde und frische, als hätte er sie selbst gepflückt. Aber er, Nicolas Larivière, war der Einzige, der nicht das Recht hatte, einen Strauß auf ihr Grab zu legen, neben das Kreuz und das Datum ihres Todes, für den er verantwortlich war. Unmittelbar verantwortlich? Indirekt? Das machte keinen Unterschied, die Verantwortung kennt keine Umwege.

Marie ärgerte sich, dass sie diesen Moment verdorben hatte, das Glas Champagner an der Bar im Club. Schon lange war Nicolas mit den anderen fröhlicher als mit ihr. Es war kein Stolz mehr in seiner Stimme, wenn er von ihr sprach, ihre Vertrautheit war brüderlich geworden und ihre Umarmungen seit kurzer Zeit egoistisch, immer vorhersehbar. Nicolas sah die Tränen in ihren Augen aufsteigen, das war mehr, als er ertragen konnte. Jeder Kummer seiner Frau war für ihn wie eine persönliche Niederlage. Jede Enttäuschung ließ ihn an sich zweifeln, und das machte ihn nervös, lauernd wie ein trauriges Tier.

»Weine nicht, mein Herz, mein Herz, wenn du wüsstest!«

»Was?«, fragte sie voller Kummer und Hoffnung.

»Wie sehr ich dich liebe.«

Dann räusperte er sich, verlegen und verwirrt. Dabei hatte er die Wahrheit gesagt. Er liebte Marie über alles, sie war sein einziger Lebensgrund, die Letzte, die ihn als den sah, der er gern gewesen wäre. Er klammerte sich an sie wie ein Kind an eine Ikone, eine wunderbare Heilige, er fürchtete, sie und ihre Liebe zu verlieren, wie man fürchtet, sich in einem feindlichen Land zu verlaufen. Um sie herum war Bewegung, Jeanne und ihre Freundinnen kamen in die Bar, begleitet von Dimitri als Garant ihrer Weiblichkeit, und mit diesem Jungen zusammenzusein, mit dem doch keine von ihnen hätte flirten mögen, machte sie selbstsicher und arrogant. Er interessierte sie nur alle gemeinsam, und auch Jeanne klammerte sich nicht mehr an seinen Arm, sie führte ihn mit sich wie ein Accessoire, eine hübsche Handtasche, die man vorführt und dann an der Garderobe abgibt. Und der Junge stand zwischen ihnen, notwendig und vergessen. Er lächelte Marie und Nicolas gezwungen zu, und Marie wurde von Mitleid ergriffen, übertrug auf ihn die Traurigkeit, die sie für sich selbst nicht ausdrücken konnte. Sie winkte ihn zu sich. Als er sich ihnen gegenüber setzte, wich Nicolas unwillkürlich etwas zurück.

»Mädchen unter sich«, sagte Marie, um ihm ihr Verständnis zu bekunden, »Mädchen unter sich …«

Und plötzlich bedauerte sie es, ihn gerufen zu haben, sie hatte wahrlich die Seele einer Krankenschwester, würde sie sich etwa auch noch um ihn kümmern?

»Das ist schon was«, sagte Nicolas, um den Satz seiner Frau zu beenden.

Und dann kam ihnen dieser Satz so klischeehaft vor, dass sie zusammen lachten, ein kurzes Lachen, das erstarb, bevor es begonnen hatte, ein zerfaserter Rest von Freude ohne Schwung. Dimitri sah sie gelassen an, ein ruhiger Blick, der ein Wort, eine Definition zu suchen schien, die zu diesem Paar passte, und es machte ihn überhaupt nicht verlegen, sie anzustarren. Er lächelte kaum, seine dünnen, lang gezogenen Lippen waren fast weiß. Hinter ihnen tuschelten die Mädchen, die Köpfe über dem Tisch zusammengesteckt, als würden sie einen Eid schwören. Nicolas sah auf seine Hand, die das leere Champagnerglas hielt, das schmutzige Glas und seine etwas kurze und schon fleckige Hand. Die zitterte, wie ihm schien.

»Sie haben mir heute Morgen Angst gemacht, Dimitri.«

Der junge Mann richtete sich auf, warf plötzlich den Oberkörper zurück.

»Heute Morgen am Strand, ich glaube, Sie haben sich geirrt: Wir kennen uns nicht.«

Seine Finger waren fast weiß am Glas des Kelches, der nicht zerbrach, weil er von schlechter Qualität war.

»Aber ich dachte einen Moment, Sie hätten recht, Sie wären … Sie wären meine schlimmste Erinnerung.«

Der Junge erbleichte, sein Gesicht verschloss sich mit einem Mal, als hätte man ihn geohrfeigt, als hätte der Schlag seine Züge für immer entstellt. Wie ein an die Wand genageltes Porträt. »Schrecken« hätte es heißen können. Wenn man es von Weitem betrachtete. Aus der Nähe schien

aus den schwarzen, gelb gefleckten, glänzenden Pupillen
Erleichterung zu sprechen.

UND DANN TRAFEN SIE SICH alle am Strand wieder, als sei nichts geschehen, und wünschten sich, dass nichts mehr sie an ihr ausbalanciertes Leben und die Lügen erinnerte, die sie wie Rettungsdecken darüber gelegt hatten. Und ein paar Stunden lang waren sie erleichtert, dass es so einfach war. Sie brauchten einander für ein Bad, eine Partie Badminton, sie machten Vorschläge für die Organisation des Abends; wann fand das Feuerwerk statt, wer würde die letzten Einkäufe erledigen? Es war eine große Erleichterung, sich unverändert, vertraut und einander unentbehrlich wiederzufinden, und dennoch: Tief in jedem von ihnen, sie konnten es noch so gewaltsam unterdrücken, flackerte ab und zu das kleine Licht der Angst auf, wie eine Glühlampe, die zu explodieren droht. Ein Signal, fast nichts, um vor der Gefahr zu warnen.

Die Sonne wurde milder, ging langsam unter, der Himmel nahm eine tiefe, volle Farbe an, das Meer wogte großzügig, erneuert gegen den Strand. Sie blieben da. Sie hielten den Tag fest, wie spielende Kinder, die mit den Stunden schummeln und sich vorstellen, sie könnten die Zeit überlisten. Alex hatte seinem Vater eine Runde Fußball abgerungen, und sie hatten das Spielfeld mit dem Absatz im den feuchten Sand markiert. Samuel spielte mit, die beiden Kinder, Alex und Enzo, gegen die beiden Erwachsenen, die mehr lachten als die Jungen, und sich schreiend in den Sand warfen. Delphine und Lola sahen gelegentlich hin, denn Alex wollte, dass seine Mutter die Punkte zählte, so sicherte er sich ihre Aufmerksamkeit. Samuel war schön. Goldbraun wie ein kleines Brioche. Sanft und glatt. Lola dachte, dass sie ihn vielleicht geliebt hatte. Wenigstens eine Stunde lang. Aber wahrhaftig. Das, was er war, was sie in ihm wiedererkannte, wie eine glühende Wahrheit.

»Ich habe mir die Nadeln der großen Kiefer angesehen«, sagte Delphine. »Dimitri hat recht, sie ist krank.«

Sie sagte es Lola voller Dankbarkeit, denn ohne sie hätte sie nichts gewusst, sie hätte nichts tun können, um die Katastrophe zu verhindern. Irgendwann wären Denis und die Kinder aus Paris gekommen, und die große Kiefer hätte dagestanden wie ein kranker Greis und ihre tödlichen Wunden gezeigt, das Leiden, das niemand bekämpft hatte, die Sorglosigkeit, mit der sie Sommer für Sommer unter ihren Ästen gesessen hätten.

»Ich war beim Gärtner, er hat gesagt, es ist nicht schlimm; wenn die Kiefer etwas hat, ist es Kiefernschütte, hast du schon mal was von Kiefernschütte gehört?«

»Nein.«

»Sie befällt die Nadeln und die Äste, die Nadeln werden rot, vertrocknen und fallen ab, man muss sie mit Bordeauxbrühe behandeln, aber ich habe mir die Nadeln angesehen, sie sind nicht rot, es ist schlimmer, als er sagt, Dimitri hat recht.«

»Maman!«, rief Alex. »Zählst du oder nicht?«

»Ich glaube, du hast einen Punkt übersehen«, sagte Lola.

Und weil Delphine schwieg, rief sie eilig:

»Fünf zu zwei für Alex und Enzo!«

Der Junge zuckte die Schultern und warf seiner Mutter einen empörten Blick zu, voll finsterem, flüchtigem Zorn.

»Und was ist Bordeauxbrühe?«

»Der Gärtner sagt, das ist eine Mischung aus Kupfersulfat und Kalk; er weicht aus, das habe ich gemerkt, er hat keine Ahnung und will es nicht zugeben. Die Nadeln haben braune, fast schwarze Flecken. Überhaupt nicht rot.«

Denis fragte sich, was Alex tun konnte, um seine Mutter zu interessieren, was sie alle tun konnten, damit Delphine sie nicht nur wie seltsame Besucher ansah. Sie dachte vielleicht, mit einem anderen Mann zu leben würde sie anders machen, lebendig und voller Fröhlichkeit. Wie sehr sie sich täuschte! Und wie gut er sich an sie erinnerte, aufmerksam, fasziniert von Alex, als er noch das winzige Geschöpf war, dessen Alter man in Stunden zählte: »Er ist drei Stunden alt. Wie kann man nur drei Stunden alt sein?«, flüsterte sie über seiner durchsichtigen Plastikwiege, ohne daran zu denken, dass es auch ihr so ergangen war, dass es ihnen allen so ergangen war; sie sah das Neugeborene an, als berge es ein großes Geheimnis, das es nie offenbaren und mit dem es heranwachsen würde. Jetzt schien Alex nicht mehr dieses erstaunliche Kind, der Träger der Geheimnisse der Menschheit zu sein. Er war für sie ohne Überraschung, und das nahm Denis ihr übel, denn ohne sie fiel es auch ihm schwer, seine Kinder als besondere Geschöpfe wahrzuneh-

159

men. Nur mit ihr und durch sie hatte er sich für die Kinder interessiert. Er hatte durch ihren Blick gelernt. Aber ihr Blick hatte sich abgewandt.

»Was hast du mit Samuel vor?«, fragte Delphine.

»Mit Samuel?«

»Irgendwas an ihm gefällt dir, stimmt's?«

»Du hattest recht, Dimitri könnte sehr gut aus dem Kinderheim kommen.«

»Wie?«

»Heute Morgen hast du gesagt, er sieht aus wie die Kinder aus dem Kinderheim. Dass du sie gut kennst, dass du die Kleinen bei deiner Amme im Périgord gesehen hast.«

»Im Limousin. Aber was erzählst du da?«

»Maman!«, brüllte Alex wütend, »wir haben gewonnen!« Er schrie seinen Sieg voller Ärger heraus. Delphine fing den Blick müder Verachtung auf, den Denis ihr zuwarf, sie stand auf, um zu ihm zu gehen. Im Vorbeigehen legte sie Alex die Hand auf den Kopf, um ihm ihren guten Willen zu bezeugen, sie hatte nicht die ganze Zeit zugesehen, aber war sie nicht immerhin bis zum Ende geblieben? Der Kleine stieß sie zurück, sie schien es nicht zu bemerken. Sie stand vor Denis, dessen Oberkörper schweißnass war, und plötzlich hatte sie das Bedürfnis, ihn um Verzeihung zu bitten, ohne zu wissen, wofür.

»Die große Kiefer ist krank, sie hat die Kiefernnadelkrankheit«, sagte sie.

Sie wirkte jünger, so empört und besorgt, sie schien eine entsetzliche Ungerechtigkeit anzuprangern, und ihre Stimme bebte ein wenig.

»Weißt du, wie Alex und Enzo uns geschlagen haben? Dreizehn zu fünf.«

An Denis' Schulter perlte der Schweiß, als hätte jemand dort geweint. Es sah hübsch aus und glänzte. Die Schulter war rund und weich, die Haut so glatt wie die eines viel jüngeren Mannes. Einige Körperregionen bleiben merkwürdig intakt, es altert nicht alles im gleichen Rhythmus, und Denis gehörte zu den Menschen, die die Zeit niemals ganz und gar verrät. Das war entsetzlich ungerecht und zeigte nicht die wahre Perspektive der Dinge. Delphine fragte sich, ob diese Tropfen bald verdampfen würden, und auch, ob sie salzig waren oder herb, ob sie Denis' Geschmack hatten, mit dieser gewissen Schärfe eines Zigarrenliebhabers und Weintrinkers, und ohne nachzudenken, legte sie sanft die Hand darauf, die flache Hand auf die warme, feuchte Schulter, und zog sie hastig zurück, als Denis einen kleinen Satz nach hinten machte.

»Pardon«, sagte sie, und gleich darauf wandte sie sich ab, nutzte aus, dass ihr Sohn noch am Strand war, um zu ihm zu gehen und zu schimpfen, dass er für das Fußballspiel unter der Julisonne kein Basecap aufgesetzt hatte. Schließlich war sie seine Mutter!

NICOLAS HATTE SEIN VERSPRECHEN gehalten: Er war mit Marie baden gegangen. Ein bisschen erschöpft vom Tennis, vom Schmerz und von Maries Geständnis, dass sie Lola um das gebeten hatte, was er ihr nicht geben konnte: Geld. Wäre sie mit einem anderen glücklicher geworden? Er stellte sie sich an Delphines Stelle vor, Gastgeberin in Coutainville in einem Haus voller Künstler mit unrealistischen, manchmal inkonsequenten Projekten, er hätte etwas abseits gestanden und sich gewünscht, diese großzügige Frau zu erobern. Das Verlangen nach Eroberung. Er hatte dieses Gefühl vergessen und verwechselte es manchmal mit einem anderen, Ehrgeiz oder Neid.

»Mir hat es an Ehrgeiz gefehlt, stimmt's, Marie? Findest du auch, dass es mir an Ehrgeiz gefehlt hat?«

Sie hielten sich an den Händen und stolperten durch den Sand, das Wasser war kalt und schwer, sie kamen mit Mühe voran.

»Was ist das, Ehrgeiz?«, fragte sie. »Biss haben, wie man so schön sagt? Morgens mit angespanntem Arm und geballter Faust aufspringen? Schnell sein, schneller als die anderen? Von seinem Banker bewundert werden? Und vor allem: Was wäre denn dein Ehrgeiz gewesen?«

»Dich glücklich zu sehen, dir alles zu bezahlen, was du

willst. Deine Inszenierungen zu bezahlen, einen Film mit zu produzieren, dir ein Theater zu kaufen. Worüber lachst du?«

»Mir ein Theater zu kaufen! Das würde sogar Denis schwerfallen!«

»Aha. Na gut, wenn es ›sogar Denis schwerfallen würde‹.«

Sie wäre gern netter gewesen. Hätte gern etwas anderes gesagt. Dass ihr das Geld egal sei. Aber das stimmte nicht ganz. Damit einem das Geld egal ist, muss es da sein, nicht fehlen. Das Fehlen des Geldes macht seinen Wert aus. Die Miete. Der Preis von Fisch und Trauben, der Preis von Wein und Kleidern, die leicht machen, und Schuhen, die dazu passen, und schönen Frisuren und Cremes, Massagen, Ferien, vielleicht stimmte es, was Nicolas am Vorabend gesagt hatte: Geld zu haben hilft, weniger schnell alt zu werden. Sie wäre wirklich gern netter gewesen und auch gerechter. Hätte gern von ihrer Liebe gesprochen, davon, dass es ein Privileg war, geliebt zu werden, aber sie fragte sich, was sie wirklich voneinander wussten und warum sie nicht versucht hatte zu erfahren, was Nicolas' schlimmste Erinnerung war und was sie mit Dimitri zu tun hatte.

»Du hast kleine Sommersprossen, da, überall auf den Wangen, das ist hübsch«, sagte er und nahm sanft ihr Gesicht zwischen die Hände, küsste die kleinen Punkte mit gespitzten Lippen, schnell, als pickte er sie auf.

Er war immer schon gerührt gewesen von diesen Sommersprossen, die die Sonne in ihrem Gesicht auftauchen ließ; sie verstand nicht, warum. Sie gingen tiefer ins Wasser, als wateten sie stromaufwärts; die Leute ringsum redeten laut, als wären sie weit voneinander entfernt. Sie machte ihren Nacken nass, dann seinen, um ihn ein bisschen zu necken, und in Nicolas' Lachen war so viel Dankbarkeit, eine solche Erleichterung, weil sie die Dinge so nahm, dass sie die Absicht aufgab, ernsthaft zu reden. Sie badeten in dem Wasser, das ihnen erst bis zur Hüfte reichte, suchten nach dem, was wie früher sein konnte, bei diesem Bad zu zweit, wie früher, als das Leben ihnen gehörte. Einfach. Und überraschend. Aber Marie konnte ihre Wut nicht unterdrücken: *Mein Ehrgeiz wäre gewesen, dir ein Theater zu kaufen!* Aus diesem Satz sprach ein Ehrgeiz jenseits der Wirklichkeit, wie ein Kinderwunsch, maßlos, aufgebläht, unrealistisch. Dieser Satz war ein Spiel. Geldmangel ist kein Spiel. Nachts schlafen können ist eine ernste Angelegenheit. Privatunterricht geben. Vorträge halten. Artikel schreiben. Warum hatte er nicht das vorgeschlagen?

»Du meinst, die einzige Lösung, damit ich weiter spiele, ist ein eigenes Theater?«, fragte sie mit leichter Verachtung.

Er lächelte, hielt das Lächeln fest, so lange er konnte, biss sich auf die Lippen, und alles, was er zurückhielt, funkelte in seinen Augen: Freude und Amüsiertheit.

»Hältst du mich für so boshaft?«

Er lachte laut und drehte das Gesicht mit halb geschlossenen Augen zur Sonne. Die Leute, die ihn sahen, dachten, er sei ein glücklicher Mensch.

»Wir können das Haus in Burgund verkaufen«, sagte er.

Sie schlug mit beiden Fäusten auf das Wasser, und diese Bewegung, die auf keinerlei Widerstand stieß, verstärkte ihren Zorn:

»Das höre ich seit fünfzehn Jahren; bei der kleinsten

Schwierigkeit ziehst du deinen alten Joker: das Haus verkaufen! Aber was bleibt uns dann noch? Die vergammelte Wohnung, die wir für ein Heidengeld in Paris mieten? Unsere Karre, die aus dem Kalten Krieg stammt? Was? Ich weiß, was du denkst! Doch! Ich weiß, was du denkst! Du denkst, dass ich, anstatt mich zu beklagen, lieber den Kurs wechseln sollte, dass ich bald diesen arbeitslosen Schauspielerinnen gleichen werde, die nicht mehr ins Theater und nicht mehr ins Kino gehen, weil da immer die anderen spielen und nicht sie, stimmt's, das denkst du doch? Okay, wenn du *das* willst, höre ich auf! Es ist mir wurst, weißt du, ganz ehrlich: Großmütter spielen, irgendwo im Hintergrund, das ist nichts für mich! Und weißt du, was mein Agent letzte Woche gesagt hat? Das Gleiche wie in der Woche davor: ›Sie wollen eine junge Marie Larivière‹, und das war keine Spitze, nein, das war nicht böse gemeint, das nennt man einen Fauxpas, aber von Fauxpas zu Fauxpas fange ich allmählich an, die ganze Welt zu hassen, und *davon* wird man wirklich schneller alt! Du verkaufst das Haus in Burgund nicht! Und okay: Ich höre auf mit der Schauspielerei.«

Um sie herum war niemand mehr. Die Leute wichen ihnen aus. Nicolas drückte sich an Maries Rücken, legte den Kopf an ihren Hals und flüsterte:

»Ich verkaufe das Haus nicht. Ich hebe meinen Joker für eine andere Gelegenheit auf. Und du hast recht, mit der Schauspielerei aufzuhören, auch wenn ich dich nie darum gebeten habe, mein Herz.«

»Vielleicht, aber du hast es gedacht.«

»Wenn du meinst.«

»Du hast es sogar sehr, sehr stark gedacht.«

»Wenn du meinst.«

»Aber was wird dann aus uns?«

»Als Erstes gehen wir aus dem eisigen Wasser raus, in dem meine Eier zu vertrockneten Haselnüssen schrumpfen.«

»Das ist aber hübsch!«

Er nahm ihre Hand, legte sie auf seine Badehose.

»Ist es gelogen?«

»Noch nicht.«

Und ihre Hand blieb da, erwärmte ihn langsam.

»Jetzt ist es gelogen«, sagte sie, als sie seinen Penis in ihrer Hand anschwellen spürte.

»Wie gemein!«, sagte er.

Vor ihnen strahlte die Sonne mit aller Kraft und zeichnete auf Maries Gesicht weitere kleine Sommersprossen, wie ein Pointillist. Sie dachte zum ersten Mal, und mit wütender Erleichterung, dass keine Maskenbildnerin ihr dafür Vorhaltungen machen würde. Diese Sommersprossen gehören mir!, sagte sie sich. Und hatte sie es nicht nach all den Jahren verdient, endlich etwas für sich zu haben?

ES WAR NUR EIN JUGENDFLIRT gewesen. Ein Junge aus dem Feriencamp, so alt wie sie, der ihr gefiel, weil sie nichts von ihm wusste, weil die anderen Mädchen ihn schön fanden und weil sie ihn bekommen hatte. Ihn hatte Lola ausgewählt, um sie von einer schweren Last zu befreien, die sie seit sechzehn Jahren mit sich herumschleppte, ihre Unschuld. Er hieß Eric, seine Eltern waren Kommunisten, die sich für Intellektuelle hielten und sich in ihrem Salon engagierten, gemeinsam mit anderen Menschen, die über alles Bescheid wussten, außer über die Wirklichkeit. (Sie hatten den fünfundzwanzigsten Jahrestag des Prager Frühlings mit Champagner gefeiert, natürlich in ihrem Salon.) Eric hasste Politik und Versammlungen, das Gruppenleben im Camp war für ihn ein Martyrium, und er hatte nur einen Weg gefunden, um den Tequila-Gitarren-Abenden und den Thementagen zu entgehen: die Zweisamkeit. In diesem Sommer war Lola seine Partnerin. Beide hatten viel Freude daran. Sie war nicht geschwätzig, machte nie Theater, wollte nie »seine kleinen Geheimnisse« erfahren wie so viele andere Mädchen, die, wie er sagte, »immer versuchten, ihn hinzuhalten«, also die Stunden im Zelt zu poetischen Momenten zu machen, erfüllt von einem tieferen Sinn. Sie hatten keinen Sinn. Lola spürte es schnell und war insgeheim enttäuscht, aber sie sagte sich, dass sie ihn sicher später finden würde, in einem günstigeren Umfeld für die Poesie.

Der Sommer endete. Sie kehrte nach Paris zurück.

Sie war schwanger. Sie wusste es sehr bald. Instinktiv. Mit schwindelerregender Panik. Ihr Leben hatte sich umgestülpt wie ein Handschuh, und die Zukunft brach ihr unter den Füßen weg. Aber die Zeit verging, und Lola wusste nicht, was sie tun, mit wem sie reden sollte, fühlte sich wie eine Fliege im Spinnennetz, und ihr Bauch lebte unabhängig von ihr, das Baby war unterwegs und fraß sie von innen auf. Nach ein paar Wochen beschloss sie, alles der Krankenschwester in der Schule zu erzählen. Vom Äthergeruch wurde ihr übel, und beim Anblick eines blutigen Verbandes in einer zerkratzten Nierenschale nahm sie die Beine in die Hand, machte sich davon, ohne ein einziges Wort gesagt zu haben, fand sich im leeren Pausenhof unter den Basketballkorb wieder, starrte durch das Netz hindurch in den Himmel und hoffte, darin ein Zeichen zu lesen. Sie las nichts. Sie ging nach Hause und machte eine Zeichnung, die sie an die Kühlschranktür klebte, dorthin, wo ihre Eltern ihr Leben organisierten: Einkaufslisten und Ferientermine. Als ihre Mutter am Abend nach Hause kam und den Kühlschrank aufmachte, um sich ein Glas Milch einzugießen, hielt sie inne. Sie starrte auf die Zeichnung des Embryos und das Datum der letzten Regel in der Spalte daneben, drehte sich zu Lola um, ohrfeigte sie und schleppte sie zum Arzt, um auf der Stelle eine Abtreibung zu machen. Aber es war zu spät. Die Frist war verstrichen. Also schleppte sie sie zu ihrer Mutter nach Montrouge. Dort wartete Lola. Auf das Ende der Schwangerschaft. Auf das, was die Medizin die »Entbindung« nennt.

»NEIN! ICH TUE NIE ANANAS in diesen Cocktail. Niemals!«

»Denis! Denis!«, wiederholte Nicolas, »du gibst immer Ananassaft dazu.«

Denis rief Samuel als Zeugen an:

»Das ist doch verrückt, oder? Seit sechzehn Jahren mache ich am 14. Juli den gleichen Cocktail, und noch nie habe ich Ananas reingetan! Das werde ich doch wohl wissen.«

Samuel wäre gern in der gleichen Stimmung wie sie gewesen, hätte sich gern genauso »aufgewärmt«, aber er kannte die Codes nicht, deshalb stand er mit hilflosem Lächeln in der Küche, wollte dazugehören, aber wusste nicht, wozu; sein Lächeln zögerte und gab ihm einen dümmlichen und irgendwie traurigen Ausdruck. Nicolas zog ihn ins Vertrauen:

»Der Cocktail ist ein ›*Sex on the beach*‹.«

»Ein was?«

»Das ist ziemlich albern, Samuel, zugegeben. Nein, wirklich, Nicolas: Darüber können nur wir lachen, hör zu: Ein ›*Sex on the beach*‹!«

»Lass mich ausreden: Ein ›*Sex on the beach*‹ besteht aus Wodka, Cranberrylikör, Orangensaft und …«

»Und nichts! Es kommt KEINE Ananas rein!«

»Zum Teufel«, seufzte Nicolas, setzte sich ans Fenster und sah aufs Meer.

Denis schüttelte den Shaker und warf Samuel einen aufgebrachten, leicht genervten Blick zu, der ausdrückte, wie sehr ihm Nicolas auf die Nerven ging. In dem Blick lag das Gewicht einer langjährigen Beziehung, des unverzichtbaren, geradezu rituellen Ärgers, als müssten die beiden Freunde ihren Streit an bestimmten Orten austragen, die nur sie allein kannten und auf die sie nicht verzichten konnten.

»Hast du nicht mal genug davon, das Meer anzustarren?«, fragte Denis Nicolas.

Er hatte wahnsinnige Lust zu leben. Er wäre gern aufs Meer hinausgefahren. Nachts. Er hätte gern bei seiner Stute auf dem Stroh geschlafen. Er wäre gern weit weg gefahren, ohne Ziel. Er hatte Lust, zu lachen und glücklich zu sein, ihn erfüllte die fröhliche Aufregung eines Kindes am Vortag eines großen Festes.

»Wir fahren Ende August zu Anaïs, hat Marie das schon erzählt?«, fragte Nicolas.

»Nein.«

»Es ist ein komisches Gefühl, bei seinem Kind zu Besuch zu sein. Du bist da, betrittst die Wohnung, rufst: Ist das schön, sie zeigt dir ihr Schlafzimmer, du rufst: Ah! und oh! Deine Frau ist gerührt und drückt sie an sich, sie verschwinden in der Küche, um sich irgendwelche Geheimnisse zu erzählen, und du? Du sitzt da, auf dem Bettrand. Du fühlst dich irgendwie, wie soll ich sagen? Du fühlst dich irgendwie …«

»Alt.«

»Ja, genau, du fühlst dich alt. Nein, es wird bestimmt toll. Es wird toll. Tel Aviv Ende August, das ist …«

»Das ist toll.«

»Ja. Das ist toll.«

Spontan beschlossen sie, das Thema zu wechseln, und sie wandten sich Samuel zu. Sie hatten Lust, sich zu amüsieren. Sie wussten nicht, wer von ihnen anfangen würde, sie mochten den Jungen und wollten ihm nichts Böses, aber sie waren trotzdem neugierig. Denis griff als Erster an.

»Ich bin froh, dass du hier bei uns bist. Doch, wirklich, du bist, na ja, du bist nicht …«

»Du passt gut zu Lola!«

»Genau!«, bestätigte Denis, obwohl er fand, dass Nicolas zu direkt drauflosging.

Samuel hatte keine Lust auf dieses Spiel, aber eine irgendwie ungesunde Neugier trieb ihn dazu mitzumachen:

»Wie die anderen?«

»Die anderen? Was meinst du mit: die anderen?«, fragte Denis verlegen.

»Die anderen Männer! Die anderen Liebhaber!«, sagte Nicolas, als hätte er es mit einem böswilligen Idioten zu tun.

Und er erklärte geduldig:

»Die anderen Männer hat Lola nicht immer mitgebracht. Wir haben vielleicht zwei gesehen. Höchstens drei. Vielleicht auch vier. Nicht mehr als fünf!« Sie schwiegen alle drei, zögerten. Dann verkündete Samuel:

»Ich werde sie heiraten.«

»Sie heiraten? Wie wirst du sie heiraten?«, fragte Nicolas.

»Wie soll er sie denn heiraten? Auf dem Standesamt!«

»Na klar. Ich bin bescheuert!«

»Glaubt ihr, dass sie Ja sagt?«

Denis öffnete den Shaker:

»Wir kosten, und wenn er gut ist, mache ich Zucker an den Glasrand.«

»Ich schlage das Ei«, sagte Nicolas und erklärte Samuel, was ihre Methode war: Der Zucker hielt besser, wenn man den Glasrand vorher in Eiweiß getaucht hatte.

»Manche nehmen lieber Orangensaft oder Zitrone.«

»Wir haben lieber einen neutralen Geschmack. Eiweiß ist neutral.«

»Es ist neutral, das ist gut.«

»Ihr denkt, sie wird ablehnen, ja?«, fragte Samuel nach. Seine Wangen brannten, seine Fingerspitzen waren geschwollen. Er war erschöpft, sein Elan war gebrochen, lag weit zurück, wie ein Gefühl, bei dem man sich wundert, dass man es irgendwann empfunden hat.

»Warum willst du Lola heiraten?«, fragte Denis. »Das ist … Wir können es uns nicht vorstellen.«

»Lola gehört zu den Frauen, die glücklich sind, weil sie wissen, dass sie den Mann verlieren können«, sagte Nicolas. »Was ihr gefällt, ist, ist …«

»Die Gefahr!«

»Genau: die Gefahr, die Ungewissheit, das Risiko.«

Und beide sahen ihn mit unwiderlegbarer, bedauernder Überzeugung an.

»Ich werde sie heiraten. Ich kenne sie schließlich besser als ihr. Ich werde sie heute Abend fragen, am Strand, nach dem Feuerwerk.«

»Nur das nicht! O nein: nicht bei mir!«, sagte Denis heftig. »Alles, was du willst, aber nicht hier, nicht an diesem Wochenende, verdammt! Das ist schon genug. Alles ist schon … Nein, das ist zu kompliziert, Samuel, bring nicht alles durcheinander, hier, probier den Cocktail und sag mir, ob er schmeckt.«

Es gab ein langes Schweigen. Samuel hatte genug davon, immer der Jüngste zu sein. Derjenige, dessen Entscheidungen die Älteren deprimieren. Das hatte er sein Leben lang erfahren. Damit war Schluss. Er wollte seinen Platz, und er würde ihn bekommen. Er würde diese Frau bekommen. Er wollte es, erst recht, wenn man ihn dafür auslachte. Und er würde tun, was er beschlossen hatte, er würde ihr einen Antrag machen, heute Abend am Strand, nach dem Feuerwerk. Er war jetzt nicht mehr ganz sicher, ob es das war, was er sich wünschte, aber sein Ärger war stärker als seine Wünsche.

»Diese Frau hat alles, was die anderen haben, die IHR heiratet!«, sagte er, wies mit dem Finger angewidert auf den Shaker und fügte hinzu: »Färbt den Glasrand mit Sirup, das ist viel hübscher für einen 14. Juli.«

Und er ging hinaus. Denis und Nicolas zuckerten langsam und sorgfältig die Glasränder. Sie kannten die Gedanken des anderen. Sie wussten, dass sie durch Samuels Abgang etwas verärgert waren, was ihn nicht weniger lächerlich machte.

»Er ist jung. Vielleicht hast du deine Wette doch verloren«, sagte Nicolas. »Lola wird womöglich Ja sagen.«

»So jung ist er auch nicht; ich habe in seinem Alter eine Firma geleitet.«

»Und du warst verheiratet.

»Und ich war verheiratet.«

»Und glücklich.

»Komm schon, Schluss jetzt!«

»Marie will den Beruf aufgeben.«

»Welchen Beruf?«

»Was heißt ›welchen Beruf‹? Natürlich die Schauspielerei.«

»Ach so. Dann sag doch lieber, dass der Beruf sie aufgegeben hat, ihr bestätigt lediglich eine Tatsache. Ich werde noch etwas Orangensaft dazugeben, ich weiß nicht, irgendwie, Scheiße, ich finde ihn etwas bitter, oder?«

»Weißt du, dass deine Frau unglücklich ist?«

»Ja, ich weiß es. Sie wurde gerade sitzengelassen. Aber sie hat schon einen anderen an der Angel, ich kenne sie.«

»Hat sie es dir gesagt?«

»Das ist wirklich nicht nötig. Ich bin dran gewöhnt. Gib mir die Zitronenscheiben. Und deine, wann willst du ihr eigentlich die Geschichte von Kathie Vasseur erzählen? Bei der nächsten Panikattacke? Gib mir noch die Trinkhalme.«

»Ich spreche nach dem Feuerwerk mit ihr.«

»Spinnst du?«

»Natürlich spinne ich!«

Sie stellten die Gläser auf zwei Tabletts, dann vergaßen sie sie. Sie zündeten sich eine Zigarette an und lehnten sich aus dem offenen Fenster.

»Ich liebe diesen Ort«, sagte Denis. »Dieses Haus. Das Meer. Ich habe Lust, noch lange zu leben. Glücklich zu sein.«

Und weil Nicolas nicht antwortete, fuhr er fort:

»Darauf hat man doch schließlich ein Recht, oder? Für die Zeit, die uns noch bleibt.«

Dann lauschten sie dem Meer und spürten ganz deutlich, dass ihre Freundschaft die einzige Beziehung ohne Lüge war, ihre einzige Wahrheit. Sie war die helle Seite ihres Lebens. Nicolas legte Denis die Hand auf die Schulter.

»Das wird schon«, sagte er nur.

Und Denis verstand nicht, warum ihm das so wehtat.

DELPHINE HATTE GEDACHT, es würde einfacher sein. Sie würde von einem Leben in ein anderes gleiten. Sie wusste, dass es ihnen ohne sie besser gehen würde. Denis verdiente etwas anderes als die Rolle, die sie ihn spielen ließ. Und ihre Kinder hatten ein Recht auf etwas Aufmerksamkeit. Aber sie hatte gedacht, es würde einfacher sein. Ihr letzter Sommer in Coutainville. Ein Wochenende unter Freunden. Eine nette Postkarte voller Lachen und Wein, und auf Wiedersehen. Aber sie machte sich Sorgen, weil sich ihre Tochter mit Dimitri herumtrieb und die große Kiefer sterben würde. Sie wollte, dass sie da blieb, dass sie die drei schützte, als Zeugin der Kraft, die auch sie einst gehabt hatten, die nette Familie, die sie gewesen waren, reich und schön, reich und verliebt. Und dann schwindet die Lust am anderen, langsam, ohne Vorwarnung. Dann sind die Kinder so groß, dass sie nicht mehr in die Arme passen, und wie kann man sie einfach so an sich drücken? Worte hatten die Gesten ersetzt, aber für Worte war sie nicht begabt. Und Denis' Abwesenheiten, seine Geschäftsreisen, die gesellschaftlichen Verpflichtungen, die Müdigkeit, seine und ihre, und dann schließlich der erste Abend, an dem sie ausgegangen war, allein. Sie hatte Alex eine Geschichte erzählt, *Die drei kleinen Schweinchen* und ihr Steinhaus, und sie hatte kräftig gepustet, wie der Wolf! Und der Wolf brach sich die Zähne ab, und die drei Schweinchen waren in Sicherheit, o ja! Und Alex sah sie an und saugte an seiner Flasche, die Augen Sterne der Dankbarkeit, als wären die Schweinchen durch sie gerettet worden. Jeden Abend war er ihr dankbar, dass die Geschichte gut endete. Jetzt las er allein, er brauchte sie nicht mehr. Und an jenem Abend, nach der Geschichte für Alex und dem Kuss auf seinen warmen Hals, der nach Apfel roch, weil er die Apfelseife liebte und das Apfelshampoo, das nicht in den Augen brannte, nachdem sie den Kinderduft vor dem Einschlafen gerochen hatte, war sie in Jeannes Zimmer gegangen, die vor dem Gutenachtkuss eingeschlafen war. Sie hatten sich beim Abendessen gestritten, eine lächerliche Geschichte um einen String, der aus den Jeans hervorsah, Geschrei und eine verdorbene Mahlzeit wegen dieser Geschichte, wegen eines Strings, der aus den Jeans hervorsah. Na und? Ließ sich ein Abend zu dritt darauf beschränken, so ruinieren? Jeanne und sie hatten sich vor dem Einschlafen nicht versöhnt, und das war wirklich das erste Mal. Es war noch nicht so lange her, dass Jeanne sie mit großen, erleichterten Augen angesehen hatte, wenn sie ihr eine Geschichte vorlas, und jetzt war sie der Gewalt und der Vulgarität der Welt ausgesetzt, wie ein Ballon ohne Schnur. An jenem Abend hatte Delphine ihre Tochter durch die halb geöffnete Tür schlafen sehen, das Gesicht noch vor Wut verzogen, von Tränen gezeichnet, und Delphine wollte nicht, dass sie ihr davonflog, sie sollte noch etwas warten, es gab so vieles, was sie ihr noch nicht erklärt hatte. Sie hatte ihr hübsche Märchen vorgelesen, aber das Leben sah anders aus. Da gab es Mittelmäßigkeit und fehlenden Ehrgeiz, so wenig Sorge um die anderen und um sich selbst, als wäre das Leben nur der Entwurf einer Existenz, über die man später nachdenken würde. Aber wann? Und Delphine sah ihre Tochter an und wusste bereit, dass es andere Diskussionen beim Abendessen in der Küche geben würde, um ein Piercing, eine Schachtel Zigaretten, einen Joint, Bier und gefärbte Haare, und das alles waren Zeichen einer Welt, die ihre kleine Tochter langsam, Tag für Tag, aus dem Haus lockte. Und während ihre beiden Kinder schliefen, hatte sie sich in den Salon gesetzt. Sie hatte weder den Fernseher noch das Licht angemacht. Sie hatte lange aus dem Fenster geschaut, zu den unzähligen Lichtern, die ihr sagten, dass da draußen das Leben pulsierte, das Leben an den Ampeln und der Leuchtreklame vor Hotels und Bars blinkerte, und Denis hatte nicht angerufen. Denis war in einer anderen Zeitzone, wieder einmal, und sie saß in dieser großen Wohnung, die das Dienstmädchen jeden Morgen aufräumte und saubermachte, hatte nichts zu tun, als sie zu schmücken, mit Blumen zu verzieren und zu parfümieren, was für ein Luxus, was für ein Privileg, o Gott, wie sie sich langweilte! Und an diesem Abend, kurz vor Mitternacht, war sie aus dem Haus gegangen. Es war das erste Mal.

LOLA KAM ZU SAMUEL, küsste ihn sanft und bat ihn mit-zukommen. Denis würde ihr noch mal seinen Jeep borgen, sie wollte ihm etwas zeigen.

»Gleich gibt es die Cocktails«, sagte er, »ich habe mit Denis und Nicolas Cocktails gemacht, alle treffen sich im Garten.«

Er wollte sie meiden, so gut es ging, wollte nicht in Ver-suchung geraten, sich vor dem Feuerwerk zu erklären, es war ein fragiles Gleichgewicht, er hatte noch die Stimmen von Denis und Nicolas im Ohr, den freundlichen Spott, mit dem sie über seine Liebe sprachen, ein Gefühl, das weniger wert war als das, was sie selbst empfanden. Hatten sie ihm überhaupt gratuliert? Hatten sie ihre Freude kundgetan bei der Aussicht, dass er wirklich zu ihrem Kreis gehören wür-de? Andererseits war er verlegen, weil Lola nicht denken sollte, er habe keine Lust, mit ihr zusammenzusein, er wäre glücklich gewesen, an ihrem Arm aus dem Garten zu gehen, mit ihr in den Jeep einzusteigen.

»Was wolltest du mir zeigen?«, fragte er.

»Nichts. Ich hatte Lust, ein Stück aufs Land zu fahren.«

»Aufs Land?«

»Ja, aufs Land! Was ist daran komisch, schließlich sind wir in der Normandie.«

»Ehrlich gesagt, habe ich in Mâcon genug Kühe gesehen! Oder denkst du schon wieder an eine deiner Tonauf-
nahmen: ›Stille, unterbrochen von Muhen‹«

Er kannte sie gut genug, um zu wissen, dass noch etwas
anderes war, aber er hing an seinem Feuerwerk und seinem
Hochzeitsantrag am Strand wie an einem Aberglauben, es
kam ihm fast unmöglich vor, sich bis dahin von der Stelle
zu rühren, und er verstrickte sich in seiner Entscheidung.

»›Stille, unterbrochen von Schwachsinn‹, genau!«, sagte
Lola und ging hinaus zu den anderen.

Wahrscheinlich war sie gerade noch mal davongekom-
men, verdiente dieser Schwachkopf überhaupt ihre kleine,
alberne Inszenierung? Aufs Land fahren, an die Tür eines
Bauernhauses klopfen, hineingehen und sich umsehen. Ihm
später erzählen, dass vielleicht an einem Ort wie diesem ihr
Sohn aufgewachsen war. Oder nicht. Ebenso könnten sie an
die Tür eines Wohnwagens, eines Schlosses, einer Pension
klopfen, oder eines Autos, warum eigentlich nicht? Vielleicht schlief ihr Sohn in einem Auto? Vielleicht sprach ihr
Sohn Englisch oder Norwegisch. Wer hatte ihn adoptiert?
Was hatte man aus ihm gemacht? Man hatte ihn genommen
wie weiches Wachs und hatte ihn in die erstbeste Form ge-
gossen, Monsieur und Madame Dingsbums haben einen
Sohn, und sie hatte nichts. Die Höfe, die Strände und die
Gärten sind voll von Jungen, die nicht ihrer waren. Es konnte jeder sein und irgendwer, ein hübscher, umgänglicher Junge, ein Zurückgebliebener, der Sohn der Nachbarin, der
Cousin von Samuel, Dimitri oder Roses großer Bruder; da
er nirgendwo war, konnte er auch überall sein, ihr Sohn. Sie

aber war verloren. Und sie stand da, wusste nicht, wie sie den Satz wiederholen sollte, den sie doch im Tennisclub ausgesprochen hatte, sie hatte ihn zu Dimitri gesagt, und Dimitri hatte nicht gelacht. Und auch wenn sie nun für immer schwieg, würde er außerhalb von ihr existieren. Diesen Satz ausgesprochen zu haben hatte eine Bresche geschlagen; selbst wenn sie ewig mit einem Pflaster auf dem Mund leben würde, war es zu spät, die Wahrheit war herausgelassen, niemals würde sie sie zurücknehmen können. Samuel holte sie im Treppenhaus ein.

»Ich pfeif auf den Cocktail«, sagte er. »Außerdem gießen sie Wodka rein, das hasse ich.«

»Wenn du dich integrieren willst, mein kleiner Samuel, musst du wohl oder übel ihren *Sex on the beach* trinken. Das ist sozusagen das Initiationsgetränk.«

»Haben die anderen ihn getrunken? Deine anderen Liebhaber? Denis und Nicolas haben mir erzählt, dass du vor mir schon ein halbes Dutzend hergebracht hast.«

»Das stimmt, aber ich habe genug davon. Ich glaube, du bist der Letzte.«

»Das heißt was?«

»In Zukunft komme ich allein. Als Paar ist man wie verdoppelt, das ist mir zu anstrengend.«

Er sah plötzlich so unglücklich aus wie ein Hund, den man im Auto gelassen hat, deshalb sagte sie:

»Das war ein Witz! Und mach dir keine Gedanken wegen des Cocktails, es gibt immer welche ohne Alkohol für die Kinder, da kannst du dir einen stibitzen.«

Und sie nahm ihn bei der Hand, um mit ihm in den Garten zu gehen, als das, was er sein wollte, um zu sein, was alle von ihnen erwarteten: ein Paar. Die Maskerade war erholsam.

»DU HAST DA EIN BISSCHEN ZUCKER. Am Kinn. Weg.«

»Danke«, sagte Delphine.

Nicolas hatte Delphines leichte Zerstreutheit immer gemocht. Ohne sie, ohne ihre immer etwas leidende Miene hätte sie wahrscheinlich so ausgesehen wie alle hübschen gutbürgerlichen Pariserinnen, schickes Outfit und immer perfekt gepflegt. Aber sie bekleckerte sich beim Essen, hatte Zucker am Kinn, wenn sie einen Cocktail trank, und schaute oft, wenn sie den anderen zuhörte, erstaunt und etwas enttäuscht drein. In diesem Moment mehr denn je. In diesem Moment war sie traurig. Traurigkeit ist ein Gefühl, das den Frauen nicht steht, dachte er, Traurigkeit ist nicht überraschend, nicht lebendig, sie schwächt, trübt den Blick.

»Das ist wieder mal ein schönes Wochenende hier«, sagte er. »Alle fühlen sich wohl.«

»Ja.«

»Bist du nicht müde? All die Leute bei dir?«

»Es geht.«

Delphine empfand für Nicolas eine zärtliche Freundschaft, er weckte immer das Bedürfnis in ihr, die Waffen zu strecken. Sie war froh, dass er Denis' Freund war, das war ein Schutz, eine Verankerung in einem schlichteren Leben.

»Marie hat mir gesagt, dass du dich operieren lässt.«

»Na ja, schließlich werde ich den Sprung wagen! Das heißt, springen werde ich wohl besser danach.«

Er lachte sein leises, freundliches Lachen, das sagte, dass er niemals Theater machen, Probleme schaffen wollte, dabei wusste sie, was er getan hatte, sie hatte damals die Zeitung gelesen. Warum nur hatte Marie nie eine Verbindung hergestellt zwischen dem Selbstmord dieser Mathelehrerin in seiner Schule und seiner Depression wenige Monate später?

»Weißt du, dass es inzwischen minimalinvasive Operationen gibt?«

»Nein, das weiß ich nicht. Ehrlich gesagt, weiß ich gar nichts, wir haben es gerade beschlossen, ich gehe zum Chirurgen, wenn wir aus Tel Aviv zurück sind.«

»Dabei werden die Muskeln viel weniger beschädigt, und nach der OP hat man weniger Schmerzen, sogar die Blutung …«

»Ich möchte es eigentlich gar nicht wissen!«

»Oh! Entschuldige.«

So sind die Männer, dachte sie: alles lieber als die Wahrheit. Wie seltsam! Wie hat man sie nur erzogen? Wie habe ich Alex erzogen? Sie schwiegen, saßen stumm beieinander, mit dem Wunsch, nach der Hand des anderen zu greifen, sich in die Arme zu nehmen, denn sie waren gleich. Sie machten eine gute Figur.

»Sieh mal«, sagte Nicolas, »die Sonne ist orange.«

»»Der Himmel ist blau wie eine Orange««

»Wenn ich ein Maler wäre, würde ich verrückt werden.

Wie soll man einen orangefarbenen Himmel malen, ohne ihn zu verfälschen? Ohne dass er schrill, hässlich, platt wird? O ja, ich würde durchdrehen. Das Licht einfangen zu wollen!«

»Genau das machen die Maler: Sie versuchen das Licht einzufangen und werden verrückt.«

Sie sahen zu den anderen. Lola klammerte sich auf eine neue, irgendwie deplaziert wirkende Art an Samuel, hatte die Arme um seine Taille geschlungen, wie ein Mädchen auf zu hohen Absätzen, das Halt sucht. Er schien überrascht, etwas verlegen von dieser Haltung, an die sie ihn nicht gewöhnt hatte, und er sah Denis in die Augen, während er mit ihm sprach, dabei streckte er sein Glas nach oben, als wäre die an ihn geklammerte Lola ein lästiges Kind, das er nicht verletzen wollte. Marie war bei Alex; der Kleine hatte ein großes Heft auf den Knien und blätterte andächtig die Seiten um. Er sprach schnell, mitgerissen von seinen eigenen Worten.

»Was zeigt er ihr denn so Aufregendes?«, fragte Nicolas.

»Keine Ahnung.«

Durch das offene Fenster drang Musik. Jeanne und Rose waren nicht zum Cocktail heruntergekommen, und aus ihrem Zimmer warf die Stimme von Oxmo Puccino Worte in den Abend, die sanft auf den Boden sanken. *»I'm trying to find my place.«*

»Mir zeigt Alex gar nichts mehr«, sagte Delphine.

»Stimmt, es gibt immer so ein Alter, wo sie ihre Geheimnisse haben.«

»Nein. Ich glaube, es ist, weil, weil ich es vergesse. Ich

186

vergesse, ihn zu bitten, mir seine Hefte zu zeigen, mir die Namen seiner Freunde zu sagen oder den Endstand beim Basketballspiel. Ich weiß nicht, warum. Ich werde weggehen. Ich werde Denis und die Kinder verlassen.«

»Lange?«

»Lange.«

»Oh.«

»Macht die Musik leiser!«, rief Denis. »Was für ein Gejaule!«

Jeanne knallte das Fenster zu, und die nun eintretende Stille war merkwürdig, es kam ihnen vor, als wären sie ohne die Musik weniger zahlreich. Die Luft zwischen ihnen war träger und irgendwie leer.

»Hast du jemanden?«, flüsterte Nicolas.

»Niemanden. Nicht mal mich.«

»Weiß Marie davon?«

»Du hättest fragen sollen, ob Denis davon weiß, oder?«

»O nein, er weiß es nicht, er denkt …«

»Was denkt er?«

»Nichts.«

»Er denkst, dass mich gerade jemand sitzengelassen hat, stimmt's? Aber dass ich schnell einen Neuen finde, wie üblich.«

»Er denkt nur, dass ihr das Recht habt, glücklich zu sein.«

»Er hat das Recht, glücklich zu sein. Das stimmt.«

Er hätte ihr gern gesagt, sie solle es noch einmal versuchen. Aber er schaffte es nicht. Er wusste, dass das Leben voll ist von letzten Abenden, von sterbender Liebe, von Kindern, die allein aufwachsen, und dass kein Maler je wirklich das Licht eines orangefarbenen Himmels exakt eingefangen hatte.

JE FESTER SIE SAMUELS TAILLE umklammerte, desto weniger dachte Lola an ihn. Aber sie hatte Angst, diese kleine Angst, die dich vorwärtstreibt, wenn das Leben vor dir steht, wie ein Haus am Ende der Straße. Du musst hingehen. *Dorthin* musst du gehen. Als Lola durch den Krieg gegangen war, wie Jesus über das Wasser, war sie überzeugt gewesen, dass der Untergang nur den anderen drohte, dass die Kugeln und Raketen für die Israelis, Palästinenser, Libanesen und Syrer bestimmt waren; sie war kein Teil dieser Katastrophe. Sie berichtete darüber. Jeden Abend hatte sie in ihr Mikro erzählt, was sie gesehen hatte. Niemals, was sie empfunden hatte. Dann hatte sie *die Stillen* gejagt, ohne sie zu verstehen. Nur, damit sie die Sätze unterbrachen, wichtiger wurden als die Worte. Und jetzt dröhnte der Rap von Oxmo Puccino samtig wie ein schwerer Wein, wiegend und hartnäckig durch den Garten, sang für die Streifen des Abendhimmels, die in der großen, stolzen und kranken Kiefer hingen. Und Lola erinnerte sich, dass sie ihren Sohn gesehen hatte. Ein Moment der Unaufmerksamkeit, und sie hatte das Kind gesehen, das sie niemals hätte sehen dürfen. »Es hat viele Haare für ein Baby, oder?«, hatte sie gefragt. Die Hebamme hatte sich abgewandt, ohne zu antworten, hatte das schreiende Baby mit sich genommen, und Lola hoffte, dass man es bald füttern würde. Im Kreißsaal machten sich alle an ihr zu schaffen, ohne sie je anzusehen, mit metallischem Lärm, als fielen Zangen zu Boden und Scheren und wieder Zangen, ohne Unterlass. Lola hatte ihr Leben neben ihrem Leben verbracht. Sie hatte der Großmutter in Montrouge und ihrer Mutter gehorcht, sie hatte das Baby weggegeben, ohne zu protestieren. Sie hatte ihr Leben den anderen überlassen. Und plötzlich, an Samuel geklammert wie ein beschwipstes junges Mädchen, hatte sie Lust, alt zu sein.

»Wir haben sehr gute Partner beim ORTM«, sagte Samuel zu Denis.

» ORTM?«

»Das Büro für Radio und Fernsehen in Mali. Achtzig Prozent ihrer Programme sind auf Französisch. Wir wollen Leute ausbilden, die die Landessprache sprechen, verstehst du?«

»Wie viel investiert der Staat?«

»Sehr wenig, fast nichts, kaum das Budget für die Verwaltung. Wir sind dabei, eine Struktur zu entwickeln.«

Ja, alt. Sie wollte am Ende von etwas angekommen sein, wollte ihre Zeit leben und dass sich alle Stürme legten. Vorher, vor dieser großen Beruhigung, musste sie nur die Tage, Monate, Jahre so wenig stupide wie möglich durchqueren. Babys haben selten so viele Haare, aber heißt das, dass sie eine dichte Mähne behalten, wenn sie größer werden? Würde ihr Sohn eines Tages wie die anderen werden, diese Männer mit kahlem Schädel, einem Makel, der sie an ihrer Macht zweifeln lässt? Sieht man die Fontanelle weniger deutlich pulsieren, wenn die Babys viele Haare haben? Als alte Frau würde es Lola völlig egal sein, wenn sie gebeugt lief, wenn ihr krummer Hals sie zwang, ständig auf ihre Schuhspitzen auf dem Asphalt zu starren, wenn sie die Straße überquerte, während die Autofahrer ungeduldig wurden und nicht wagten zu protestieren. Genau das wollte sie später sein: eine alte Frau, die den Verkehr blockiert, weil sie gebeugt von einem Bürgersteig zum anderen geht, den Stock in der knorrigen Hand, die so fleckig ist wie die Nadeln der großen Kiefern, die sterben werden. Und wenn sie auf der anderen Seite wäre, oh, wie sie die Wut spüren würde, mit der die Autofahrer Gas geben würden, und sie würde nur eines wissen: Sie wäre angekommen.

»Na, mein Schatz?«, fragte Samuel. »Begleitest du mich im November, wenn ich nach Mali muss?«

»Was?«

Samuel verdrehte die Augen und sagte mit einem zufriedenen Seufzer zu Denis:

»Sie träumt ständig, sie schwebt!«

»Sprichst du in der dritten Person von mir?«

Er erstarrte. Seine Wirbelsäule bildete plötzlich eine kleine Mulde, direkt über dem Po, wie bei den Tangotänzern.

»Hast du vielleicht zu viel getrunken?«, fragte er.

»Mehr als du. Samuel verträgt keinen Wodka«, sagte sie zu Denis.

»Macht die Musik leiser!«, rief dieser. »Was für ein Gejaule!«

»Das ist Oxmo Puccino«, sagte Lola. »Du könntest ihm vielleicht unter die Arme greifen, Samuel, er stammt aus

Mali, du könntest ihm was über Kommunikation beibringen.«

»Ist das ironisch?«

»Absolut. ›Die Leute kommen näher, als gingen sie fort, und nur das Erinnern kennt diesen Ort.‹ Das ist nicht schlecht, oder?«

»Stimmt, aber das eben«, sagte Denis, »das war ... Sie dreht die Musik voll auf, um uns zu ärgern!«

»Jetzt haben wir Ruhe«, sagte Lola lächelnd. »In welchem Alter hast du angefangen, die Haare zu verlieren, Denis?«

»Sieht man es so sehr?«

»Man sieht es.«

»Mit fünfundvierzig.«

»Stört es dich?«

»Furchtbar.«

»Warum?«

Er lachte.

»Wirklich! Du fragst, warum!«

Es kam ihr vor, als würde Denis erröten, aber es war dunkel, und sie war sich nicht sicher. Es kam ihr auch so vor, als seien ihm Lolas Fragen keineswegs peinlich, sondern gefielen ihm. Wenn sie mit Denis verheiratet gewesen wäre, hätte sie ihn auch betrügen können, aber sie hätte niemals aufgehört, für ihn zu sorgen, sicher hatte er genug davon, die Karyatide zu sein, derjenige, der eine Familie stützt, die sich nie Gedanken um ihn macht. Sie wusste, dass er manchmal in die Wüste ging, Delphine hatte es ihr erzählt, und Delphine war eifersüchtig darauf. Sie hätte es lieber gesehen,

192

wenn er mit Escort Girls herumgereist wäre, wenn er ein oder zwei Geliebte in New York oder Hongkong hätte, aber dieses Bedürfnis nach Einsamkeit, dieses Bedürfnis nach Sammlung *ohne sie*! Der Verrat, der von innen kommt. Samuel ließ sie allein. Denis beugte sich zu Lolas Ohr und sagte leise:

»Die Haare zu verlieren stört mich, weil ich Angst habe, dass irgendwann … nein, das ist zu blöd, es ist wirklich dämlich, ich weiß, also, ich habe Angst, dass man mich irgendwann *Eierkopf* nennt!«

Lola überlegte, dass sie diesen Mann wohl doch nie betrogen hätte. Und er stand da, lächelte sie merkwürdig an, sie hörte die Möwen schnell und erbittert schreien, und am Strand knallten die ersten Raketen.

»Niemand wird dich je so nennen«, sagte sie.

Er lachte kurz und schüttelte den Kopf, erleichtert wie ein Schüler, der mit Ach und Krach die Prüfung bestanden hat. Dann richtete er sich auf, groß, schön, der Herr des Hauses, seine Augen schweiften durch den Garten, alles war an Ort und Stelle, und sein *Sex on the beach* war besser gewesen als im letzten Jahr. Er hatte Angst gehabt, er könne etwas bitter sein, aber alle hatten gesagt, er gehöre »zu den besten seit vielen Jahren«.

NICOLAS SAH ZU, wie der Himmel die Farben des Tages eintrübte und die Sonne hinter dem Horizont verschwand, riesig, makellos schön, unendlich herablassend. Er stand da, sah zu, wie ihnen die Stunden und die Luft entglitten, und wusste nicht, wen er um Hilfe bitten sollte. Delphine hatte ihm gesagt, dass sie Denis, Alex und Jeanne verlassen würde, dann war sie losgegangen, um die Meeresfrüchte für das Abendessen zu holen: Seespinnen, Krabben, Austern, Langustinen, es kostete Denis jedes Mal ein Vermögen, und auch das gehörte zum Ritual. Am 14. Juli sahen sie die Nacht über dem Meer, dem Strand und dem Garten hereinbrechen, die bunte Girlande an der großen Kiefer verlieh dem Haus den Anstrich eines Gartenlokals, im Licht der Kerzen auf dem Mäuerchen und auf den Fensterbrettern aßen sie Meeresfrüchte und warteten, dass es Mitternacht wurde. Warteten auf das Feuerwerk. Nicolas erinnerte sich an Delphine, die mit Jeanne schwanger war, die Hand auf dem Bauch, die Kleider noch fleckiger als sonst, die Ringe unter ihren blauen Augen höhlten ihr Gesicht aus und gaben ihm etwas Unbestimmtes. Es war der erste Sommer in dem Haus, der erste 14. Juli, und Delphine, die einen Monat später entbinden würde, schien nur real, erwachte nur zum Leben, wenn sie Denis vorbeigehen sah. Er kam zu ihr, sprach mit ihr und streichelte ihr Haar, ihren Bauch, ihre Arme, und ihre Gesichter berührten sich. Sie lachten. Denis ging davon, drehte sich mehrmals um, winkte ihr zu, sie begann wieder zu lachen, und dann, wenn er wirklich gegangen war, setzte sie wieder ihre etwas dümmliche Miene einer trägen, dickköpfigen Frau auf, die mit nichts anderem beschäftigt war, als schwanger zu sein. Und jetzt sagte sich Nicolas, er würde nicht zulassen, dass sie Denis und die Kinder verließ. Dazu würde es nicht kommen. Widerstandskämpfer lenkten Züge um, Behinderte fuhren Ski, Studenten stellten sich vor Panzer, Illegale schwammen vielleicht gerade in diesem Moment durch den Ärmelkanal in der Hoffnung, England zu erreichen, und er sollte hier im Garten sitzen, an Krebsbeinen saugen und versuchen, ständig Denis' Blick auszuweichen? Die Sonne tauchte ins Meer ein, und das Meer ging nicht in Flammen auf. Nicolas war lebendig und unnütz. Lebendig und schuldig. Er hörte Alex lachen, weil sie die Girlande in der großen Kiefer eingeschaltet hatten, er vermutete, dass der Junge ein paar Knallfrösche in der Tasche hatte. Samuel stand etwas abseits und sah ihn an wie ein misstrauischer Schüler, der nach Verbündeten sucht. Wenn der Bursche wüsste, was für ein Glück er hatte! Er war erfüllt von Liebe, Plänen und Unschuld, er ackerte für seinen sozialen Aufstieg, wollte sich in Afrika nützlich machen und Lola heiraten, zwei von vornherein verlorene Schlachten, wobei: Warum eigentlich nicht? Wenn es heute Abend einen gab, dem es gelingen konnte, dann war er es wohl, Samuel der Verliebte, so jung, dass er sich als Eroberer träumte. Nicolas ging zu ihm:

»Ich hoffe, du magst Meeresfrüchte«, sagte er.

»Überhaupt nicht, ich esse lieber Kartoffelbrei, natürlich mit Speckwürfeln.«

»Hör mal, ich habe mir überlegt, ich dachte, letztendlich ... Mach mit Lola, was du für richtig hältst.«

»Danke.«

»Sei nicht sauer.«

»Ich habe danke gesagt, das ist alles.«

»Du kennst sie schließlich am besten. Wer weiß?«

»Wer weiß.«

»Denis und ich sehen sie immer als etwas ... na ja, sie geht weit weg, sie kommt zurück, sie begeistert sich für Länder im Krieg, und dann will sie nichts anderes mehr hören als Stille. Das ist kompliziert. Egal! Vielleicht würden unsere Frauen dir sagen, dass du recht hast, dass sie nur darauf wartet: auf die Ehe.«

Samuel zündete sich eine Zigarette an. Das Feuerzeug tauchte sein Gesicht in ein seltsames Licht, er wirkte selbstbewusster, suchte nicht mehr die Freundschaft von Nicolas und Denis, nicht einmal Vertrautheit. Er war zu neu. Gefühle holt man nicht ein. Überträgt man nicht. Eine Freundschaft von mehr als dreißig Jahren! So viel Freude, Ärger, Enttäuschung und Schwärmerei. Zusammen trinken und zusammen warten: auf das Ergebnis einer Prüfung, die Geburt eines Kindes, das Aufgehen des Vorhangs, die Unterzeichnung eines Vertrags. Und die peinlichen Geheimnisse, die Panik und das Lachen von Männern, die sich den Zoten, dem Exzess, der heiligen Brüderlichkeit hingeben. Samuel war zu jung, sein Herz war ein Muskel in Hochform, sie hatten zu viel Cholesterin und Ängste, Bedauern und so viele Zweifel. Jeanne riss ihr Fenster, auf und die Scheiben zitterten. Sie stellte eine Box auf das Fensterbrett, machte das Licht aus und kam zu ihnen herunter. Der letzte Schein der Sonne am Himmel war erloschen, als die Stimme von Oxmo Puccino so laut ertönte, als wäre der Rapper zu Gast in ihrem Garten.

DRAUSSEN ÖFFNETEN DIE MÄNNER Austern und Weinflaschen, Alex und Enzo stellten Teller mit Zitronenscheiben auf den langen Tisch, Rose betrachtete die Meerestiere, die sie noch nie gesehen hatte, und Jeanne versprach ihr, sie am nächsten Tag zum Krabbenfischen mitzunehmen. In der Küche bereiteten Delphine und Marie die Krabben und Langustinen zu; jeder schien eine uralte, anspruchsvolle und irgendwie geheimnisvolle Rolle einzunehmen.

»Na gut, ich höre auf mit der Schauspielerei, aber was soll ich dann machen? Was würdest du mir raten?«

»Ich rate dir, reich zu werden!«, sagte Delphine.

»Du bist bescheuert, ich rede ernsthaft mit dir.«

»Du bist zweiundfünfzig, du hast doch genug geschuftet, oder?«

»Glaubst du, ich könnte in mein Haus in Burgund ziehen und dann mit meinen Katzen und meinen Büchern von meinem Gemüsegarten leben?«

»Und mit den Hühnern! Vergiss die Hühner nicht! Und Kaninchen. Ja, das ist lustig. Du wirst immer ein bisschen nach Kacke riechen, stelle ich mir vor, das ist sexy. Und jeden Sonnabend wartest du am Busbahnhof von Rogny-les-Sept-Ecluses auf deinen Mann, in deinen dicken, unförmigen Pullover eingemummelt. Erwarte bloß nicht, dass ich komme, um deine Konfitüren zu kosten!«

»Du hast recht, das ist nichts. Das Landleben ist wie Magnesium, es ist gut für eine Therapie, aber langfristig verliert es seine wohltuende Wirkung. Und wenn ich Geld hätte, was würde ich dann machen?«

»Nichts. Das Leben genießen. Die Zeit, die vergeht. Das Geräusch des Regens vor dem offenen Fenster, den Geruch von Paris im Mai, einen Kaffee in den Gärten des Palais Royal, ein Glas Wein gegenüber der Pyramide des Louvre.«

»Machst du das alles?«

»Nein. Ich renne rum. Das ist einfacher.«

»Das Wasser kocht. Wir müssen die Krebse reinwerfen.«

Delphine wusste, was Marie nicht ahnte: Dies war ihr letzter 14. Juli, das alles würde es nicht mehr geben, das Ritual der Krebse und das Feuerwerk am Strand. Die Dinge sterben. Die Jahre vergehen, und man kann plötzlich beschließen, dass sie einander nicht mehr gleichen werden. Aber würde Marie sie dann noch sehen wollen? Ihr fiel der Satz ein, den kleine Mädchen zueinander sagen: »Guten Tag, willst du meine Freundin sein?« Einmal erwachsen, ist man weniger direkt, man weicht aus, nimmt Umwege, das obligatorische Theater der Verführung. Der Wasserdampf zog durch die Küche, durch das offene Fenster hörten sie die Stimmen aus dem Garten.

»Marie?«

»Ich weiß, wir müssen sie jetzt abgießen.«

»Nein, oder doch, aber ich wollte dich was fragen.

Willst du nicht wissen, was vor drei Jahren mit Nicolas passiert ist?«

»Ich habe lange darüber nachgedacht. Nein. Ich will es nicht wissen.«

»Warum nicht?«

»Ich möchte ihn lieber so sehen, wie er will, dass ich ihn sehe. Wenn er mir etwas verheimlichen will, weil es ihm guttut, ist das sein Recht. Ich bin nicht für die Diktatur der Wahrheit. Jeder hat das Recht, seine Legende zu erfinden.«

»Vielleicht würde es ihn erleichtern.«

»Wenn es ihn erleichtern würde, hätte er es mir schon gesagt. Ich brauche Geld, weißt du, ich brauche es zum Leben, und ich habe mir was von Lola geborgt.«

»Du hast dir Geld geborgt? Von Lola?«

»Letzte Nacht. In deiner Küche. Ich muss alles in einem Jahr minus einen Tag zurückzahlen.«

»Warum hast du nicht mich darum gebeten?«

»Weil ich das Gefühl gehabt hätte, Geld von Denis zu nehmen.«

»Ach so, natürlich.«

»Das war zu kompliziert.«

»Das stimmt, es ist Denis' Geld. Denis' Haus. Denis' Kinder. Denis' Boot und Denis' Pferd. Nicht zu vergessen Denis' Auto, Firma und Aktien. Und Denis' Frau.«

Die lachenden Stimmen, die aus dem Garten kamen, prallten aufeinander. Die einen lachten über die anderen, konfuse, in die Nacht geworfene Freude, die Ungeduld der Kinder vor dem Feuerwerk und dem Ball, ihre Lust, diese

Stunden mit den Erwachsenen zu teilen, so spät wie sie schlafen zu gehen und zu glauben, was sie sagten.

»Aber ich hätte dir auch Geld borgen können! Ich habe vor einem Jahr eine kleine Erbschaft gemacht.«

»Mach dir keine Gedanken, ich werde das Geld sowieso bald an Lola zurückzahlen. Ich glaube, ich werde alles auf ein Rennpferd setzen und gewinnen.«

»Wie bitte?«

»Ich habe einen Freund, der ein Pferd hat und wettet, du ahnst ja nicht, was so ein Rennpferd einbringt.«

»Das ist nicht dein Ernst?«

»Das ist mein voller Ernst. Nur das Geld ist nicht ernst. Also kann man genauso gut spielen. Aber dann auch richtig.«

Delphine legte die Hand vor den Mund, aus ihren Augen sprach wütendes und bewunderndes Staunen, sie zögerte, es großartig zu finden, irgendetwas hielt sie zurück. Sie hatte das Geld immer respektiert, sie genoss es sehr bewusst, und das war kein Spiel.

»Du willst Lolas Geld beim Rennen verspielen? Das hast du wirklich vor? Und wenn du verlierst?«

»Ich werde nicht verlieren.«

Marie legte den Arm um Delphines Schulter.

»Komm, reg dich nicht auf, mein liebstes Bürgerdämchen.«

»Ich reg mich nicht auf. Du nervst mich, das ist alles.«

»Nicht doch, ich nerve dich nicht, ich bring dich durcheinander, das ist was anderes. Du musst mir kleine Absatzschühchen borgen, damit ich nach Longchamps gehen kann, ich will ja nicht aus dem Rahmen fallen.«

»Keine Sorge, ich begleite dich.«

»Du begleitest mich zum Rennplatz?«

»Natürlich. Ich kenne ihn besser als du, ich werde dich coachen. Und dafür verlange ich zehn Prozent vom Gewinn.«

»Ich hab immer gewusst, dass du hinterhältig bist.«

Na bitte!, sagte sich Delphine. Auch sie wird sich verändern, auch sie wird man als leichtsinniges, verantwortungsloses und verrücktes Weibstück beschimpfen, wir werden beide gleich sein, es gibt keinen Grund, uns zu trennen, denn das war keine Freundschaft für einen Kaffee hier und da oder eine schöne Hütte am Meer, nein! Vielleicht mag sie wirklich mich. Ohne Mann, ohne Kind, ohne Geld. Ich kann ich bleiben. Oder werden. Und sie wird mich immer noch gern haben.

NICOLAS SAH SIE ALLE AM TISCH sitzen, er schaute auf das rituelle und heilige Abendmahl und würde nicht zulassen, dass es jemals endete. Er sah die von den Jahren, den Sommern in der Sonne, dem Lachen, dem Rausch gezeichneten Gesichter. Er hatte die Paare sich finden und die Kinder zur Welt kommen sehen, sie hatten zusammen auf Bahnhöfen und in Theatern, in Pariser Lokalen, an Stränden im Regen, in verrauchten Küchen gesessen. Sie hatten sich getroffen, sie hatten telefoniert, zwei Sekunden, drei Stunden, die Frauen sprachen über die Männer, die Männer waren stolz auf ihre Frauen, und jeder half dem anderen in jenen Momenten des Lebens, die man ein Problem, ein riesengroßes Problem, einen Mordsärger, eine Tragödie nennt. Er schlug an sein Glas, bat vergeblich um Ruhe.

»Seid still!«, brüllte Alex. »Nicolas will etwas sagen, seid still!«

Rose sah sie an und fragte sich, ob sie sie im nächsten Jahr einladen, ob sie sich überhaupt an sie erinnern würden.

»Seid endlich still!«, brüllte der Junge.

Und sie waren still. Wandten sich Nicolas zu, der mit dem Glas in der Hand aufgestanden war.

»Meine Freunde! Meine Freunde!«, sagte er.

Sie warteten. Er hatte getrunken und schwankte ein wenig, er räusperte sich:

»Ich wollte euch etwas sagen!«

Er zögerte, es gab ein flüchtiges Lachen, wie ein Atemzug.

»Na los, mein Schatz«, sagte Marie ganz leise.

»Nein, falsch. Ich wollte euch nichts sagen.«

Es gab Rufe, Scherze, Nicolas lächelte verständnisvoll, als hätte er es erwartet, und fuhr fort:

»Ich wollte euch nichts sagen, ich wollte euch ein Gedicht rezitieren, von Baudelaire, wenn ich mich erinnere.«

»O nein! Das ist immer dasselbe!«, sagte Alex.

»Man muss immer trunken sein!«, fing er an.

»Bravo!«

»Wie wahr!«

»Lasst ihn doch weitersprechen!«

»Darin liegt alles: Das ist die einzige Frage … Das ist die einzige Frage … Man muss … Müsst ihr euch trunken machen jederzeit!«

»Nicht jederzeit, ohn Unterlass«, sagte Denis, »verdammt noch mal, du könntest dich wenigstens richtig erinnern, du sagst es uns seit sechzehn Jahren auf, wenn du voll bist wie eine Haubitze!«

»Macht euch trunken! Und wenn ihr manchmal auf den Stufen eines Palastes, auf dem grünen Gras eines Grabens, in der trübseligen Einsamkeit eurer Kammer aufwacht …«

»Eigentlich fand ich es besser, als du dich nicht erinnern konntest!«, sagte Denis.

Und er stand auf, um Nicolas' Glas zu füllen. Beide setzten sich wieder, die Platten und die Flaschen wurden herumgereicht, als wollte man eine andere Stimmung aufkommen lassen. Lola dachte, dass dies vielleicht der richtige Moment war: Jeder würde aufstehen und die Wahrheit sagen. Sie würde sagen: Ruhe! Freunde, ich bitte euch um etwas Ruhe! Danke. Ich habe meinen Sohn im Stich gelassen. Ich habe mein Baby weggegeben. Ich war sechzehn. In der Klinik Saint-Vincent de Paul. Ich bin allein hingegangen. Und als ich herauskam, war ich noch mehr allein. Kopf und Bauch leer. Danach habe ich es acht Jahre lang nicht ertragen, dass mich ein Mann berührte. Prost.

»Lola, du hast Marie Geld geborgt?«

»Wie?«

»Du hast Marie Geld geborgt?«, wiederholte Delphine.

»Ja. Warum?«

»Nur so. Du hättest es mir sagen können, ich hätte ihr auch helfen können.«

»Dann hilf ihr doch, wenn du willst. Wir werden doch nicht das ganze Wochenende über Kohle reden?«

Nein, dachte Delphine, wir werden nicht das ganze Wochenende über Kohle reden, wir werden auch über Langustinen reden, und sobald irgendeine Emotion zu spüren ist, wird Denis die Gläser füllen. Das ist das Grundprinzip des Rituals: Stillstand.

»Schmollt Samuel, oder täusche ich mich?«, fragte Marie.

»Er schmollt nicht«, sagte Lola, »so ein Gesicht macht er, wenn er den Ernsthaften spielt, der über den anderen steht, verstehst du? So, wie du ihn da siehst, ist er dabei, unseren Alkoholspiegel zu schätzen, und er beklagt ihn sehr! Es ist das Gesicht des Mannes, der beklagt!«

»Sei still!«, zischte Delphine.

Samuel war aufgestanden, er hatte gegen sein Glas geschlagen und stand da, wie eben noch Nicolas, nur aufrechter, etwas steif und unsicher. Er war fehl am Platze. Lola schämte sich für ihn.

»Keine Angst«, sagte er, »ich rezitiere kein Gedicht. Nein. Heute Abend, in diesem Garten, mit euch, vielleicht aufgenommen …«

Lola stand auf, sie würde ihre Mitteilung machen, sie würde das Tischtuch wegziehen und die Stühle umkippen. Alles in die Luft jagen.

»Samuel und ich wollten euch danken!«, verkündete sie voller Fröhlichkeit, als entdeckte sie gerade, wie schön das Wetter war. »Nein wirklich!«

Sie wandte sich an Rose und Enzo.

»Rose, Enzo, Samuel, ihr wurdet alle drei mit so viel Großzügigkeit empfangen!«

Und sie spürte die Missbilligung der anderen, sie wusste, dass sie einmal mehr diejenige war, die nicht lieben und sich nicht lieben lassen konnte. Die oberflächliche Männervernascherin, lebhaft und amüsant, denn sie war diejenige, die »etwas erlebt« hatte, diejenige, die der kleinen Gruppe etwas Unerwartetes gab, und sie füllte die Rolle aus, die man ihr zugesprochen hatte.

»Ich habe euch alle sehr gern«, sagte sie. »Macht nicht zu viel Unsinn. So. Das war's. Prost!«

Sie hob ihr Glas. Samuel hob seins. Lola hatte die Zügel

wieder in die Hand genommen. Sie war auf ihrem »Territorium«, wie sie sagte. Aber er hatte keine Angst vor der Schlacht. Er ging zu ihr, langsam, wohl bewusst, dass alle ihn anschauten. Er hatte nichts getrunken, trotzdem zitterten seine Beine, er hatte Nicolas' schmerzhaften Gang und Denis' Stolz, war ihnen ähnlicher, als sie glaubten. Lola sah ihn auf sich zukommen, und ihr Körper wich unmerklich zurück. Er nahm ihr das Glas aus der Hand, stellte es auf den Tisch, ohne die Augen von ihr abzuwenden, nahm sie mit einer sicheren, etwas zu heftigen Bewegung bei den Schultern, beugte sie nach hinten und küsste sie lange, leidenschaftlich auf den Mund. Er hörte Alex kichern, andere sich bewegen, aufstehen oder zur Seite rücken, um besser zu sehen, er spürte Lolas Wut, dann hörte er plötzlich auf, sie zu küssen, stellte sie wieder aufrecht hin, wie er es mit einem schweren Gegenstand getan hätte, drückte ihr das Glas in die Hand und kehrte an seinen Platz zurück. Es kam ihm vor, als sei die Nacht von leuchtenden Blitzen durchzogen, als sei es die letzte Nacht eines Lebens ohne Glanz.

DIE FAMILIEN UND GRUPPEN kamen von überall her. Die Kinder trugen Papierlaternen am ausgestreckten Arm und liefen mit ernsten, vom schwankenden Licht erhellten Gesichtern zum Strand. Dort gesellten sie sich zu anderen Familien mit Teenagern, denen sie in wenigen Jahren gleichen würden. Das war ein besonderer Abend, man würde mit großem Radau Schüsse abgeben, Blitze würden tief in den Himmel eindringen und dann geräuschlos verlöschen, ein farbiges Aufblitzen und wieder Nacht. Frauen hatten ihren Klappstuhl mitgebracht und saßen dick und aufmerksam vor dem mit dem Himmel verschmolzenen Meer, mit der Geduld derer, die über nichts mehr staunen. Die Männer neben ihnen sprachen laut, mit rauem Akzent, kurze Sätze, die alles zu wissen schienen. Paare saßen auf dem Deich, einen Pullover um den Hals geschlungen, schön und lässig, als sei es normal, zu zweit zu sein und nicht am Glück zu zweifeln. Nicolas fragte sich, wie viele von den Männern, die in dieser Nacht durch den Ärmelkanal schwammen, wohlbehalten ankommen würden. Das Meer weiß Dinge, von denen wir nichts ahnen. Lola sah die Gesichter der jungen Mädchen im flüchtigen Licht, sie lachten und bewegten sich, nur ein Ziel vor Augen: von einem Jungen bemerkt, erwählt, geliebt zu werden, von irgendeinem, mit

dem sie sich in das stürzen würden, was man »eine Geschichte« nennt. Es war einmal. Es war einmal, am Strand
von Coutainville, am 14. Juli … Und da endet das Märchen.
Delphine sah Denis' Rücken, seine breiten Schultern, seinen Nacken, in dem sich seine Haare kringelten wie ein
letztes Zeichen kindlicher Zartheit. Alex erklärte Denis die
atomare Energie des Feuerwerks und die Oxydation der
Farben; sie fragte sich, wo er diese Sachen aufschnappte.
Und wenn er selbst Vater wäre, würde er sein wie sein ei-
gener, ein aufmerksamer, reicher, schöner Vater, der sich
mit seinen Kindern abgibt, um ihre Mutter besser zu meiden? Ohne zu wissen, dass sie da ist, direkt hinter ihnen,
und dass der Nacken mit den wenigen gekräuselten Haaren ihres Mannes eine Rührung auslöst, die sie überrascht?
Etwas, das sie so sehr geliebt hat und das jetzt nur noch ein
Nacken ist? Jeanne und Rose hatten Dimitri und ein paar
Freundinnen von Jeanne wiedergetroffen; Delphine wusste
ihren Namen nicht, sie verwechselte sie, aber warum sollte sie auch versuchen, sie zu unterscheiden? Würden sie
nicht bald Frauen werden, die einander glichen, über-
fordert und anspruchsvoll? Das Leben würde sie in seinem
wilden Strom mitreißen wie winzige Fische in den Strom-
schnellen, und sie würden glauben, schnell voranzukom-
men, obwohl sie nur vom allgemeinen Rhythmus fortge-
rissen würden. Dimitri schien der einzige Junge zwischen
ihnen zu sein, was nicht stimmte, aber seine Reglosigkeit,
seine angespannte Haltung, so aufrecht in der Nacht, ließen
ihn wie ein Beschützer und Wächter aussehen. Man hätte
jedoch nicht sagen können, ob er sie schützte oder nur

nicht vor ihnen floh. Marie gesellte sich zu ihren Freundinnen:

»Ich habe Nicolas in der Menge verloren.«

Delphine zeigte ihn ihr, er redete ein Stück entfernt mit Bekannten, mit denen sie früher geritten war.

»Wer ist das?«

»Baptiste und Guillemette de Saint-Pierre, sie haben mit Bohnen ein Vermögen gemacht.«

»Was hat Nicolas mit ihnen zu tun?«

»Sie haben Pferde. Aber ich sag's dir gleich: keine Rennpferde, das ist nicht ihr Stil. Sie sind sparsam, ängstlich und vorausschauend, ihr Vermögen ist unangetastet, sie geben nichts aus. Sie wollen nur eins: wissen, dass es da ist.«

Marie betrachtete sie mit dem Interesse einer Neubekehrten, versuchte in der Dunkelheit zu erkennen, worin sich diese stinkreichen Leute von ihr unterschieden. Woran erkennt man, dass das Leben ohne Sorgen ist?

»Da seid ihr ja, Mädels!«, sagte Alex, der sich umgedreht hatte.

»Allerdings, mein kleiner Held«, sagte Lola, »alle vereint, bis morgen früh.«

»Weißt du, warum das Feuerwerk bunt ist?«

»Also, ich weiß es«, sagte Marie. »Du hast es mir in deinem großen Heft gezeigt.«

Denis hatte sich ebenfalls umgedreht. Er war unangenehm überrascht, sie direkt hinter sich zu sehen. Delphine sah ihn merkwürdig an, als forderte die Feindseligkeit plötzlich eine zu große Anstrengung, und er sah ihre Müdigkeit, ihre Augen waren wie zwei Himmelsflecken, wunderbar blau in dieser Dunkelheit, vielleicht hatte sie Fieber, er wollte ihr sagen, sie solle sich keine Sorgen machen: Er würde wegen der großen Kiefer einen Spezialisten kommen lassen, und man würde sie heilen. Aber als er zum Reden ansetzte, als ein Anflug enttäuschter Zärtlichkeit ihn zu ihr trieb, besann er sich auf seinen Entschluss, glücklich zu sein, für die Zeit, die ihm blieb.

»Samuel sucht dich«, sagte er zu Lola.

»Er will dich wieder küssen, glaube ich«, sagte Alex und versteckte sein glückliches Lachen.

»Ich glaube, er will sie eher auffressen«, sagte Marie, »sie einfach so auffressen.«

»Das ist Liebe, glaube ich, ja, Lola, glaubst du nicht, dass das Liebe ist?«

»Du bist wirklich anstrengend, Alex, lass sie doch in Ruhe!«, sagte Delphine.

Denis sah sie verbittert an, dann sagte er leise zu dem Jungen, wie man ein lustiges Geheimnis verrät:

»Du darfst nie von Liebe sprechen, wenn deine Mutter dabei ist, sonst wird sie wütend.«

Er nahm Alex bei der Schulter, und sie gingen weg.

»Was ist denn mit dir los?«, fragte Marie.

»Was soll mit mir los sein? Er geht einfach zu weit.«

»Du drehst durch, wahrhaftig, der Kleine kann überhaupt nichts dafür, dass du seinen Vater hasst!«

»Wer hat gesagt, dass ich seinen Vater hasse?«

»Seid still, das Feuerwerk fängt an. Seid still!«, sagte Lola.

Sie nahm die beiden bei der Hand. Sie wollte diese

Nacht erleben, als wäre die Zeit stehen geblieben. Nichts Wichtiges sollte geschehen, sie sollten oberflächlich sein und nichts anderes empfinden als einfache, geradezu primitive Freude. So würden sie bis zum nächsten Morgen sorglos und naiv bleiben.

ES WAR EIN KLEINES FEUERWERK, ohne viel Aufwand, es dauerte nicht lange. Bald schon applaudierte der ganze, erneut in Dunkelheit getauchte Strand, und die vielen Gestalten, die vor der schwarzen Unendlichkeit standen, schienen einer heidnischen Gottheit zu huldigen. Marie überlegte sich, dass ihr dieses Geräusch fehlen würde, der Beifall. Sie liebte die Vorstellung, dass, wenn sie sich verneigte, im selben Moment in vielen Theatersälen in Paris, den Vororten, der Provinz Männer und Frauen in der Dunkelheit den Gauklern im Licht applaudierten, bevor diese sich in winzigen Garderoben abschminkten, die mit welken Blumen, kleinen Grußkarten und in den Spiegelrahmen geklemmten Fotos notdürftig dekoriert waren. Die Kinder zogen mit ihren schaukelnden Laternen ab, das Lachen der Teenager sollte dominant und glücklich klingen, ein Mann freute sich, dass es schöner sei als in Lion-sur-Mer, ein kleiner Junge sagte zu seiner Mutter, dass er schon groß sei, dass er keine Angst gehabt habe; o ja, sagte seine Mutter, du bist jetzt groß, wo ist dein Vater? Schon wurden Knaller geworfen, es roch nach Pulver, und vom Platz her kam Musik. Marie gesellte sich zu Nicolas und Denis, die am Strand nach Coutainville gingen. Sie sahen die immer zahlreicheren Wolken vor dem roten Mond vorbeiziehen. Sie sahen

213

das ferne Licht eines Schiffes. Die Urlauber auf dem erleuchteten Deich. Die Laternen in regelmäßigen Abständen und den schwachen Nebel im Lichthof der Lampen. Sie sahen die Einwohner an den Fenstern der Häuser auf dem Deich, die sich dazu beglückwünschten, für das Feuerwerk in der »Ehrenloge« zu sitzen und nicht an den Strand gehen zu müssen, und die das Gewimmel mit der Herablassung jener betrachteten, die immer ein bisschen mehr Glück haben als die anderen.

»Es sind keine Sterne mehr da«, sagte Denis.

»Nein, man sieht sie nicht mehr«, sagte Nicolas.

Und Marie fand diese kindliche Überlegung lustig: Was man nicht mehr sieht, ist nicht mehr da? Sie dachte an Anaïs als Zweijährige, die sich die Hände vor das Gesicht legte und zu verschwinden glaubte. Marie fragte dann: »Habt ihr Anaïs gesehen? Wo ist denn Anaïs?«, und hinter ihren Patschhändchen quoll Anaïs' Lachen hervor wie ein Wasserfall, dann nahm sie die Hände plötzlich vom Gesicht und sah ihre Mutter an, die rief: »Da ist sie ja!«, und nun explodierte das Lachen der Kleinen und das Spiel begann von Neuem. »Habt ihr Anaïs gesehen? Wo ist denn Anaïs?« Wo Anaïs war? Am Strand von Tel Aviv. »Habt ihr keine Angst?«, fragte man Marie und Nicolas. »In Israel? Habt ihr keine Angst?« Sie hatte Lust zu antworten, dass sie von Anfang an Angst gehabt hatte. Seit dem ersten nicht ausgetrunkenen Fläschchen, dem ersten Fieber, dem Wespenstich, dem Sturz auf den Kopf, dem Fahrrad auf der Fernstraße, der Metro um Mitternacht, dem schäbigen Freund, immer schäbig im Verhältnis zu Anaïs, zwangsläufig beschränkt, ohne Format, ohne Ausstrahlung, ohne Geld, ohne Talent, ja, sie hatte Angst und konnte sich nicht mehr erinnern, wie es vorher gewesen war. Als sie nur sich selbst hatte. Die Ängste waren konkreter, weniger diffus. Sie tauchten nicht plötzlich aus dem Nichts auf, wie kleine Explosionen im Bauch. Vorher dachte sie nicht an den Tod wie an eine Möglichkeit. Der Tod war für diejenigen, die das richtige Alter, »die Voraussetzungen« hatten, wie sie sagte, die Greise, die Kranken, die an Krieg gewöhnten Länder, die an Hunger gewöhnten Völker, das alles war weit weg und ohne Gewicht. Anaïs hatte Maries Leben eine merkwürdige Tiefe gegeben. Immer war im Vordergrund oder im Hintergrund, in der Mitte ihres Lebens das Kind. Das Kind lebte wie ein Teil von ihr, ein festsitzendes Licht in der Pupille, man konnte es nie vergessen, selbst wenn man nicht daran dachte, vergaß man es nicht, das war unmöglich. Und Marie war nicht sicher, ob sie Lust hatte, ihre Tochter im August am Strand von Tel Aviv zu sehen, braun gebrannt, selbstsicher, vertraut mit den Worten einer Sprache, die Nicolas und sie nicht verstanden. Es war seltsam, die Tochter unverständliche Sätze sagen zu hören, auf die andere, Ausländer, Unbekannte antworteten.

»Jetzt kommt Wind auf«, sagte Denis.

»Ja, der Wind kommt auf«, sagte Nicolas.

Er ließ etwas Zeit verstreichen, dann versuchte er, etwas fröhlich und unbekümmert zu klingen, um zu sagen, was nicht fröhlich war:

»Delphine wurde nicht sitzen gelassen, wie du glaubst.«

»Wie?«, fragte Denis.

Und sah dabei Marie an, als müsste sie sich für Nicolas, für seine Dummheit und Schwerfälligkeit entschuldigen.

Der Wind war jetzt fast warm, als würde die Luft, je näher sie dem Zentrum von Coutainville kamen, immer kompakter, mit zu vielen Menschen geteilt. Nicolas fühlte sich sentimental und verloren. Er wünschte sich, dass alles anders abliefe, ehe es zu spät wäre, und wenn er sich einen Schnitzer leistete, wenn er als Trottel dastand, ein Freund, der zu viel getrunken hatte, na wenn schon!

»Ich habe mit ihr gesprochen. Ich habe heute Abend mit ihr gesprochen, und sie hat mir gesagt ...«

Denis legte ihm den Arm um die Schulter.

»Ich hab mir schon immer gedacht, dass du ein bisschen in meine Frau verliebt bist!«, unterbrach er ihn lachend.

Und Marie dachte, dass er recht hatte, Nicolas war immer ein bisschen in Delphine verliebt gewesen, wie man in eine ältere Schwester verliebt sein kann, die so hübsch und so verschlossen ist, so anders und fern von all dem, was die anderen Frauen abnutzt, sie vertraut und konkret macht. Aber darum ging es nicht in dieser Nacht, Marie wusste es. Und Denis wusste es auch. Aber er wollte nichts mehr über Delphine erfahren, er war erschöpft davon, sie so sehr geliebt zu haben, und er war über fünfzig. Er wusste, wohin ihn das Leben führte und was er zu erwarten hatte. Er wusste besser als jeder andere, dass Geld einen vor gar nichts schützt. Es verschafft den Ahnungslosen höchstens ein paar Illusionen, er aber wusste Bescheid. Er ärgerte sich, dass er auf eine Begegnung, eine andere Frau wartete, um für die verbleibende Zeit glücklich zu sein. Er wäre so gern zu etwas anderem imstande, für immer in die Wüste zu flüchten und dort seine Freude zu finden. Er wäre gern dieser Mann gewesen, karg und weise. Er war es nicht. Er liebte den Luxus, weil einem der Luxus erlaubt, nicht an die alltäglichen Dinge zu denken. Er wusste, dass er eine Grenze überschritten hatte und dass es Nöte gab, die er nie kennenlernen würde. Er lebte in einer stabilen Welt, mit Häusern, Gütern, randvollen Schränken und Bankkonten. Er würde niemals den Mangel, erbärmliche Wohnungen, kaputte Autos, Ferien auf dem Balkon und drückende Schuhe kennenlernen. Er war für immer in der freien Welt.

»Tanzt du trotzdem mit mir?«, fragte Marie Nicolas.

»Warum trotzdem?«

»Wegen deiner Hüfte.«

»Gerade deswegen, ich muss sie trainieren.«

»Trainieren, trainieren! Scheiße noch mal«, sagte Denis. »Kannst du nicht einfach sagen, dass du dich darauf freust, mit deiner Frau zu tanzen?«

»Ich freue mich darauf, mit meiner Frau zu tanzen.«

Und Nicolas fragte sich, warum Denis nicht aufhörte, ihm das Wort abzuschneiden, warum er so gekünstelt fröhlich war, eine übertriebene und autoritäre Freude zur Schau trug. In der Ferne sang Nancy Sinatra *Bang Bang*, die Ukulele zitterte in der Nacht in zarten Wellen, *»I was five and he was six, we rode on horses made of sticks«*, und sie schwiegen und liefen zwischen dem fernen Klang der Ukulele und dem nahen Rauschen des Meeres, das sich unmerklich, mit winzigen Wellen zurückzog, wie ein Zeuge, der rückwärts hinausgeht und dessen Abwesenheit man nur wegen der Stille bemerkt, die sie verursacht.

JEANNE FÜHLTE SICH SCHÖN. Die Strassspange in ihrem Haar war echt, ihre Haut war rein, sie hatte keinen Sonnenbrand auf der Nase, und ihre Taillenweite war wie die von Victoria Beckham, sogar in ihrem Rock in Größe 40, sie war glücklich, sie gehörte zu einer der reichen Familien von Coutainville, einer vereinten, lustigen Familie, umringt von Freunden, deren Maskottchen sie war. Sie erwartete, dass ein Unbekannter sie zum Tanzen aufforderte. Sie erwartete, dass der Bassist bei ihrem Anblick ausflippte und ihr bebend seine Stücke widmete. Sie erwartete, dass Rose sie bewunderte und versuchte, sie zu kopieren, ohne dass es ihr je gelang. Sie erwartete, dass ihr Vater ihr eine Standpauke hielt, weil sie so hübsch war und alle Jungen ihm seine Prinzessin rauben würden. Aber nichts geschah. Es war das gleiche altmodische kleine Fest, wie als sie fünf gewesen war und sich um sich selbst gedreht hatte, damit ihr Rüschenröckchen flatterte. Es waren dieselben Jungs wie die, mit denen sie jahrelang um die schönste Sandburg gewetteifert hatte, für die sie dann einen blauen Wimpel und ein Heft von *Okapi* mit einem Furzkissen oder ein Hütchen mit dem Logo des Mickymausclubs gewannen. Heute hatten sie lediglich dickere, behaarte Waden, Basecaps mit nach hinten gedrehtem Schirm und iPods. Aber es waren dieselben, und sie hießen immer noch Julien Petitgirard, Guillaume Lévy oder Pierre-André Capdevielle. Es war unmöglich, von ihnen zu träumen. Unmöglich, in ihnen nicht die einstigen Kameraden vom Trampolin zu sehen. Jeanne fühlte sich für niemanden schön. Und am wenigsten für sich selbst. Sie riss sich ihre Haarspange aus falschem Strass aus den Haaren und rannte zum Strand. Nachdem Dimitri ein paar Sekunden lang auf seinen Fuß gestarrt hatte, der auf dem Boden scharrte wie der Huf eines nervösen Pferdes, verließ er die Saalecke, in die er sich geflüchtet hatte, und folgte ihr.

»*Sex on the beach*«, erklärte Samuel dem Barkeeper, »ist ein billiger Drink, ein echter Bretterknaller.«

»Nicht unbedingt.«

»Hör mal, der ist total überbewertet! Wird er oft bestellt?«

»Nie!«

»Ha! Das wundert mich gar nicht. Total überbewertet!«

»Den gibt's bei mir nicht.«

»Ach so? Na ja, dann liegt es wohl daran, dass er nicht bestellt wird.«

»Wahrscheinlich.«

Samuel drehte sich auf seinem Hocker, fragte sich, warum er einen Wodka bestellt hatte, und vor allem, warum er diesen Barkeeper duzte, der zu allem Übel viel älter war als er. Fühlte er sich reich unter Reichen, Freund des Dorfmoguls, zu jeder Vertraulichkeit ermächtigt? »Sag er mir, guter Mann, sind seine Cocktails ebenso gut wie im Schloss?«, und er lachte allein vor sich hin, er war der Kerl, der Lola bezwungen hatte, für … mindestens zehn Sekunden, vor den Augen ihrer Leibgarde, ihrer Vertrauten, vor denen, die in der richtigen Reihenfolge fast alle Namen ihrer Liebhaber aufsagen konnten, die Namen der Eintagsfliegen, der Demütigen, die *Sex on the beach* tranken, ohne das große jährliche Ritual, das hübsche Fest in dem hübschen Garten zu stören. Und plötzlich wünschte er sich, dass alle aufhörten, älter zu werden, und auf ihn warteten. Er würde sie einholen. Er würde der Freund vieler Erinnerungen und vieler 14. Juli sein, er würde auf den Fotos posieren, man würde das Kajütenzimmer »das Zimmer von Samuel und Lola« nennen, auf dem Boot würden Gummistiefel in seiner Größe warten, und in der Bar würde sein Lieblingswhisky stehen. Ein Mädchen mit übermäßig hohen Absätzen war auf das Podium gestiegen, sie trug zu kleine Jeansshorts und hatte riesige Brüste unter einem apfelgrünen T-Shirt. Schon bei den ersten Noten des Dudelsacks, der hier durch eine Geige ersetzt wurde, erkannte Samuel die unsägliche Musik von *Titanic*. Die Sängerin, die um die dreißig sein mochte und so erschöpft aussah, als hätte sie diese dreißig Jahre alle auf Dorffesten verbracht, warf ihr Haar nach hinten und imitierte die verzweifelte, flehende Miene von Céline Dion, bevor sie loslegte: *»Every night in my dreams I see you I feel you«*, dann streckte sie unauffällig die Hand nach hinten, um nach einer schon geöffneten Bierdose zu greifen. Die Nummer war perfekt arrangiert. Samuel fragte sich, wie man zu dieser unechten irischen Musik tanzen sollte. Er hatte Lola am Strand nicht gefunden, das Feuerwerk war vorbeigegangen, ohne dass er ihr einen Heiratsantrag gemacht hatte, und jetzt wusste er nicht mehr, ob er sie liebte oder ob er einfach vor Stolz durchgedreht war. Ihm fiel der Streit ein, den sein Vater im Garten von Mâcon mit seinem Nachbarn um eine Trennmauer geführt hatte. Er dachte daran, wie leicht man über dem Bedürfnis zu gewinnen das Leben vergisst. Er schloss die Augen, versuchte sich zu erinnern. In dieser Bar, wo er Lola zum ersten Mal gesehen hatte, kam sie auf ihn zu, aufrecht, schön, entschlossen, und dann war ihr plötzlich ein Absatz weggerutscht und sie war ins Schwanken geraten, worüber sie lachen musste, ohne die Augen von Samuel abzuwenden und innezuhalten. Instinktiv machte er eine Bewegung, als wollte er sie vor dem Sturz bewahren, was lächerlich war, denn sie war noch viel zu weit weg. Und die Zeit war ihm lang vorgekommen, bis diese Frau, die lachend humpelte, bei ihm war und sagte:

»Guten Abend, ich glaube, wir kennen uns nicht?«

O doch, er kannte sie, er hatte ihr Gesicht im Fernsehen gesehen, abends, im Wohnzimmer in Mâcon, aber er hatte sich nicht getraut, es ihr zu sagen. Sie hatte ihre Schuhe ausgezogen und mit nicht ganz überzeugender Autorität auf den Tresen gestellt:

»Der Absatz ist abgebrochen. Ein Tequila, Pedro, mein Schatz.«

Und der Barkeeper Pedro hatte sie unverzüglich bedient, trotzdem klopfte sie mit ihrem Schuh auf die Theke, damit er sich beeilte, ohne Samuel aus den Augen zu lassen:

»Bitte ziehen Sie Ihre Schuhe aus.«

Aber genau solche Sachen brachte er nicht fertig. Er wandte sich von ihr ab, und es zerriss ihn förmlich: Diese Frau für einen Moment aus den Augen zu lassen, dieses Gefühl, abzustürzen, wie ist das möglich? Sein Herz zieht sich zusammen, wie blutleer, abgestorben, zu eng, er verzieht das Gesicht, während er sein Glas anstarrt, in ihm schreit eine Stimme, er solle sich umdrehen, sie zurückhalten, und er sieht das Tequilaglas, Lolas kleine, braune Hand, die Finger mit den roten Nägeln, die Ringe, sie greift nach dem Glas, und er hört, dass James Brown gespielt wird, und das Glas bewegt sich langsam, die Hand verschwindet, die andere greift nach den Schuhen, dem abgebrochenen Absatz, den roten Lederriemen, er sieht die Armbändern am Handgelenk, so zart wie das eines Kindes, und plötzlich, mit einer Entschlossenheit, die er gar nicht von sich kennt, legt er die Hand auf ihre und sagt:

»Ich kann das nicht, ich kann meine Schuhe hier nicht ausziehen.«

»Pedro, mein Schatz, ein doppelter Tequila für den Herrn!«, ruft Lola, und als sie ihn anspricht, flüstert sie, und das ist ein neuer Schmerz in Samuels Bauch und Brust: »Es kommt nicht infrage, dass Sie mir auf die Füße treten, und ich habe vor, zu tanzen, bis die Bar zumacht, und sagen Sie mir bloß nicht, Sie können tanzen, das stimmt nicht und das sieht man. Kippen Sie den Tequila hinter, ich warte nicht gern.«

So hatte es angefangen. Jetzt behauptete sie, sich an nichts zu erinnern, viel zu betrunken gewesen zu sein; er glaubt, dass sie lügt. Liebt er sie? Woran erkennt man dieses Gefühl, von dem die Bücher, die Filme und die albernsten Lieder erzählen? Ein Wurf mit der Münze. Kopf oder Zahl. Man kann beschließen, verliebt zu sein. Samuel sah

223

zu der dreißigjährigen Sängerin auf der Bühne, die dachte, sie könnte ihrem Lied mehr Wirkung verleihen, indem sie die Augen schloss, als wäre all diese Liebe nicht zu ertragen, und das apfelgrüne T-Shirt war unter den Achseln durchnässt. Ein Mann, vielleicht auch eine Frau waren in eben diesem Moment dabei, sich in die Frau zu verlieben, irgendjemand fand sie wunderbar, gefühlvoll und aufrichtig, sie gab ihr Bestes, verdiente ihr Leben bei erbärmlichen Dorffesten, ohne dass es ihrer Liebe zur Musik schadete, denn sie hatte seit frühester Jugend beschlossen, dass sie Sängerin werden würde, und ihre Familie hatte sie ausgelacht, aber letztendlich war es genau das, was sie jeden Samstagabend tat, sie sang, und die Leute tanzten. Er sah Denis und Nicolas mit ihren Frauen und ein paar Freunden, sie tranken Bier. Sollte er zu ihnen gehen und sie fragen, wo Lola war? Sollte er mit ihnen anstoßen und mit ihnen über den Gezeitenkoeffizienten und das Studium der Kinder reden, alle diese Worte, die man über die Musik hinwegschrie, die ohne Bedeutung waren und oft ohne Antwort blieben?

»Ist Lola nicht bei Ihnen?«

Rose stand vor ihm, im Sonntagsstaat, mit geröteten Wangen und atemlos, wie zerrissen von allzu großer Angst. Die Sängerin stimmte jetzt *L'Eté indien* an, und er forderte Rose zum Tanzen auf. Sie lächelte ihn verlegen an, sie schien keine Lust zu haben, traute sich aber nicht abzulehnen. Ohne die Wärme der Stimme von Joe Dassin wurde die ganze Erbärmlichkeit des Textes von *L'Eté indien* offenbar. Samuel begann zu lachen, und da bat ihn Rose um Entschuldigung.

224

»Wofür denn, Rose?«

»Ich bin Ihnen auf den Fuß getreten.«

»Nein. Und selbst wenn, hätte ich darüber nicht gelacht. Du kannst mich ruhig duzen.«

»Okay.«

»Gut.«

Er hielt sie mit keuschem Abstand in den Armen, und sie dachte, dass sie ihn irgendwie abstieß, dass sie vielleicht nach Schweiß roch oder dass ihr blumiges Eau de Cologne ihm nicht gefiel; das ging vielen so, ihr wurde auch ein bisschen schwindlig, wenn sie es benutzte, eine leichte Übelkeit, wie auf der Rückbank eines Autos.

»Ist Jeanne nicht bei dir?«, fragte Samuel.

»Nein.«

»Ist sie mit Dimitri zusammen?«

»Ja.«

»Das ist ein netter Junge. Delphine mag ihn nicht, aber sie hat unrecht.«

»Das ist normal, sie ist die Mutter.«

Er fragte sich, wo sie solche Sätze gelernt hatte, die sie mit resignierter Traurigkeit aussprach, eine Entschuldigung, die man irgendwie bedauert: »Sie ist die Mutter.« Er lachte erneut, ohne es zu wollen.

»Er ist gar nicht so nett«, sagte Rose, um sich ein bisschen wichtig zu machen, denn wer war er eigentlich, dass er sich über sie lustig machte. Ein Gast wie sie, weiter nichts.

»Nein? Er ist gar nicht so nett?«

»O nein! Er ist vor allem sehr intelligent!«

»Ach so.«

»Lola hat Dimitri gesagt, dass Sie ein Kind haben, stimmt das?«

»Wie bitte?«

»Lola hat Dimitri gesagt, dass Sie ein Kind haben, stimmt das?«

Jetzt lachte Samuel laut, und er spürte deutlich, dass er einen Schwips hatte:

»Delphine hat recht. Dein Dimitri ist ein verdammter Lügner! Ich habe kein Kind, Rose.«

»Ach so.«

Und sie runzelte die Stirn mit schmerzhafter Konzentration, starrte über Samuels Schulter hinweg, als verdächtigte sie die anderen Tänzer irgendwelcher Betrügereien. Er lächelte überhaupt nicht mehr. Irgendwas war soeben gekippt, irgendwas tauchte auf, eine Warnung, eine konturlose Vorahnung.

»Was hat Lola genau zu Dimitri gesagt?«

»Wie?«

»Was hat sie zu ihm gesagt?«

»Zu Dimitri?«

»Hat Lola ihm gesagt, dass sie ein Kind hat?«, schrie er.

»Ja doch. Einen kleinen Jungen.«

Jetzt war Rose erschreckt, sie spürte die Bedrohung, war daran gewöhnt und ertrug es nicht mehr, hielt es nicht mehr aus, in ständiger Alarmbereitschaft zu sein, immer bereit, sich zu verteidigen oder zu fliehen. Tränen brannten ihr in den Augen, sie hasste es, sie verstand nicht, woher die Tränen kamen und warum sie salzig waren und was sie bedeuteten; warum bringt uns das, was uns wehtut, zum Weinen?

Sie zögerte, nervös, gereizt, und schließlich flüchtete sie, stieß heftig atmend die Tänzer beiseite, ließ Samuel allein mitten auf der Tanzfläche zurück. Die Sängerin beendete ihr Lied mit angstvoller Verzweiflung im Gesicht, dann fragte sie die Anwesenden, ob das nicht ein heißer Abend sei, yeh! Und dann sagte sie »Ich höre euch nicht, seid ihr da, seid ihr heute Abend alle da?« Samuel dachte, dass diese Frau keine Ahnung von der Wirklichkeit hatte. Und dass sie sich darin auf jeden Fall glichen.

SO WAR ALSO DENIS an diesem Abend an Delphines Seite, wie in den anderen Jahren. Und Nicolas und Marie begleiteten sie, verliehen dem Duo seine Glaubwürdigkeit, zwei unzertrennliche Paare von Freunden, die Bier trinken und so tun, als interessierten sie sich für die Erbschaftsprobleme der Lagranges, Jean und Sophie, eins der wenigen Paare, das, wie sie, »hielt«. Ein Paar, das hält, dachte Denis. Aber woran? Woran klammert man sich? An die Angst vor der Dunkelheit? Die Angst vor der großen Einsamkeit, dem Alter ohne Gesellschaft, den Selbstgesprächen und dem Fernsehen? Nicolas sah Delphines blauen, zitternden Blick. Sie überwachte aus dem Augenwinkel Alex und Enzo, die beide tanzten und herumschrien, die Idioten spielten, weil sie sich nicht im Rhythmus bewegen konnten. Er forderte Marie auf. Ihr Körper war schön, von einem schwarzen Kleid umschlossen, ein üppiger Körper, der sich ohne Scham, ohne Komplexe öffnet. Rundliche Frauen sind eine Zuflucht. Er tanzte eng an sie geschmiegt, um sich wiegen zu lassen. Er spürte weder seine Hüfte noch die Welt um sie herum noch die Schwüle der Luft. Er hätte am liebsten nichts von Delphines Vertraulichkeiten vernommen, Dimitri nie getroffen, wollte nur der nette Mann sein, der, vor dem Unglück geschützt, das Leben genoss.

228

»Für mich ist die transgenerationelle Schenkung zu Leb-
zeiten eine kleine Revolution!«, brüllte Sophie Lagrange
Denis ins Ohr.

»O ja«, brüllte er zurück, »eine kleine Revolution.«

Gleich darauf drehte er sich zur Tanzfläche um, damit
sie schwieg, damit sie mit jemand anderem sprach. Er kannte Sophie und Jean seit zehn Jahren, und wenn er sie jedes
Jahr wiedersah, sagte er sich, dass er schrecklich gealtert
war, denn jedes Jahr sah er in ihren Gesichtern die Zeichen
der Zeit, die er in seinem nicht wahrnahm. Er wusste wohl,
dass man von ihm nicht mehr sagte, er sehe gut aus. Man
sagte, ein schöner Mann oder, noch schlimmer, »immer
noch ein schöner Mann«. Jean forderte Sophie auf. Er blieb
allein mit Delphine, die hinter ihm saß. Allein mit den Worten eines englischen Lieds, das ihm nichts sagte, die Sängerin streckte die Arme aus, drehte die Hand hin und her und
brüllte *»If you want me again«*, die Haare klebten ihr an der
Stirn, Denis dachte, dass er ihr Vater sein könnte, und dieser Gedanke schockierte ihn. Seit wann war er alt genug,
um der Vater einer Sängerin, einer Schauspielerin, der Lehrer seiner Kinder zu sein? Seit wann war er alt genug, um
sich vor Mitternacht nach dem Bett zu sehnen und nicht
mehr zu glauben, dass ein Tanz mit seiner Frau irgendetwas
reparieren könnte? Aber wer weiß, vielleicht würde es sie
erleichtern, ein Lied lang? Sie würden drei Minuten trick-
sen, was war schlecht daran? Vielleicht könnte es eine Waf-
fenpause sein, dachte er, und er drehte sich zu ihr um, sie
zuckte zusammen, weil sie ihn gerade angeschaut hatte,
ohne dass er es wusste.

»Was?«, fragte er.

Sie wies mit einer Handbewegung auf seine Haare, die Löckchen im Nacken.

»Ich verstehe dich nicht«, sagte er.

Sie streckte die Hand aus, wusste, dass er nicht sehen konnte, was in seinem Nacken war, aber sie wollte nicht die Sängerin überschreien, und diese Denis entgegengestreckte Hand war eine größere Anstrengung, als sie zu sagen vermochte.

»Ich verstehe dich nicht«, wiederholte er so leise, dass er selbst es nicht hörte und es ihm vorkam, als würde er beim Sprechen ertrinken.

»Deine Haare«, sagte sie, aber er konnte nichts von ihren Lippen ablesen, und es war, als flehte sie ihn an; er wusste nicht, worum.

Und dann war es, als würden sie heftig irgendwo aufprallen: Der Schock von Lolas plötzlicher und mächtiger Präsenz, die mit überraschender Kraft für ihre geringe Größe neben Delphine Platz nahm.

»Es ist noch weit weg!«, brüllte sie.

»Was?«

»Das Gewitter. Es ist noch weit weg, aber meiner Meinung nach sollten wir fix nach Hause gehen.«

»Hast du Jeanne gesehen?«, fragte Delphine. »Ich sehe Jeanne nicht.«

Warum tauchte Lola gerade jetzt auf? Warum war sie nicht bei Samuel?, fragte sich Denis. Und es kam ihm vor, als hätte er ohne Lolas Anwesenheit die Fehler eines Lebens gutmachen können, indem er seine Frau zum Tanz

230

aufforderte. Seit sechzehn Jahren brachte Lola Unbekannte in sein Haus, am Anfang war es ihm egal gewesen, aber seit ein paar Jahren konnte er sie nicht mit einem von ihnen lachen und herumalbern sehen, ohne sich vorzustellen, dass sich Delphine mit den Männern, die sie traf, ebenso verhielt.

»Sag mal Lola«, setzte er mit leicht ironischer Freundlichkeit an, »Samuel hat uns die große Neuigkeit verraten! Das Feuerwerk ist vorbei, du könntest vielleicht ...«

»Ich könnte vielleicht?«

»Es Delphine und Marie verraten. Nicolas und ich wissen vor ihnen Bescheid, das ist nicht fair.«

Das war unschlagbar. Indem er Nicolas ins Spiel brachte, sicherte er sich eine unanfechtbare Legitimität. Er beugte sich über den Tisch, lächelte Lola an und spürte seine Frau so nah, so aufmerksam, jetzt war er sicher, dass sie eingewilligt hätte, mit ihm zu tanzen, sie tanzte so gern, er erinnerte sich an Rock-'n'-roll-Wettbewerbe, die sie immer gewonnen hatten, früher, als sie noch keine dreißig waren. Damals trug Delphine lächerliche und entzückende Kleidchen mit rosa Blüten, sie schien aus einer anderen Zeit zu kommen mit ihren Ballonärmelchen, sie kleidete sich, wie man sich bei ihr kleidete, beim braven Bürgertum von Saint-Mandé. Er erinnerte sich an den Tag, wo er ihr eine Schere gegeben hatte und sie lachend, mit roten Wangen und fröhlicher Scham ihre Kleider zerschnitt, jetzt kleidete sie sich so gut, sie war immer so schön.

»Samuel hat uns eingeweiht, sei ihm nicht böse, er war so stolz. Es war ihm so wichtig, dir seinen Antrag am Strand zu machen, nach dem Feuerwerk. Und was hast du geantwortet?«

Lola verkörperte plötzlich alles, was er nicht mehr ertragen konnte. Es war lächerlich, wie sie mit achtunddreißig immer noch den Drang verspürte, Eroberungen zu machen, ein paar Monate lang zu gefallen und den Partner zu wechseln, sich einem anderen vorzustellen, Name, Vorname, Adresse, Beruf, verstohlenes Lachen und zwei, drei diskrete Nachbesserungen beim Make-up.

»Hast du Ja gesagt?«, fragte er, während sie ihn so ratlos ansah, als verstünde sie seine Sprache nicht.

Und er spürte das Gewitter, das vom Meer kam, und das Meer, das sich zurückzog, und den roten, von Wolken getrübten Mond. Er wusste das alles, ohne es zu sehen, er wusste, welche Panik ausbrechen würde, wenn der Regen anfing, sie würden einander rufen und suchen, über leere Bierdosen stolpern, zwischen den Strömen von Erbrochenem und fettigem Papier herumrennen.

»Hast du Ja gesagt?«, wiederholte er beinah drohend. »Hast du Ja zu seinem Heiratsantrag gesagt?«

Die Sängerin war verstummt. Sie hatte ihr Mikro weggelegt, ohne es auszustellen, und es pfiff in der Luft, während alle an ihre Plätze zurückkehrten. Delphine hatte sich zu Lola umgedreht, ihre Freundin war von heftiger Empörung gepackt, das konnte sie gut verstehen. Denis' Brutalität raubte einem oft den Atem.

»Es gibt ein Gewitter, wir sollten nach Hause gehen«, sagte Nicolas.

»Habt ihr Jeanne gesehen?«

»Ich habe sie mit einem riesigen Burschen mit schwarzen Augen hinausgehen sehen«, sagte Sophie. »Sie sind runter zum Strand.«

»Geht nach Hause«, sagte Denis. »Ich gehe sie suchen, sie wird mich schon hören. Beeilt euch, es regnet gleich.«

Und schon regnete es, der Staub wirbelte in dichten Wellen vom Boden auf, die Regentropfen waren dick und warm, die Szenerie veränderte sich. Es war, als hätte der Himmel beschlossen, unumschränkt zu herrschen.

»WEISST DU, WARUM nur in einem Zimmer Licht ist und warum oben?«

Jeanne hielt Dimitris Hand, mit seiner anderen hielt Dimitri die große Regenjacke über ihre Köpfe, die sie vor dem dicken, dichten Regen schützte. Sie gingen von Haus zu Haus, und Dimitri erfand für jedes eine glückliche Geschichte:

»Das Erdgeschoss ist seit zehn Jahren verlassen. Das ist die Etage der Vergangenheit, niemand betritt sie, alle gehen eilig vorbei, um nach oben zu gelangen. Da wohnt ein Mädchen in deinem Alter. Sie heißt Emeline, sie isst gern Schokolade, während sie mit ihren Freunden auf Facebook chattet, außerdem macht sie gern morgens mit geschlossenen Augen das Fenster auf, um das Wetter zu spüren, ohne das Licht zu sehen, und sie irrt sich nie. Sie ist glücklich. Sie ist glücklich, weil …«

Dimitri zögerte, sie waren beim dritten Haus, und ihm ging die Fantasie aus, vielleicht lag es auch an der plötzlichen Tiefe der Nacht und der nackten Weite der Ebbe, kilometerweit nasser Sand, über den sie hätten gehen können und plötzlich ans Meer stoßen und beschließen, nicht umzukehren.

»Warum ist Emeline glücklich?«

Jeanne drückte Dimitris Hand fester, die große gelbe Jacke glitt auf den Sand, sie ließen den Regen auf sich niedergehen, empfanden dabei Erleichterung und Erschöpfung. Dimitri fuhr fort:

»Emeline ist glücklich, weil sie weiß, dass im Erdgeschoss, in der Unordnung der Dinge aus der Vergangenheit, eine Eintrittskarte versteckt ist. Ihre erste Eintrittskarte für den Zirkus oder das Kino oder ein Metrofahrschein, egal. Es ist das erste kleine, winzig kleine Stück Papier, das ihr das Anrecht auf eine andere Welt gegeben hat. Mit ihm ist es möglich, sich der normalen Perspektive zu entziehen. Man kann beschließen, eine Straße entlangzugehen, die es nicht mehr gibt, oder eine Straße, die es noch nicht gibt. Wenn man sie erfindet, gibt es sie.«

Die Leute rannten durch den Regen nach Hause, einige pfiffen laut, ein Hund bellte, und eine Frau schrie vor Schreck auf, worüber ein Mann lachte. Dimitri und Jeanne standen klitschnass vor dem Haus mit einem einzigen erleuchteten Fenster, hinter dem es keinen Schatten gab.

»Du bist nicht schön, Dimitri. Ich werde dich niemals lieben.«

»Ich weiß.«

»Wird dich irgendjemand lieben?«

»Natürlich. Mach dir keine Gedanken.«

»Versprichst du es mir?«

»Ich verspreche es dir.

Sie drehten sich zum Meer um, das nicht mehr da war. Zum Horizont ohne Sterne. Zum schweren Himmel, der sich leerte. Ihr Leben glich dieser Landschaft, die sich bald offenbaren und ihr Geheimnis verlieren würde. Sie waren zwei zu große Kinder, die zu den Erwachsenen gehören wollten und wussten, worauf sie würden verzichten müssen und wie effizient, methodisch und ernst ihre Zeit sein würde. Sie würden ihre Verantwortung wahrnehmen und ihre Verzweiflung verbergen. Sie würden hartnäckig weitergehen und nicht wissen, zu welchem Ziel, welchem undefinierbaren Morgen, welcher Folge von Jahren, denen jede Selbstachtung fehlen würde. Immer würden sie versuchen, besser zu sein, als sie waren, immer würden sie weitergehen, bis sie stürzten und sich ergaben.

»Du wirst mir fehlen, Dimitri.«

»Du wirst mir auch fehlen. Ich werde an dich denken.«

»Denk jeden Tag an mich. Sag jeden Tag meinen Namen, und ich sage deinen. Schwöre es mir.«

»Ich schwöre es dir. Jeden Tag sage ich ›Jeanne‹. Ich werde es nie vergessen. Du musst jetzt nach Hause.«

»Ich muss jetzt nach Hause.«

Und dieser Gedanke war eine irgendwie fade Erkenntnis, aber auch eine Beruhigung, denn er war wahr. Jeanne musste nach Hause, und das war der Anfang aller Dinge.

»Ich habe mich in den letzten zwei Tagen oft über dich lustig gemacht«, sagte sie.

»Das weiß ich doch. Ich bin daran gewöhnt. Vielleicht würde ich mich auch über einen wie mich lustig machen, denn ich bin meiner selbst nicht sicher, auch nicht dessen, was ich manchmal sage. Zum Beispiel ist es so schwierig zu antworten, wenn jemand dir ›Guten Tag‹ sagt, denn gleich danach fragt er dich ›Wie geht's‹ und lässt dir gar keine Zeit zum Nachdenken, aber ich glaube, man braucht Zeit, um wirklich zu sagen, wie es einem geht, denn oft weiß man es selbst nicht. Man steht morgens auf und vergisst sich zu fragen, wie es einem geht, und die Leute tauchen mit dieser Frage auf, als wäre es eine Falle, man muss sie meiden; ich verstehe, dass du dich über mich lustig gemacht hast, ich bin sicher ziemlich komisch. Ich bringe dich nach Hause.«

Sie liefen schniefend und hustend, der Regen zwischen ihrer Haut und ihrer nassen Kleidung roch faulig, nach feuchtem Teppich, und wenn man sie so laufen sah, Hand in Hand und vorgebeugt, hätte man meinen können, sie seien hundert Jahre alt. Aber als sie gerade die kleine Treppe zum Deich hinaufgehen wollten, spürte Jeanne, wie Dimitri ihre Hand drückte. Eine kurze, feste Bewegung, die an ihrem Arm zog. »Warte«, sagte er einfach, »warte noch einen Moment.«

IM KAJÜTENZIMMER ZU LIEGEN und den Regen zu hören, hätte ein tröstlicher Moment sein können. Den Regen zu hören und sich das Gewitter zu wünschen, den Blitz zu fürchten und zu wissen, das uns erspart bleibt, was hinter dem Fenster geschieht. Das hätte es für Samuel und Lola sein können, der Abschluss eines sonnigen Wochenendes, das ohne Bedauern sein Ende ankündigt, sie hätten sich langsam geliebt, wortlos, ohne Fantasie und Überraschungen, aber mit der Gewissheit, sich gegenseitig Befriedigung zu schenken. Vielleicht wären sie danach aufgestanden, in der Nacht, fast schon im Morgengrauen, beim ersten Lichtschein des Sommertages. Sie hätten Hunger gehabt und wären barfuß, notdürftig mit einem T-Shirt bekleidet, nach unten in die dunkle Küche geschlichen. Und alles wäre sanft und ohne Worte gewesen, erfüllt von einer geheimen Freude, von der Freude derer, die miteinander geschlafen haben und denken, dass ihre Befriedigung einmalig war und sich nichts von diesem Geheimnis vermitteln lässt. Sie hätten in der Küche die letzten Früchte gegessen; das Knistern einer Glühbirne, die kurz vor dem Durchbrennen war, wäre das einzige Geräusch gewesen, sie hätten in ihrem eifersüchtigen Schweigen verharrt und in dem Zögern, noch einmal anzufangen, noch einmal miteinander zu schlafen, aber mit der flüchtigen Angst, es könne weniger außergewöhnlich sein, aber dennoch … Von den Sohlen ihrer nackten Füße auf den kalten Fliesen bis zu ihren Schenkeln und ihrem Bauch wäre die Lust aufgestiegen und hätte ihre Entschlossenheit flackern lassen wie das Licht an der Decke. Und sie hätten ihre eigene Schwäche geliebt und sich gewünscht, öfter so zu sein: ohne jede Überzeugung.

Aber an jenem Abend kam Samuel nicht zu Lola ins Kajütenzimmer. Samuel zog es vor, auf dem alten gelben Sofa unten in der Bibliothek zu schlafen, einem Raum, um den sich niemand gekümmert hatte, der seit einiger Zeit als Abstellkammer diente und nach Pappe roch. Er lag im Halbdunkel auf dem staubigen Samt, umgeben von vielfältigen Formen, er fühlte sich wie in einem kubistischen Gemälde, und sein Leben glich dieser Überlagerung von Formen, diesem Durcheinander, dessen Zusammenhang er nicht erkannte. Er kannte Lola seit fast einem Jahr. Wenn sie ein Kind in Pflege gegeben hatte oder es bei seinem Vater lebte, hätte er es gewusst. Es hätte Fotos in Bilderrahmen, Schulferien und Zeit mit dem Kind gegeben. Es hätte Anrufe, Einkäufe, Sorgen und Pläne gegeben. Dimitri war vielleicht ein Lügner. Ein armseliger, verirrter Schwindler am Strand. Aber Samuel hatte den Jungen sofort gemocht, ohne zu verstehen, weshalb. Er fühlte sich angezogen von seiner unbeholfenen Art, auf andere zuzugehen, über den Sand zu laufen, über die Wörter zu stolpern, und er dachte sich, dass ein Junge, der seine Worte mit so viel Mühe wählte, kein Lügner sein konnte. Lügner reden in fließenden Sätzen, die sie auswendig lernen, ehe sie sie aussprechen; sie werden von ihren Erfindungen beschützt. Warum hatte Dimitri Rose etwas von »Lolas kleinem Jungen« erzählt? Was wollte er damit erreichen? Er fühlte sich gedemütigt, dachte Samuel. Vom ersten Tag an haben ihn alle gedemütigt, verurteilt und aus dem Garten gejagt. Niemand erträgt die Demütigung. Die Schüchternen noch weniger als die anderen.

Draußen blies der Wind heftig, und ein Ast schlug gegen die Scheibe wie ein hartnäckiger Bettler, ohne Unterlass, also stand Samuel auf. Er öffnete das Fenster, und der Wind brauste herein, einzelne Papiere flogen auf, eine Lampe fiel geräuschlos zu Boden, er spürte den warmen Atem, gemischt mit Regen und Erde, die Blitze zeichneten spitze Formen in die Nacht, der Himmel war in Aufruhr, aber morgen, in ein paar Stunden, vielleicht in ein paar Minuten würde sich alles beruhigen. Samuel wusste nicht, ob er die Wahrheit wirklich wollte. Lola konnte eine Frau sein, die er erfunden hatte, und er wollte diese Frau, nicht die Kinderversteckerin, deren Geschichte sicher zu kompliziert für ihn sein würde. Er hatte die Welt der Erwachsenen gerade erst betreten. Im letzten Sommer hatte er diese Frau noch nicht gekannt. Um fern von ihr, zwei Etagen tiefer zu schlafen, hatte er eine durch das Gewitter ausgelöste Migräne vorgeschoben. Sie hatte es nicht geglaubt, aber das war unwichtig. Wichtig war, dass sie tat, als glaubte sie ihm, dass sie ihm ein Dolipran empfahl und ihm sagte, in welcher Küchenschublade die Medikamente lagen. So leicht kann man von der aufrichtigen Welt in die der Lüge wechseln, mit genau denselben Worten, derselben Zuvorkommenheit, als

wären alle Situationen bekannt und von vornherein entschieden. Lola war keine Frau, die Szenen machte, das wusste er. Die sich anklammerte oder bettelte. Sie war eine Frau,
die die Kehrseite der Medaille kannte: Sie war stark, also
oft allein. Sie gehörte zu den Menschen, die sich verstecken,
um zu weinen, und die ihre schwarzen Gedanken mit ebenso albernen wie unfehlbaren Mitteln vertreiben: Alkohol,
Fernsehserien, zu viel Essen, Shopping, Arbeit, und immer
ein Lächeln auf den Lippen. Das sind Kämpferinnen. Solche,
die die Zärtlichkeit im Feriencamp und das Überleben in ihrem Kinderzimmer kennengelernt haben. Sie geben niemals
auf. Samuel wusste nicht, ob er stark genug dafür war.

NICOLAS HÖRTE MARIE im Badezimmer singen, sie trällerte unter der Dusche *L'Eté indien* wie ein junges Mädchen nach dem ersten Ball. Sie hatten miteinander getanzt. Sie hatte sich schön gefühlt, weil er sie schön gefunden hatte. Er hatte sich erleichtert gefühlt, weil er ihr ein geschütztes Bild von sich gab. Von dem anderen wusste sie nichts. Letztendlich war es ein schönes Wochenende. In Denis' Haus. Hatte er ihm jemals gedankt? Hatte er ihn jemals anders betrachtet denn als denjenigen, der die Mittel hatte, um zu empfangen, den Zuständigen für die Rechnungen, denjenigen, den man Feigling genannt hätte, wenn er für immer in der Wüste verschwunden wäre? »Was um alle Welt suchst du da?«, hatte er ihn einmal gefragt. Und Denis hatte gezögert, im Bewusstsein, dass Nicolas ihn sowieso nicht verstehen würde, denn die Worte unseres Glaubens sind hochtrabende Worte, die trotzdem nichts von dem ausdrücken, was wir mit erschütterter Demut erleben. Also hatte er nur gelächelt, und dieses Lächeln, das Nicolas ganz unverhohlen sagte »Du bist nett, aber das ist nichts für dich«, hatte ihn tief getroffen.

»Denis, ich bin nicht total bescheuert, ich kann es verstehen.«

»Was hat das damit zu tun, dass du bescheuert bist?«

»Nein, ich meine … ich kann mehr verstehen, als du glaubst.«

»Es geht nicht um dich, um das, was du verstehen kannst oder nicht, das ist mir egal. Es geht um das, was ich gern teilen möchte. Oder nicht.«

»Und das nicht?«

Denis hatte sich mit seinen makellosen, gepflegten Händen eine Zigarette angezündet und leidlich gelangweilt in die Ferne gestarrt.

»Ich möchte gern sehen, in welchem Zustand du zurückkommst, ich möchte gern wissen, was du als Erstes tust, wenn du zurückkommst, eine Maniküre, ein langes Bad, etwas Zärtlichkeit für deine Kinder?«

»O doch, du bist ein bisschen bescheuert.«

»Das habe ich dir doch gesagt.«

»Wenn ich zurückkomme, gehe ich meine Mutter besuchen, das ist das Erste, was ich tue, weil sie schon etwas durcheinander ist und meinen Rückzug in die Wüste mit Ferien im Senegal verwechselt, und wenn sie mich fragt, ob ich viele Antilopen getötet habe, sage ich ›Viele, Mutter‹. dann will sie wissen, ob das Essen gut war und ob ich auch immer Mineralwasser getrunken habe, ich antworte ›Ja, Mutter‹ und gehe wieder. Dann kann ich nach Hause gehen, wo man mich nichts fragt. Aber ich habe das Gefühl gehabt, dass sich jemand für mich interessiert. Und setz nicht so eine verzweifelte Miene auf, am nächsten Morgen kommt gleich die Maniküre, okay?«

»Okay.«

Draußen pfiff der Wind, brauste durch die Gassen, die

Wege, die zum Meer führen, und die Gärten, fast so, als würde er jemanden verfolgen, und sein Zorn war kalt und nachtragend. Marie kam mit nassen Haaren aus dem Bad, ein Handtuch über der Brust verknotet. Nicolas dachte, dass es schön war, sie so zu sehen, wie sie fast nackt, lächelnd, summend auf ihn zu kam.

»Warum lächelst du?«, fragte sie.

»Nur so.«

»Legst du dich nicht hin?«

»Ich sehe dich an.«

»Oh, dann mache ich lieber das Licht aus.«

Aber stattdessen trat sie hinter ihn und umarmte ihn, er spürte die Wassertropfen an seinem Hals, sie strich mit den Händen über seinen Oberkörper:

»Du hast wirklich recht«, sagte sie, »du hast Superbauchmuskeln.«

»Findest du?«

»Ja. Ich finde dich sehr schön.«

»Stimmt das?«

»Das stimmt, ich wollte es dir sagen, du warst das ganze Wochenende sehr schön!«

»Das ganze Wochenende? O nein, das ist übertrieben.«

»Na gut, vielleicht nicht … warte mal, vielleicht nicht, als du deine Rückhand beim Tennis verpatzt hast oder als du gestern Abend beim Biertrinken so laut gerülpst hast.«

»Ich? Niemals! Das habe ich nie im Leben!«

»Ach so? Na, dann warst du die ganze Zeit schön!«

Er drehte sich zu ihr um, löste ihr Handtuch, ihr Brüste waren rund und üppig, noch warm von der Dusche, wie zwei weiche Brote aus geschmeidigem Teig, er biss mit glücklichem Appetit hinein, was ihr ein leises Stöhnen entlockte; der Wind schlug gegen die Fenster, peitschte den Regen, abgerissene Blätter und kranke Kiefernnadeln, aber das war ihnen egal. Sie waren zusammen, Teil einer lebendigen, ungeduldigen Einheit, sie hatten Lust auf sich selbst und erkannten sich in dieser gemeinsamen Lust wieder. Nicolas wollte in Maries tiefstem Innern leben und sich vom Vergessen einfangen lassen, aber als sein Telefon wieder und wieder klingelte, und als Marie einen Seufzer ausstieß, der nichts mit der Lust zu tun hatte, und unmerklich zurückwich, als er Denis' Namen auf dem Display blinken sah, wusste er, weil es so spät war und weil ihn sein Freund um diese Zeit niemals ohne Grund anrief, dass er rangehen musste.

DENIS HATTE NICOLAS gebeten, mit ihm zu kommen, und jetzt fuhren sie aufs Geratewohl zur Pointe d'Agon, um irgendwohin zu fahren, um zu hoffen, dass Jeanne und Dimitri vielleicht mit Freunden losgefahren waren, um dort ein Glas zu trinken. Das war idiotisch. Sie wussten es, aber irgendetwas muss man tun, die Angst in der Aktion auflösen, ihr entfliehen, ehe sie einen vollständig lähmt. Denis hatte überall gesucht, an Türen geklopft, telefoniert, gerufen, auf dem Strand, dem Platz, dem Deich, er war wütend, besorgt, mutlos und dann allzu allein gewesen. Sie kamen nach Agon, der Ort war verlassen und nass, sie stapften durch den Schlamm, gingen in Bars, es war, als sei über Nacht der September hereingebrochen; die Stadt schien nur aus einer einzige Straße zu bestehen, nichts als eine verlassene Filmkulisse.

»Wer ist dieser Dimitri eigentlich? Wer ist dieser Kerl, der aus dem Nichts auftaucht und mir meine Tochter raubt? Warum lachst du?«

»Hör mal, er hat sie nicht geraubt, wenn heutzutage ein Mädchen mit einem Jungen spazieren geht, hat das nicht direkt was mit dem Raub der Sabinerinnen zu tun.«

»Ach so, sie geht *spazieren*? Habe ich dich richtig verstanden?«

»Na gut, wohin fahren wir jetzt?«

»Keine Ahnung. Ich kann nicht nach Hause kommen, bevor ich sie gefunden habe, das habe ich Delphine versprochen.«

»Du hast ihr schon lange nichts mehr versprochen.«

Nicolas fragte sich, wie viele Illegale sich in diesem Moment der englischen Küste näherten, wie viele abtrieben und scheiterten. Sie mussten Jeanne finden, darum mussten sie sich kümmern, und dann zu dritt nach Hause kommen und literweise Kaffee trinken, bis es dämmerte und sie erschöpft und unsicher den Morgen erreichten. Nur noch die Fensterläden schließen und schlafen wollten. Dann würden sie mitten am Nachmittag aufwachen; und noch ganz benommen, im Netz der Gewohnheiten und der Routine gefangen, würde jeder nach Paris zurückkehren, wie und mit wem er gekommen war.

»Sie ist noch nicht mal sechzehn, Scheiße noch mal!«, schrie Denis, »sie MUSS sagen, wohin sie geht! Und kannst du mir vielleicht sagen, wozu es gut ist, dass ich ihr ein Handy geschenkt habe? Ein Handy für ein Kind ist wie eine Leine für einen Hund, verstehst du?«

»Ich verstehe, reg dich nicht auf, ich kenne das: Du kriegst gleich eine Panikattacke.«

»Die Welt steht Kopf!«

Der Regen wurde noch stärker, sie setzten sich wieder ins Auto. Denis zündete sich eine Zigarette an, ohne zu starten. Er starrte auf die regengepeitschte Windschutzscheibe, in die Nacht, die nichts offenbarte, Nicolas dachte an Maries Brüste, das Verlangen brannte in seinem Unterleib und machte ihn ebenso verlegen wie stolz.

247

»Warum grinst du so dämlich?«

»Ich?«

»Es ist zwei Uhr morgens, ich habe meine Tochter verloren, es gießt, wir wissen nicht mehr, wo wir suchen sollen, und du grinst. Warum?«

Nicolas wollte ein unschuldiges, erstauntes Gesicht machen, aber die Erektion war immer noch da, und er musste lachen.

»Ich hoffe, das sind die Nerven?«

»Was?«

»Dein Lachen.«

»Ach so, ja, ja, das sind die Nerven. Das Lachen, das sind die Nerven.«

Es war denkbar fehl am Platze, das war Nicolas klar, aber nichts konnte die Freude eindämmen, die in ihm vibrierte, ohne dass er sich ihrer erwehren konnte. Denis sah ihn mit neidischer Verblüffung an, dann begann er ungewollt ebenfalls zu lachen, und nichts war befreiender als das Lachen dieser beiden Männer, die nicht mehr wussten, wo sie suchen sollten. Als es aufhörte, kam es ihnen so vor, als habe das Lachen ihre letzten Kräfte erschöpft. Denis startete und schaltete die Heizung ein.

»Was genau hat Delphine gesagt?«

»Delphine?«

»Ja, Delphine, meine Frau! Dass sie niemanden hat, richtig?«

»Nein … Sie hat niemanden.«

»Das ist gut.«

Das Gewitter hatte sich entfernt, die Blitze sahen harmlos, geradezu dekorativ aus, ein verlöschender Schrecken. Der Regen fiel jetzt gleichmäßig und dauerhaft, auf lange Zeit eingerichtet.

»Weißt du, warum ich in die Wüste gehe?«

»Nein.«

»In der Wüste besitze ich nichts. Ich hoffe nur. Verstehst du?«

»Was hoffst du?«

Denis schaltete die Scheinwerfer an, löste die Handbremse und legte den ersten Gang ein. Durch die Schlaglöcher war ihre Fahrt schwierig, voller Hemmnisse.

»Ich hoffe, dass ich noch staunen kann. Genau das hoffe ich.«

Sie erreichten die winzige Straße, die im Scheinwerferlicht seltsam eng und improvisiert aussah, die Scheibenwischer machten ein regelmäßiges, beruhigendes Geräusch, die Wärme war trocken, und ihre Körper zitterten nicht mehr. Nicolas sagte sich, dass er Denis die Wahrheit sagen würde, später. Wenn sie Jeanne wiedergefunden hatten.

»DU BRAUCHST KEINE ANGST zu haben.«

»Ich habe keine Angst«, sagte Jeanne.

Trotzdem war sie unruhig und zugleich erleichtert über diese Unruhe, denn endlich passierte etwas. Es geschah jetzt, und es war konkret. Ihre Fantasie hatte nichts mehr damit zu tun. Sie war irgendwohin aufgebrochen und wusste nicht, wohin. Etwas passierte, etwas Unbekanntes. Dimitri strich mit den Fingern über ihren nassen Kopf, massierte sanft ihre Schläfen.

»Mach das Gleiche«, sagte er.

»Was?«

»Massier meine Schläfen. Komm, mach ruhig, hab keine Angst.«

Sie lagen im Sand, nah bei den Felsen, halbwegs vor dem Regen geschützt durch die schwarzen, spitzen Steine, riesige Blöcke, die dort aufgeschichtet waren, um die Straße vom Sand zu trennen, der sich auf die Menschen und ihre Häuser zu bewegte. Jeanne legte die Finger auf die nasse, warme Haut von Dimitri, sie spürte wie er die Erleichterung in den Schläfen, die leichte Entspannung, die auf ihre Stirn und das ganze Gesicht ausstrahlte. Sie schloss die Augen. Wie er. Sie konzentrierte sich auf seine Bewegungen, um die gleichen zu machen. Sie massierten sich gegenseitig und gleichzeitig den Hals, die Schultern, legten ihre Finger um das Schulterblatt, drückten leicht auf den Rücken, auf die Wirbelsäule, von oben nach unten. Das war lustig. Unglaublich. Zu spüren, was der andere spürt. Seine Haltung einnehmen. Seine Gesten. Verstehen, was er erwartet, weil man es selbst erwartet: das Bedürfnis, die Massage möge sich ausdehnen, weil sich der Körper langsam entspannt; er atmet unter dem Regen, und der Regen atmet mit uns. Es war wie eine lange Dusche, aber im Liegen, einander zugewandt, wie Zwillinge in einem Bauch, weit weg von den anderen und ohne Bezug zur Welt. Dimitri legte die Hand auf Jeannes Bauch. Ein paar abwesende Sekunden, ehe Jeanne ... Sie legte die Hand auf den Bauch des Jungen. Hatte aber den Wunsch, das Spiel zu beenden. Wollte nicht mehr unruhig sein.

»Du hast doch keine Angst vor mir, sag mal: Du hast keine Angst vor mir?«

Dimitris Stimme, etwas heiser und tief, hatte einen unbekannten Akzent, wie aus einem Land, das es nicht gab. Er öffnete die Hand, legte sie ganz flach auf ihren Bauch, und sie spürte die Hitzewellen, die sich unter ihrer Haut ausbreiteten. Sie spürte zum ersten Mal das Blut in ihrem Bauch pulsieren, eine neue Arterie, ein Impuls. Da öffnete sie die Hand auf seinem Bauch. Der Junge atmete anders. Er stieß einen langen Seufzer aus, wie ein Hund, der sich niederlegt. Dann schob er die Hand unter Jeannes Rock, legte sie auf ihren Slip und rührte sich nicht mehr. Er wartete. Aber sie war außerstande, das Gleiche zu tun.

»Du musst nicht«, sagte er. »Jetzt musst du dich hingeben. Auch wenn du das nie gelernt hast, die Hingabe.«

Das Gewitter hatte sich entfernt, aber der Wind war jetzt eisig, sie hörte ihn zwischen den Steinen pfeifen wie tausende winzige flitzende Tierchen. Ratten. Krabben, die seitwärts liefen. Und Dimitris Hand blieb reglos auf Jeannes bedecktem Geschlecht.

»Hab keine Angst vor dem Wind, das ist eine andere Musik. Das ist jetzt etwas anderes.«

»Hast du … Na ja, weißt du, ich bin Jungfrau. Ich nehme keine Pille.«

»Sieh mich an.«

Sie öffnete die Augen. Das Licht der Straßenlampen auf dem Deich erreichte sie als fernes, zartes Leuchten, wie ein leichter Nebel. Dimitris Augen waren noch dunkler als die Nacht, erschreckt und entschlossen. Regentropfen perlten an seinen Wimpern, der Sand hing in seinen kurzen Haaren. Sie fragte sich, wohin ihr schlechter Charakter und ihre Willensstärke verschwunden waren, warum sie sich der Angst unterwarf, diesem mageren Jungen, über den sie sich von Anfang an lustig gemacht hatte.

»Mache ich dir Angst?«

Und er zog sogleich die Hand zurück.

»Ich will dir keine Angst machen.«

Er richtete sich auf, setzte sich, traurig und besiegt. Jeanne dachte, dass sie ihn enttäuscht hatte. Unfähig, das Spiel bis zum Ende zu spielen. Feige wie ein Kind, das immer noch an Mamas Schürzenzipfel hing, das reiche, verängstigte kleine Mädchen. Sie würde den Jungen nie wiedersehen, das wusste sie. Sie wusste auch, dass er kein Präservativ in der Tasche hatte. »Na wenn schon«, dachte sie. Ein leichter Druck ihrer Finger auf Dimitris Rücken reichte aus, damit er verstand.

DELPHINE HATTE AN MARIES Tür geklopft. Entweder das oder sofort fliehen. Den Koffer packen, während Denis Jeanne suchte, ein Taxi rufen, sobald er sie wiedergefunden hatte, und wegfahren, ehe sie da waren. Sich davonmachen. Fern von ihnen würde Delphine aufhören, jeden Tag eine schlechte Mutter zu sein. Eine Mutter, die den Erwartungen ihrer Kinder nicht entspricht, die das Recht haben, ALLES zu erwarten. Weil sie ihre Mutter ist. Aber wenn man langsam den Kopf neigt, wenn man sich abwendet, *weil man nicht mehr kann* ...? Marie meinte, sie müssten Jeanne suchen gehen.

»Wenn ich das Haus verlasse«, sagte Delphine, »wird es sich noch viel schlimmer anfühlen. Hinausgehen und in der Nacht Jeannes Namen rufen heißt zugeben, dass eine Gefahr droht. Hier bin ich nur eine Mutter, die auf ihre Tochter wartet, die sich rumtreibt.«

»Aber es droht eine Gefahr.«

Delphine sah das zerwühlte Bett, das Handtuch auf dem Boden. Die Einfachheit eines Lebens zu zweit.

»Ich habe diesen Dimitri gleich nicht gemocht, ich habe ihm von Anfang an misstraut«, sagte sie.

»Du hast gesagt, er hätte recht wegen der großen Kiefer.«

»Es ist gekommen, was er vorhergesagt hatte. Weil er es vorhergesagt hatte.«

Auf dem Nachttisch lag eine Tube mit Arnika, Medikamente. Und im Zimmer der Geruch nach Shampoo und warmer, frisch gebügelter Wäsche, eine geschlossene Welt, die Welt von Menschen, die einander berühren. Unerträglich.

»Du hast recht«, sagte Delphine. »Gehen wir raus.«

Sie zogen sich an wie Matrosen, die in See stechen, Ölzeug, Gummistiefel, Mützen und Taschenlampen. Draußen regnete es nicht mehr, der Wind entfaltete sich und nahm die Landschaft in Besitz. Die Pfützen zitterten, die Regenrinnen spuckten erdiges Wasser, gemischt mit Kiefernnadeln und weichem Gras. Fensterläden knallten, und unter den Türen der niedrigen Häuser vermischten sich die fauligen Blätter mit dem Schlamm. Sie hörten es hinter sich rufen. Lola kam angerannt.

»Da ist ja unsere Kriegsreporterin!«, sagte Marie, damit es leicht, fast lustig wirkte.

»Wohin gehen wir?«, fragte Lola.

Das war eine Frage, die sie sich noch nicht gestellt hatten. Wohin und warum? Hatte Denis Jeanne nicht schon überall gesucht, draußen und auch bei allen möglichen Leuten, Freunden, Nachbarn?

Also gingen sie aufs Geratewohl weiter, immer geradeaus, und sahen die Nacht, wie sie sie nie gesehen hatten, diese Welt, der sie entflohen und die doch so mächtig existierte. Die Stille umschloss alles in geheimnisvoller Dichte, den Damm, das Haus des Stadtrats mit seinen Glyzinien, das vibrierende Holz der Telegrafenmasten, die weißen Straßenlampen, den tiefen Strand, und all diese Elemente schienen mehr zu enthalten als ihre bloße Erscheinung. Sie verbargen zurückgehaltene Kräfte und Angst einflößende Möglichkeiten von ungekannter Macht. Aber es war da. Unterirdisch und schwach.

»Bei Nacht mag ich die Stadt lieber«, sagte Delphine.

»Mit den Männern?«, wagte sich Marie vor.

»Mit oder ohne Männer. Aber den Lärm, die Lichter. Ja ... vielleicht auch die Männer, aber ist das so wichtig? Warum wundert euch das alle? Sag mal! Sowieso ...«

»Ich weiß, wo wir Jeanne suchen müssen«, sagte Marie plötzlich. »Wenn sie mit Dimitri zusammen ist.«

Fest überzeugt, dass ihre Idee richtig war, führte sie die Freundinnen ans Ende des Strandes, zu den etwas abseits liegenden Felsen. Dorthin, wo sie Dimitri allein hatte schwimmen sehen. Da bekamen sie Angst, ohne es auszusprechen. Und jede sah den Jungen vor sich und besann sich der Ahnungen, die er ihr eingeflößt hatte. Ein einfacher Körper im Raum und dieses Gesicht ohne Bezug, von anziehender Hässlichkeit, ein Licht, an dem man Anstoß nimmt. Ein Junge von zwanzig Jahren. Nett. Schüchtern. Gewagt. Ohne Angst. Er hatte das Gesicht von verlassenen Kindern und gefährlichen Unbekannten, von Mädchendieben und großen, bedrohlichen Brüdern. Er war das, was man von ihm fürchtete, und das, was man dabei nicht beschreiben konnte; auf diese Weise vorgestellt und missverstanden nahm er allen Raum ein. Sie gingen gemeinsam voran und fühlten sich trotz der Angst stark und vereint. Eine Frau mit drei

Köpfen. Ein Monster, das seit Urzeiten sein Kind sucht, das sein Kind in der Tiefe seines Grauens sucht. Der Wind pfiff jetzt zwischen den Felsen und nahm neue Formen und Konturen an, ein spiralförmiger Ausbruch des Zorns. Er war wütend und durchwühlte den begrenzten Raum, der ihn aufnehmen wollte. Sie fürchteten, dass Jeanne da war, und hofften es zugleich. Denn wenn nicht, wohin dann? Marie zeigte ihnen genau die Stelle, direkt hinter dem letzten Haus, ganz nah bei den Dünen, der von schwarzen Felsen durchbohrte Strand. Sie gingen langsam voran, und um ihre Furcht zu beruhigen, sagte sich Delphine, es sei möglich, dass nichts Schlimmes geschah, selbst bei Nacht, bei Regen, Wind, dem fernen Gewitter und der Einsamkeit. Gutes kann daraus auftauchen. Eine gesunde Wirklichkeit ohne Schatten. Die auf den Strand gerichteten Taschenlampen beleuchteten vom Wind bewegte Muschelschalen und verknäulte Algen. Steinchen, die zitterten und rollten. Eine Katze miaute kurz, ein gequetschter, unangenehmer Schrei. Delphine konnte sich nicht entschließen, Jeanne zu rufen; wenn sie den Namen ihrer Tochter rief, würde sie die Stimme der Angst hören. Also tat Lola es für sie, leise, freundlich, mit sanfter Eindringlichkeit, wie man ein furchtsames Tier anlockt. Und sie hörten ihr Lachen. Es war das alte Lachen der kleinen Jeannette, Micky Mouse Club und Röcke mit Volants, blaue Lippen und das Rubbeln der Mutter, um sie aufzuwärmen. Es war das Lachen der Zeichnungen zum Muttertag und der gestammelten Gedichte. Es war das Lachen der unaufgeräumten Kinderzimmer und der Zeichnungen an der Wand. Der Dummheiten und der Märchen.

257

Sie war da, hinter ihnen. Ihr Rock bauschte sich, hochgehoben vom Wind wie von wilden Händen. Sie sahen sie verblüfft an, ihre Blicke hingen an der weißen Vision. Delphine begriff, dass ihre Tochter herangewachsen war, ohne sie zu warnen. Sie hatte woanders als bei ihr Notwendigkeiten und Ideale, auch Kraft geschöpft. Sie hatte sich Sonnen zugewandt, die nicht sie waren und von denen sie die Lehren und die Wärme ihrer Überzeugungen empfangen hatte. Sie ging auf sie zu, ihre Freundinnen schauten sie an, lauerten natürlich auf ihre Reaktion. Wie man immer auf die Reaktion der Mutter lauert. Und Delphine suchte auf Jeannes Gesicht, ihren Armen, ihren Händen Spuren von Misshandlung oder Brutalität, aber es sah aus, als hätte allein der Sand sie berührt, er klammerte sich in kleinen Klumpen an sie, wie eine Hautkrankheit.

»Wo warst du denn? Alle suchen dich. Alle! Anstatt zu schlafen, laufen alle durch die Nacht! Verstehst du? Was du gemacht hast? Bist du verrückt oder was? Wo warst du denn, wo warst du?«

»Ich war hier.«

»Wo ist der andere? Dimitri, wo ist er?«

»Wer?«

»Man hat euch zusammen weggehen gesehen«, sagte Lola. »Hat er dir etwas angetan?«

»Wer?«

»O nein!«, sagte Delphine. »Ich könnte dich verprügeln! Verprügeln! Das kannst du dir nicht vorstellen.«

Jeanne sah sie an, diese Freundinnen, die durch die Nacht liefen, müde und gealtert, ohne Eleganz in ihrem

Ölzeug; sie ging zu ihrer Mutter, ihrem ungeschminkten Gesicht und ihrer Verwirrung.

»Es tut mir wirklich leid«, sagte sie, »ich wollte nicht, dass du dir Sorgen machst, wirklich nicht.«

»Ich gehe zur Mère Thibault«, sagte Delphine und stieß sie zurück.

»Zur Mère Thibault?«, fragte Jeanne. »Mach dich nicht lächerlich! Man wird dich für eine Verrückte halten, es reicht schon, dass …«

»Es reicht schon was?«

»Du machst dich lächerlich, Mama. Geh schlafen.«

Marie nahm Delphine am Arm.

»Gehen wir zurück.«

Und nach kurzem Zögern gehorchte Delphine. Also gingen sie zurück, umgaben Jeanne, drei gelbe, gleiche Gestalten, mit ihrer Intuition ohne Antworten. Und ihrer Freundschaft, die solche Angst gehabt hatte.

AM NÄCHSTEN TAG KEHRTE jeder zu sich nach Hause zurück. Nicolas' Hüfte schmerzte, er bat Marie zu fahren. Unterwegs schwiegen sie. Der Himmel war grau und verschmolz mit dem Schiefer der Dächer und der Farbe des Asphalts. Eine verschlafene Landschaft ohne Perspektive.

Vor ihrem Haus, bevor sie aus dem Auto stieg, verlangte Marie von Nicolas die Wahrheit über seine Depression. Ein feiner Regen fiel auf Paris, die Konfetti vom 14. Juli klebten am Straßenpflaster. Nicolas dachte, dass es das ideale Wetter war, um sich von seinem Schweigen zu befreien. Er erzählte die Geschichte seiner Freundin Kathie, die einen ihrer Schüler geliebt hatte, einen Minderjährigen, und wie oft er versucht hatte, sie zu warnen. Vergeblich. Um sie zu schützen, auch gegen ihren Willen, hatte er den Jungen unter Druck gesetzt, hatte ihm gedroht, ihn in die Enge getrieben, bis er ihn eines Tages wegen disziplinarischer Vergehen aus der Schule ausschließen lassen konnte. Er hatte sich auf ihn gestürzt, um Kathie zu retten. Das glaubte er zumindest. Aber als der Schüler, den sie liebte, von der Schule geworfen wurde, hatte sie ihn mit solcher Leidenschaft und so wenig Selbstbeherrschung verteidigt, dass die Wahrheit über ihre Beziehung offenkundig wurde. Es kam zum Skandal. Kathie Vasseur wurde aus dem öffentlichen

Dienst ausgeschlossen. Zwei Wochen später verließen der Schüler und seine Familie die Stadt. Noch eine Woche darauf setzte Kathie ihrem Leben ein Ende. In Coutainville hatte Nicolas Dimitri einen Moment lang für Kathies Bruder gehalten, der am Tag der Beisetzung geschworen hatte, seine Schwester zu rächen und ihn umzubringen. Aber nicht Kathies Bruder verfolgte Nicolas, es war er selbst, seine düsteren Gedanken, seine Obsessionen. Er fragte Marie, ob sie finde, dass er am Selbstmord der jungen Frau schuld sei. Marie antwortete nicht. Sie hatte fünfundzwanzig Jahre damit verbracht, sich von einem Mann bewundern und lieben zu lassen, der den schrecklichsten Teil seines Lebens vor ihr verbarg. Sie hatte geduldet, dass er sie zum Idol erhob, ohne zu verstehen, dass das keine Liebe war, sondern nur eine Art, sie aus dem realen Leben in einen heiligen, irrealen Raum zu versetzen. Sie dachte auch, dass nichts schlimmer ist, als perfekt sein zu wollen. Also fand sie sich damit ab, dass ihr Leben das und nur das war: Komödie spielen. Ohne bekannt zu sein. Ohne gut bezahlt zu werden. Sie rief ihren Agenten an und sagte ihm, dass sie bereit sei, die Großmutter zu spielen, und dass sie in diese Rolle das Beste von sich selbst legen würde. Vor ihr lagen noch so viele Jahre, und jedes einzelne würde ihrem Spiel etwas von ihrer Erfahrung und ihrer Wahrheit geben. Davon war Marie überzeugt.

LOLA STAND AN DIESEM 15. Juli am Bahnhof von Coutances, und trank einen Kaffee am Tresen, als ein Mann ein Paar Schuhe vor sie hinstellte.

»Guten Tag«, sagte Samuel, »ich glaube, ich würde Sie gern kennenlernen.«

Sie schaute auf seine nackten Füße, sein von Müdigkeit gezeichnetes, gealtertes, demütiges Gesicht.

»Und dazu brauche ich keinen Tequila«, fügte er hinzu.

Sie ließ Zeit verstreichen. Viel Zeit, ohne zu sprechen. Dann fuhr der Zug in den Bahnhof ein. Sie legte das Kleingeld auf den Tresen und ging zum Bahnsteig. Sie spürte, dass er ihr folgte, aber sie drehte sich nicht um. Sie stieg ein, suchte sich ein leeres Abteil. Er kam hinter ihr herein. Legte seine nackten Füße nicht auf den Sitz, wie ein Mann, der sich gehen lässt, sondern stellte sie auf den Boden, wie ein eigenständiger Mensch. Da sprach sie so frei, so klar mit ihm, wie sie mit Dimitri gesprochen hatte.

DELPHINE LIESS DENIS die Kinder zum Bahnhof bringen. Sie sagte, sie werde das Haus dichtmachen. Aber als er zurückkam, waren die Fensterläden noch offen, das Gartentor schlug auf und zu, und die nassen Fahrräder unter dem Vordach waren nicht in die Garage gebracht worden. Der Wind war milder, das Meer bildete in der Ferne ein einziges graues, metallisches glänzendes Band, und der wolkenlose Himmel, entspannt und blass, schien sich zu erholen. Das Haus roch noch nach Kaffee und Toast, nach dem Besuch der einen und der anderen, der allein in diesem Frühstücksgeruch bewahrt wurde. Delphine war im Schlafzimmer und schaute aufs Meer, durch die schmutzigen Scheiben, die das Gewitter am Vortag mit Erde und Sand gepeitscht hatte, einzelne Regentropfen zitterten noch am Glas, wie winzige Insekten, die sich festklammern, um nicht abzustürzen. Sie ist müde, dachte Denis, und so wenig greifbar, noch weniger als sonst, wenn das möglich ist. Aber hatte nicht sie in der Nacht ihre Tochter wiedergefunden? Er war unverrichteter Dinge mit Nicolas heimgekehrt und hatte Jeanne die Leviten gelesen, hatte ihr mächtig den Kopf gewaschen, was alle hören konnten. Hatte die Zügel wieder in die Hand genommen. Dann hatte er sich allein hingelegt, denn Delphine hatte im Kajütenzim-

263

mer bei Lola geschlafen. Samuel hingegen ... Ach ja! Er hatte seine Wette gewonnen. Das kümmerte ihn nicht mehr.

»Hast du wenigstens deine Koffer gepackt?«, fragte er.

»Nein.«

»Dann wird es Zeit.«

»Ich gehe zu diesem Dimitri.«

»Was?«

»Ich will wissen, was er mit meiner Tochter gemacht hat. Sie ist schließlich minderjährig.«

»Wenn sie dir doch sagt, dass sie allein war. Dass sie in ihren Teenieträumereien versunken und am Strand eingeschlafen ist ... Am Strand eingeschlafen, unglaublich! Wahrscheinlich hat sie der Blitz getroffen, also wirklich!«

»Ich bin überzeugt, dass sie lügt, dass er es von ihr verlangt hat, dieser Schisser!«

»Wenn du meinst.«

Dann schwiegen sie. Reiter trabten mit entspannter Lässigkeit über den Strand, ein kleines bisschen Selbstzufriedenheit an diesem frischen Morgen. Delphine drehte sich zu Denis um.

»Du glaubst uns natürlich nicht.«

»Ihr redet alle von ihm, aber ich habe ihn nie gesehen, diesen, wie heißt er noch: Wladimir?«

»Dimitri.«

»Weißt du, was ich glaube? Ich glaube, jede von euch hat einen anderen Jungen gesehen, und weil ihr so viel von ihm geredet habt, habt ihr sie zusammengeworfen und schließlich zu einem einzigen gemacht.«

»Genau! Vater, Sohn und Heiliger Geist!«

»Wer weiß. Die Heilige Dreifaltigkeit.«

Und sie lachten. Gemeinsam, überrascht, in diesem Moment und über dasselbe zu lachen. Dann machte diese Vertrautheit sie verlegen, befangen.

»Als ich vom Bahnhof zurückkam, bin ich bei Mère Thibault vorbeigefahren; alles zu. Du weißt doch, dass sie am 15. Juli immer zu ihrer Schwester nach Saint-Lô fährt.«

»Scheiße!«

Sie hatte sich gehen lassen. Vor ihm. Dieser kleine Fluch eines Kindes, das sein Ziel verfehlt hat.

»Packst du jetzt deinen Koffer?«, fragte er.

»Ich bleibe.«

»Hier?«

»Ja, hier.«

»Ganz allein im Haus?«

»Glaubst du, dazu bin ich nicht imstande?«

»Wann kommst du nach?«

»Ich komme nicht nach.«

Er wusste, dass sie die Wahrheit sagte. Ausnahmsweise. Und er protestierte nicht. Ihre Wüste hieß Coutainville. Sie hatte ebenso ein Recht darauf wie er. Und das war sicher besser als dieses Leben neben sich selbst, das sie bisher geführt hatte. Die kleinen Arrangements und die Kompromisse, die sie alle beide akzeptiert hatten. Er wusste nicht, wie er es den Kindern sagen würde, wie sie alle vier es einrichten würden, so verstreut zu leben, wie Tiere, die nicht denselben Unterstand gesucht haben. Dennoch gab es nichts anderes, als ›Einverstanden‹ zu sagen.

»Einverstanden«, sagte er. Und er sah ihre Dankbarkeit.

UND ALS DIE FENSTERLÄDEN der Häuser auf dem Deich und die der versteckten Häuser, der wochenweise zu mietenden Hütten, der Hotelzimmer und der Familienpensionen geschlossen waren, kam es Delphine vor, als atmete die Stadt anders. Die Tage vergingen ohne Rechtfertigung und Ablenkung, mit unerbittlicher, grausamer Regelmäßigkeit, ohne dass man irgendetwas aufhalten konnte. Manchmal schien die Sonne, und niemand war da. An manchen Sonntagen wiederum tobte der Sturm. Die Menschen zogen daraus keine Lehren, beklagten nur, wie ungerecht das sei. Die Kiefern an der Küste waren krank. Im Herbst breiteten sich ihre fleckigen braunen Nadeln auf den Übergängen, den Sandwegen, den Sackgassen und den Tennisplätzen aus, wo man die Netze weggeräumt hatte. Delphine kümmerte sich allein um die große Kiefer. Sie wusste, dass sie wieder grün werden würde. Sie würde gesund werden, und sich selbst getreu würde sie sie auch weiterhin beschützen.

Dank an Aurélien Astaud-Olmi, an Alexis Lis.
Und an Jean-Paul Enthoven für sein Vertrauen.

Die Arbeit der Übersetzerin am vorliegenden Text wurde vom
Deutschen Übersetzerfonds e.V. gefördert.

Zitat S. 46: Rimbaud: »Meine Pohème« in: Das poetische Werk,
Deutsch von Hans Therre und Rainer G. Schmidt, Berlin 1999.
Zitat S. 204: Baudelaire »Der Spleen von Paris«, Deutsch von
Walther Küchler, Zürich 1977.

ISBN 978-3-88897-776-3